受害者
THE VICTIM

〔美〕索尔·贝娄 著
蒲隆 译

人民文学出版社
PEOPLE'S LITERATURE PUBLISHING HOUSE

著作权合同登记号　图字 01-2018-5417

Saul Bellow
The Victim

图书在版编目(CIP)数据
受害者/(美)索尔·贝娄著;蒲隆译.—北京:人民文学出版社,2018
(索尔·贝娄作品集)
ISBN 978-7-02-014492-1

Ⅰ.①受…　Ⅱ.①索…　②蒲…　Ⅲ.①长篇小说-美国-现代　Ⅳ.①I712.45

中国版本图书馆 CIP 数据核字(2018)第 189556 号

责任编辑　**朱卫净　邱小群**
封面设计　**钱　珺**

出版发行　**人民文学出版社**
社　　址　**北京市朝内大街 166 号**
邮政编码　**100705**
网　　址　**http://www.rw-cn.com**

印　　制　**上海盛通时代印刷有限公司**
经　　销　**全国新华书店等**

开　　本　**890 毫米×1240 毫米　1/32**
印　　张　**9**
字　　数　**242 千字**
版　　次　**2019 年 9 月北京第 1 版**
印　　次　**2019 年 9 月第 1 次印刷**

书　　号　**978-7-02-014492-1**
定　　价　**49.00 元**

如有印装质量问题,请与本社图书销售中心调换。电话:010-65233595

献给我的朋友保罗·米拉诺

洪福齐天的国王啊，相传从前有个富商，他拥有雄厚的资本，经商的地区很广。有一天他骑马出门到几个城镇去收款。途中酷热难熬，他便坐到一棵树下，把手伸进鞍袋，掏出几块碎面包和几粒干枣充饥。吃完了枣子，他使劲把枣核一扔。瞧！突然出现了一个身材高大、挥舞着利剑的魔鬼。他走到商人面前说道：“站起来，好让我像你杀我儿子那样把你杀掉！”商人问道：“我怎么杀了你的儿子？”他答道：“你吃枣子扔枣核的时候，我儿子恰巧从这里经过，枣核正好打到我儿子的胸口，立刻把他打死了。”

摘自《一千零一夜·商人和魔鬼的故事》

尽管如此，这时在动荡的洋面上开始浮现出人的面孔。大海好像是由无数的面孔铺成的，全部仰面朝天；形形色色的面孔，有的苦苦哀求，有的怒形于色，有的颓唐绝望；被千千万万的人、被无穷无尽的人、被世世代代的人涌上来的面孔……

德·昆西《鸦片造成的痛苦》

目　录

重读索尔·贝娄

◎ 菲利普·罗斯（2000）

《奥吉·马奇历险记》（1953）

把一九五三年出版的《奥吉·马奇历险记》和一九四四年出版《晃来晃去的人》以及一九四七年出版的《受害者》作对比，可以看出作者经历了革命性的转变。贝娄推翻了一切：基于和谐、有序的叙述原则之上的构思，受惠于卡夫卡的《审判》、陀思妥耶夫斯基的《双重人格》和《永远的丈夫》的小说气质，以及一种难以名状的道德视角——源于闪光、色彩和大量的存在产生的快乐。在《奥吉·马奇历险记》中，小说和小说所描绘的世界的宏大、独断、随心所欲的观念打破了各种各样自我施加的限制，身为创始者的创作原则被颠覆，就像《奥吉·马奇历险记》中那五种属性的人物一样，作家自己“极度地着迷”。组织起《受害者》和《晃来晃去的人》中主人公的世界观和小说情节的无处不在的威胁不见了踪影，《受害者》中阿萨·利文撒尔被压制的攻击性和《晃来晃去的人》中约瑟夫被阻碍的意图都变成了贪得无厌的胃口。对生活自我陶醉的热情以混杂的形式出现，推动着奥吉·马奇向前。而驱使着索尔·贝娄的是对眼花缭乱的丰富细节永不枯竭的热情。

规模在戏剧性地扩大：世界在膨胀，栖居其中且不朽、势不可挡、雄心勃勃、精力充沛的人们，用奥吉的话说，不会轻易地“在生活的斗争中毁掉”。自然存在的复杂景观和那些大人物对权力的追求使得处于各种表现形式中的“人物”——特别是它留下无法磨灭的存在印记的能力——与其说成为小说的一个方面，还不如说成为小说最关注的对象。

想想妓院里的艾因霍恩、放鹰的西亚、丁巴特和他的战士，西蒙在马格努斯家的粗俗辉煌与在木材场的凶暴。从芝加哥到墨西哥、东海岸中大西洋地区，再回来，同样是拿奥吉和大人国相比，只是观察者不再是刻薄愤怒的斯威夫特，而是一个用词语绘画的希罗尼穆斯·博斯，一个美国的博斯，一个从不说教、乐观的博斯，他在他的人物身上，哪怕是最油滑的地方、最具欺骗性的和最具阴谋的地方，都能发现人类身上所具有的狂喜。人类的诡计不再引起贝娄偏执的恐惧，而是使他高兴。展现丰富矛盾和歧义的表面不再是惊愕的源泉，相反，一切事情的“混合性质”使人感到振奋。多面性就是乐趣。

冗长的句子以前在美国小说中出现过——主要出现在麦尔维尔和福克纳的作品中——但与《奥吉·马奇历险记》中那些句子有所不同，因为后者的句子给我的印象是过于随意。当随意性驾驭作家的时候，就会导致《奥吉·马奇历险记》的一些模仿者那样的空洞艳丽。我阅读贝娄充满随意性的散文时，感觉他的句法表现了奥吉广博、直爽的自我，那个聚精会神的自我漫游、发展，片刻不停，不时地被别的力量控制，又逃脱其控制。书中有些句子生气勃勃，其潜在的欢快之情让人感觉许多事情在同时进行，这种戏剧性、裸露表现、激情飞扬纠缠在一起的散文给人带来了生存的推动力，保持了正常的心智。这种不再遭遇抵制的声音弥漫于心灵，同时与一种神秘的感受连在了一起。这种声音无拘无束、聪明睿智、全力向前，而且总能敏锐地作出判断。

《奥吉·马奇历险记》第十六章讲述的故事是奥吉刚愎自用的爱人

西亚·芬彻尔试图训练她的鹰卡利古拉[1]，去攻击和捕获生活在墨西哥城南面山区的大蜥蜴，让那个“黑影迅猛地从天而降”去响应她的计划。这个章节令人印象深刻，描述了一次人类的特殊行动，其神话氛围（还有喜剧性）可与福克纳所书写的伟大场景——在《熊》《花斑马》《我弥留之际》中以及《野棕榈》通篇——相媲美。在这里，人类的决心与自然的野性相对立。卡利古拉和西亚之间的争斗（为了鹰的身体和灵魂的争斗），描写鹰翱翔空中以满足它美丽而又残忍的训练者，但结果令她非常失望的那些精彩、缜密的段落，使得对于几乎每次奥吉的历险都至关重要的权力与支配意志的观念得以具体化。“说实话，”奥吉在书的结尾处说，“我对所有这班大人物、命运的支配者、智囊人物、马基雅弗利式政治家、精明狡猾的作恶者、大亨、骗子、专利主义者等，全都厌恶透了。”

在书中令人难忘的第一页上的第二句话里，奥吉引用赫拉克利特的话说：一个人的性格就是他的命运。但《奥吉·马奇历险记》暗示的是否恰恰相反呢？它所暗示的是，一个人的命运（至少这个人的命运，这位芝加哥出生的奥吉的命运）是被他人影响的性格。

贝娄曾经告诉我：“在我犹太人和移民的血液中，明显存在着怀疑的种子，怀疑我是否有权利从事作家这个行业。”他认为，这种怀疑至少部分地弥漫在他的血液中，因为“属于我们的由美国享有特权的白人建立的机构，主要被哈佛训练出来的教授们所代表”，他们认为一个犹太移民的儿子是不适合用英语写作的。这些家伙让他很恼火。

可能正是这份宝贵的、恰如其分的愤怒，使他立即投入到第三部小说的创作中。他开头没有提及“我是一个犹太人，移民的儿子”，而是让犹太移民的儿子，奥吉·马奇，打破哈佛训练的教授们（以及任何

---

① 卡利古拉是罗马帝国一位荒淫、残暴的皇帝的名字。

人）所规定的条条框框，直截了当地宣称——无须抱歉或者断字：“我是个美国人，出生在芝加哥。”

《奥吉·马奇历险记》开篇那六个字[①]表明了爱好音乐的犹太移民子弟们——欧文·伯林、艾伦·科普兰、乔治·格什温、艾拉·格什温、理查德·罗杰斯、劳伦茨·哈特、杰罗姆·科恩、伦纳德·伯恩斯坦——在美国的电台、影院和音乐厅里向这个国家展示风采（作为主题，作为启发，作为观众），如歌曲《愿上帝保佑美国》《这里是军队，琼斯先生》《噢，我多恨在早晨起床》《曼哈顿》，以及《老人河》，在音乐剧方面有《俄克拉荷马》《西区故事》《波吉和贝丝》《锦城春色》《画舫璇宫》《飞燕金枪》《为君而歌》，在芭蕾音乐方面有《阿巴拉契亚的春天》《罗蒂欧》《比利小子》。回顾他们的青少年时期，当时移民浪潮仍在持续，回顾二十世纪二十年代、三十年代、四十年代，甚至五十年代，这些在美国长大的孩子，他们的父母或者祖父母虽然讲意第绪语，但他们都没有兴趣书写媚俗的犹太情怀——它于六十年代随着《屋顶上的小提琴手》的诞生而兴起。举家移民的行为使他们离开了正统的东正教和社会专制，即犹太人的幽闭恐怖症的源头，因此获得了自由。他们为什么会愿意呢？在世俗的、民主的、没有幽闭恐怖症的美国，奥吉会像他说的那样，“处事待人一向按自己学的一套，自行其是。”

在自由的美国，肯定自己的公民身份（还有那五百多页接着要出版的书）真是大胆之举，因为它可以打消他人对索尔·贝娄这样的移民子弟创作美国式作品的疑虑。奥吉在书的结尾处兴奋地喊道：“瞧瞧我，走遍天涯海角！啊，我可以说是那些近在眼前的哥伦布式的人物中的一员。”比他更有名望的人本不相信他会拥有随意使用美国语言写作的权利。贝娄确实是像我这样的人的哥伦布，即那些移民的子孙，那些随他

---

① 原文是：I am an American, Chicago born。

之后成为美国作家的人。

《抓住时机》(1956)

《奥吉·马奇历险记》出版三年后，贝娄出版了《抓住时机》。这是一部篇幅较短的小说，与《奥吉·马奇历险记》形成了对照。该小说形式简约，组织紧凑，里面充满了悲伤，地点置于曼哈顿西部一家老人旅馆里。书中的人物主要是老人、病人和病危的人，而《奥吉·马奇历险记》则是一部广博、散漫、滔滔不绝的书，对任何事都是奔泻而出，包括作家高昂的情绪，只要能观察到生活的全部和喜悦的地方都要触及。《抓住时机》描写了一个人在一天当中衰竭的最高潮。这个人在每一种重要的方式上都与奥吉·马奇相对立。如果说奥吉是捕捉机会的人，没有父亲，贫民窟里特别可以被收养的人，那么汤米·威廉则是犯错误的人，老父亲幸运富裕，每每与儿子在一起，但不愿意与他和他的问题有任何关系。书中对汤米父亲性格的塑造主要是通过描绘他对儿子的无情和厌恶而实现的。汤米遭到了无情的遗弃，成了特别不可收养的人，其主要原因是他不具备奥吉所拥有的足够的自我信任、生命力和活跃的冒险精神。奥吉的自我是狂欢般的精神振作，被生活的强大激流猛推前行；而汤米的自我被重担所镇压——汤米“被指派为一个重担的肩负者，而这个重担就是他的自我，他独特的自我”。自我的咆哮得到了《奥吉·马奇历险记》丰富有力的散文语言的增强。奥吉在书的最后一页上欢快清楚地写道：“瞧瞧我，走遍天涯海角！”瞧瞧我——是孩子强烈要求别人对他注意，喊出了裸露的自信。

穿透《抓住时机》全书的喊声就是救救我。汤米徒劳地喊着，救救我，救救我，我一事无成。他不仅是对他的父亲阿德勒博士喊，也是对继阿德勒博士之后所有虚伪、无赖的父亲喊，对他愚蠢地托付自己的希望、金钱或者以上两者的人喊。奥吉到处被收养，人们蜂拥供养资助他，给他买衣服，教育他，改变他。奥吉的需求是聚集生动、浮夸的庇护人（崇拜者），而汤米令人悲悯之处就是聚集错误："也许犯错误表达了他的生活目的，表达了他在这里的本质。"汤米在四十四岁的时候，孤注一掷地要找个父亲 / 母亲，任何父亲 / 母亲，把他从即将出现的毁灭中拯救出来，而奥吉在二十二岁时就是个好嬉戏、独立、有脱身术的人。

谈到自己的过去，贝娄曾经说过："我一生的范式都是：极端虚弱之时即力量的开始。"他从悬崖到巅峰的摇摆历史，能否在二十世纪五十年代相继而出的两部书的辩证关系中能找到文学类比？《抓住时机》这部失败的幽闭恐怖症编年史是用来纠正前一部作品中压抑不住的热情的吗？是用来纠正《奥吉·马奇历险记》中狂热的直率的吗？通过写《抓住时机》，贝娄似乎回到（如果不是有意的话，也许只是反省地）《受害者》中的社会精神气质的原主题，回到了一个郁郁寡欢的前奥吉世界，在那儿受审视的主人公面临敌人的威胁，因不确定性而不知所措，因混乱而停滞不前，无法摆脱不满的情绪。

《雨王亨德森》（1959）

《奥吉·马奇历险记》出版仅六年后，贝娄再次迸发出激情。然而，如果说他在《奥吉·马奇历险记》中摒弃了前两部"正统的"书的惯例的话，那么他在《雨王亨德森》中则偏离了《奥吉·马奇历险记》这部在任何意义上都谈不上正统的书。因为该书中一切都是全新的：异国情调的场景、暴烈的主人公、生活中喜剧性的灾难、无休止的渴望引起的内心骚动、对神秘渴望的追寻、冲破阻碍喷涌而出后的神话般的重生。

两种完全不同的企图被结合在了一起：贝娄笔下的非洲之于亨德森就如同卡夫卡的城堡之于 K，为来自异国他乡的主人公提供了前所未见的完美试炼场，去实现其最深层的、最无法抹除的渴求——如果可能的话，他可以通过高强度的有效劳动来打破其“精神的休憩”。“我要”这一毫无目标的、发自内心的、原始粗犷的呼喊，很可能同样出自K或者尤金·亨德森。当然，两部书的相似之处也仅此而已。不像卡夫卡式的人物，在实现欲望的路上总会碰到无穷无尽的阻碍，亨德森是一股没有方向的人类力量，其不懈的坚持确实所向披靡。K是个姓名的首字母，隐指没有任何生平记载，令人同情，而亨德森的生平材料则铺天盖地。一个酒鬼、巨人、异教徒、持续处于情感动荡之中的中年百万富翁，亨德森被混乱不堪所包围，它们是“我的双亲、妻子、女友、儿女、农场、牲畜、习惯、金钱、音乐课、酗酒、偏见、鲁莽、牙齿、面貌、灵魂”。由于他所有道德方面的缺陷和犯下的错误，亨德森认为自己既是个健康的人又是个有疾病的人。他离家出走（如同构想出他的作家那样）来到一个黑人部落居住的大陆，而那些黑人可以治愈他的疾病。非洲就是药物，而亨德森则是药品制造者。

这部书妙趣横生、新颖剔透，它是第二次巨大解放，介于严肃和轻松之间（事实也是如此）的书，是一部引起学界阅读兴趣的同时又被挖苦讽刺的书，是一部炫技的书，一部真诚地炫技的书——是一部疯狂古怪的书，一部伟大的疯狂古怪之书。

《赫索格》(1964)

赫索格是一个充满矛盾、自我分裂的复杂人物——是个未开化的野蛮人，但又是个“依《圣经》教义行事”的真诚之人，天真烂漫而又老于世故，感情热烈而又被动冷漠，反省沉思而又易于冲动，心智健全而又精神错乱、情绪化、令人捉摸不透。他在面对痛苦时，感情丰富却又心思单纯；他在复仇和愤怒时是个小丑，是个让仇恨产生喜剧效果的愚人；在险恶的世界里是个明智且博学的学者，但他仍在那充满童年时期的爱、信任和兴奋的池水中流连（留恋于这种状况，没有任何改变的希望）；一个苍老的、爱慕虚荣的、自恋的人，对自己既仁慈又苛刻，旋转于一个相当宽宏大量的自我意识的循环之中，而与此同时，因个人审美而被精力充沛的人所吸引，被强者和大人物们所吸引，被做作的万事通先生们所吸引，被他们表面上的笃定所引诱，被他们的果断中显示的原始权威所引诱，从他们的激情中汲取养分，直到他被激情完全打垮——这位赫索格是贝娄塑造出来的最称心如意的人物，就是美国文学中的利奥波德·布卢姆，他们只有一处不同：在《尤利西斯》中，作者那百科全书般的头脑被转化成小说的血肉，乔伊斯从来没有把自己的博学、领悟力和渊博修辞让渡给布卢姆，而在《赫索格》中，贝娄则赋予其主人公所有这一切，不仅是他的心态和性情，而且还赋予了他的本心。

这颗心灵丰富、宽阔，内中烦恼却汹涌澎湃，痛苦不满与愤怒欲溃决而出。这颗迷惑不解的心灵在书的首句就开门见山、理由充分地质疑了内心的平静，不是用高雅的方式而是用经典的方言句式提出："要是我真的疯了……"这颗心灵坚强不屈，装满了深思熟虑的思想和话语，这颗心灵产生过许多关于世界和历史的一流洞见，但却也怀疑本身最为基本的能力，即理解的能力。

书中通奸情节的转折点，是导致赫索格最终冲到芝加哥拿起一支装满子弹的手枪要杀死马德琳和格斯贝奇，但最后却放弃了的场景。当时赫索格正在法庭内等待律师的到来，他噩梦般的遭遇突然重演：一位不幸、堕落的母亲正在受审，因为她与堕落的情夫一起谋杀了她自己的小孩。赫索格的所见所闻使他恐惧不已，他对着自己大叫道："我真不理解！"——这是日常生活中普普通通的话语，但对赫索格来说，却是低声下气、充满痛苦、回荡不已的一次坦白，它戏剧性地将赫索格精神生活的错综复杂与私人生活中痛苦的失误和失望连接了起来。既然对赫索格来说，理解阻碍本能，那么，只有当他失去理解力的时候才会伸手去拿枪（就是他父亲曾经笨拙地威胁要杀死他的那把枪）——但是，最终因为他是赫索格，所以他没有开火。因为他是赫索格（他愤怒的父亲的愤怒的儿子），他发现开枪"只不过是一个念头而已"。

但如果赫索格无法理解，那么谁理解？而且所有这些思考是为了什么？贝娄书中首先为何如此不受约束地作这些思考？我这里倒不是指《抓住时机》中的塔姆金或者《雨王亨德森》中的达甫国王这些人物所作的不受约束的思考，他们似乎为贝娄出了一些鬼点子，使主人公已足够混乱的内心更加混乱。我指的是对于贝娄的作品，同样对于罗伯特·穆齐尔和托马斯·曼的小说而言，具有标志意义的那无法完成的任务：不仅试图把思想融入小说，而且试图使思想本身成为主人公困境的中心——在《赫索格》这样的书中，去思考"思考"的问题。

不仅对我来说，贝娄特别的感染力在于他以特有的美国方式出色地弥合了托马斯·曼和达蒙·鲁尼恩之间的沟壑，而这又没有影响他从写《奥吉·马奇历险记》起就雄心勃勃的计划：自由发挥曼、穆齐尔和他自己这样的作家身上既被生活的景观所吸引又被心灵的想象所吸引的智性能力，使心中所想准确地表达出来，把作者思想的底层提升至叙述的表层，但不降低叙述的模仿力，不使作品对本身作表面的反省冥想，对读者不作显而易见的意识形态上的要求，也不会像塔姆金、达甫国王那样传递毫未问题化的智慧。

《赫索格》是贝娄写作生涯中首部涉及"性"这一广泛领域并进行长期探讨的小说。赫索格的女人们对他来说至关重要，因为她们勾起了他的虚荣，激发了他的肉欲，引导了他的爱，引起了他的好奇。她们让他表现出了男人的智慧、魅力和俊美容颜，使他滋生了男童般的快乐和喜悦——他从女性对他的爱慕中得到了自我认同。她们骂出的每一句难听的话，杜撰的每一个绰号，头部每一次迷人的转动，手的每一次安抚性的触摸，嘴巴每一次愤怒的扭曲，他的女人们都以异性特有的他者性使赫索格神魂颠倒。但也正是女人的缘故——在小说的最后几页，即当赫索格离开了伯克夏休养地，甚至于离开了好心的雷蒙娜和专供她享乐的宫殿似的闺帷，当他最后得以摆脱另一个女人，甚至也是最受他宠爱的一个女人，为了得到恢复，他开始了对他而言是英雄之举的独居生活，抛弃了女人，同时抛弃了倾诉、辩解和思考，暂时放弃了那无所不包的、习以为常的快乐和痛苦之源——是赫索格的女人们把他变成了一个肖像画家，一个多才多艺的画家：在画浓艳的情妇时，像雷诺阿一样饱含慷慨；在表现值得敬慕的女儿时，如德加一样柔情；在描绘年迈的继母——或者他那亲爱的处于卑屈、悲惨移民生活中的母亲——时，可以像伦勃朗一样悲天悯人，尊重时代，了解困苦；最后，在描绘与人通奸的妻子时，与杜米埃一样穷凶极恶——他的妻子发现自己和赫索格那可爱而又工于心计的挚友瓦伦丁·格斯贝奇同样赤裸裸地夸张做作。

在所有文学作品中，据我所知，没有任何一位男性像赫索格这样感性，没有任何一个男人像他一样在与女人交往中积聚了如此强烈的情感，无论作为追求者，还是一位丈夫都如此。这位被戴绿帽的丈夫，其忌妒暴怒时的高大和溺爱妻子时的天真形成一幅融合了奥赛罗将军和查尔斯·包法利特征的连环漫画。任何人如果想从查尔斯的视角重述《包法利夫人》或者从卡列宁的视角叙述《安娜·卡列尼娜》以取乐的话，他将会发现《赫索格》是最好的入门教材。（这并非说，可以按照赫索格想象出格斯贝奇的方式，把安娜的光圈移至卡列宁身上。）

《赫索格》可称得上比《奥吉·马奇历险记》更加丰富，因为贝娄第一次在书中满载了性的内容，使得他的虚构世界渗透了苦难的印记，而大多数这样的内容在《奥吉·马奇历险记》和《雨王亨德森》中被排除了。我们发现有更多的东西隐藏在贝娄笔下主人公的疾苦而非幸福中。他越是受伤、伤口越是溃烂，直到他对“丰富的日常生活”失去兴趣，羞辱、背叛、忧郁、疲惫、失去、妄想症、强迫症和绝望等，无论是奥吉持久的乐观精神还是亨德森神奇的强大意志都无法回避的痛苦席卷他时，他就越能让人信服。一旦将汤米·威廉无助的境遇嫁接到亨德森的强烈情感，还有奥吉·马奇对浮夸风格和戏剧性的邂逅的爱好之上，贝娄就以庞大的喜剧悲惨管弦乐奏响了贝娄交响乐。

在《赫索格》中没有连续发生的行动——几乎没有行动——没有发生在赫索格大脑之外的行动。这并非说，作为一个讲故事者，贝娄模仿福克纳在《喧哗与骚动》或者弗吉尼亚·伍尔芙在《海浪》中的技法。《赫索格》里变幻不定的、断断续续的、长长的内心独白似乎与果戈理的《狂人日记》有更多的共同之处，后者那不连贯的感觉是由中心人物的心理状态支配的，而非由作者对传统叙述手法的不耐烦所决定。然而，使果戈理的狂人疯狂，使贝娄的人物心智健全的是，果戈理的狂人无法倾听自己，因此信念得不到加强，而赫索格的每一种思想中都回荡着无意识的反讽与戏仿的声音——甚至当赫索格处于最困惑之时——这与他对自己的看法和遭受的灾难分不开，不管痛苦是如何折磨着他。

在果戈理的故事中，那个狂人得到一捆由一条狗写的信件。那条狗是他爱得死去活来的女人的宠物。他狂热兴奋地阅读着那条聪明伶俐的狗写的每一个字，寻找任何指涉他自己的地方。在《赫索格》中，贝娄又胜果戈理一筹：写信的聪明的狗变成了赫索格自己。信分别写给他亡故的母亲，写给他还活着的情妇，写给他第一任妻子，写给艾森豪威尔总统，写给芝加哥的警长，写给史蒂文森州长，写给尼采（“我亲爱的先生，我可以从听众席上提一个问题么?”），写给德日进（“亲爱的夏尔丁神父……碳分子是否就是根据思想排列的呢?”），写给海德格尔（“亲爱的海德格尔教授，我很想了解您说的‘在平凡中堕落’这个词是什么意思。什么时候出现过这种堕落？当这种情况发生时，我们正在哪儿呢?”），写给马歇尔公司信用赊购部的（“今后本人不再负责偿还马德琳·赫索格购物所欠之债务。”），甚至在结尾部分，还写了一封给上帝的信（“为了把我的思维连贯起来，我的脑子一直在进行努力。我没有做得很好。但是我一直希望能按您那不可知的意志去做，接受它，还有您，而不借助于任何象征。做每一件最有意义的事。特别是要是能够把我除掉。”）

这些信件带给我们的千般喜悦，并不亚于整本书，它们是解开赫索格那无限智慧并进入他苦难生活的喧嚣深处的最好的钥匙。信件是他强烈思想的表露，为他的智慧提供了舞台。在这场独角戏中，他是不可能装疯卖傻的。

《赛姆勒先生的行星》（1970）

“我们这个物种发疯了吗？”一个斯威夫特式的问题。简洁的赛姆勒式回答同样体现了斯威夫特的特征：“证据确凿。”

阅读《赛姆勒先生的行星》，使我想起了《格列佛游记》：主人公和二十世纪六十年代的纽约史无前例地疏远；具有他这样历史的人对当时所见证的“性疯狂者”的人类状况的责难；格列佛似的迷恋于人类肉体性、人类生物性、身体所引起的几乎神秘的厌恶、它的外貌、它的功能、它的冲动、它的满足、它的分泌液以及气味。然后是对人类肉体能被如此征服的专注。作为一位脆弱的、被迫背井离乡的、大屠杀恐怖时期的难民，作为一个从纳粹大屠杀中奇迹生还的人，赛姆勒先生从德国灭绝小队以为全部死亡的一堆犹太人里站了起来，只剩下了一只眼睛，他记住了那让民众信心完全迷失方向的打击，即在一个伟大的城市里，安全和安全感的消失，以及随之而来的、在那些脆弱的人中产生的恐惧和使人错乱的妄想。

恐惧与厌恶使赛姆勒失去了对人类的信任，甚至使他无法忍受自己最亲近的人——因为害怕“处于热烈状态的心灵……处于极端主义和狂热状态的人性”。贝娄现在描写的不再是热情奔放的奥吉和亨德森那种鲁滨逊式的冒险，而是描写类似让人无法理解的天才赫索格的婚姻背叛这样的黑色笑剧，从而展开了对最大背叛的沉思和想象，至少从赛姆勒这位背井离乡者和受害者对二十世纪六十年代斯威夫特式的厌恶中可以感受到：疯狂的人类背叛了文明的理想。

赫索格在最为痛苦难耐的时刻承认："我无法理解！"但是，尽管老赛姆勒在冒险的高潮时仍具有牛津毕业生特有的自我克制和素有的超然——他怪异的家庭里所存在的放纵、混乱、无法无天与那些在外面，如在纽约街头、地铁里、公交车上、商店里、大学教室里的一样——他内心深处纠结着的坦诚（那对我来说就是本书的座右铭）更加令人震惊："令我毛骨悚然！"

《赛姆勒先生的行星》的成功在于赛姆勒这个人物的塑造，以及在欧洲种种经历的累积——他痛苦的历史，他被纳粹打瞎的眼睛——这使他成了"疯狂事件的登记员"。主人公的个人困境与所遭遇的具体社会力量形成了一种并置，而这种并置产生了有力、反讽得恰到好处的效果，就如它在任何令人难忘的小说里所产生的影响那样。赛姆勒因其无防备的尊严而明显与众不同。在我看来，他全然就是容纳社会上任何奇异怪诞或者充满威胁的东西的器皿，就是历史的牺牲品，他以其丰富的经历为"革命状态中的人类"生动有力地提供了一个严酷的二十世纪视角。

我不知道书中的情节展开谁为先，是疯狂呢还是登记员，是赛姆勒呢还是二十世纪六十年代。

《洪堡的礼物》(1975)

《洪堡的礼物》无疑是贝娄在情绪最高涨的时期完成的欣快、混乱的喜剧小说中最为疯癫的一本，是《奥吉·马奇历险记》《雨王亨德森》《洪堡的礼物》等小说代表的自我领域的快乐的音符，当贝娄埋头创作那些黑暗、低落的小说如《受害者》《抓住时机》《赛姆勒先生的行星》

《院长的十二月》，其间多多少少会定期释放的情绪。在这些小说里，主人公的伤口引发的、使人迷惑的痛苦无论是他们自己还是贝娄都极为看重。(《赫索格》在我看来是贝娄小说中的上品，因为它不可思议地融合了这种典型的歧义性。如果有人希望扮演文学的厨师，把《洪堡的礼物》变成《赫索格》，简便的诀窍如下：首先，切掉洪堡，把他晾在一边；其次，选取洪堡疯狂的痛苦，将它与西特林沉思式的才华捆绑在一起；最后，把格斯贝奇扔进来——这样你的书就完成了。正是格斯贝奇的背叛引发了赫索格势不可挡的妄想症，而这一妄想症在洪堡身上又由西特林引发！)

我说《洪堡的礼物》是最为疯癫的一部小说，亦指它是喜剧中最为厚颜无耻的一部，比其他的喜剧都更糊涂，更具狂欢性，是贝娄唯一一部愉悦地释放性欲的小说，恰好也是最不顾后果地杂糅了迥异的旋律的一部小说，而且有一个荒谬的、令人无法不相信的原因：西特林的恐惧。恐惧什么？恐惧死亡，恐惧要面对（不管他的成功和显赫）洪堡的命运。在小说对抢夺、饕餮、偷盗、仇恨、毁灭查理·西特林正在构造的世界所进行的轻快描写背后，在所有一切的背后，包括小说叙述的发散形式背后——西特林热衷于淘汰鲁道夫·斯坦纳人类学那蔑视灭绝的挑战，在这种热衷里揭示得最为直接——就是他对死亡的恐惧。使西特林迷惑不解的，碰巧也是将叙述的得体性吹至西天的东西：被忘却的恐慌和畏惧，陈旧的、普通的、人人都会有的对死亡的恐惧。

西特林说："人类的胡说八道使我们背离了伟大的真理，这是多么可悲啊！"但人类的胡说八道却是他所热爱并乐于描述的，也是使他对人生感到愉悦的东西。他又说道："我不知道何时才能超脱这充满巧遇的、充满假象的、浑浑噩噩的人生，取得进入更高尚的境界的资格。"更高尚的境界？西特林会到哪里去呢——贝娄会到哪里去呢？如果没有了人类随意驱使尘世的超级戏剧，这一基本的超级戏剧是对名望（代表人物就是和幸运的、理智的西特林相对应的那个不幸的、心智不健全的冯·洪堡·弗莱谢尔——洪堡既希望超越世俗，又希望飞黄腾达，他噩梦般的失败成了西特林成功的滑稽模板），对金钱（洪堡、萨克斯特、丹妮丝，还有莱娜达的母亲，还有西特林兄弟朱利叶斯，或多或少还有每一个人）、对复仇（丹妮丝、坎特拜尔）、对尊重（洪堡、坎特拜尔、萨克斯特、西特林）、对最刺激的性爱（西特林、莱娜达等）的世俗渴望，更不必说世俗间最为世俗的渴望，即西特林自己固执地追求永生的渴望了。

若不是因为他可以片晌贪欢于他贬称为“愚昧的地狱”里的那种滑稽的贪婪所具的暴力和骚动之中，西特林为何如此热切地希望永居此地？他说：“有些人如此讲究实际，以至于剥夺了我的批评能力。”甚至击败了以永恒的平静交换他们的堕落恶意的任何企图。但除了那个愚昧的地狱之外，他“复杂的主体性”在哪里能有那么多的东西要吸收呢？来到某个空想的、无人抵达的地方，怀旧地用愚昧的地狱故事交换鲁道夫·斯坦纳忧郁的表情？

查理·西特林兴奋地想起的这一愚昧的地狱是否就是猖獗于芝加哥街道、法庭、卧室、餐馆、充满湿气的浴室和办公大楼的那种让赛姆勒感到恶心、邪恶的二十世纪六十年代曼哈顿的化身呢？《洪堡的礼物》似乎是贝娄调制的充满生气的滋补剂，用以弥补《赛姆勒先生的行星》中的悲惨疾苦和道德磨难。这是贝娄的一本欢快的传道书：所有一切都是虚妄，什么都不是！

他在芝加哥干什么？

洪堡评说西特林：“赚了那么多钱后，为什么又躲到边远地区去呢？待在芝加哥干吗呢？”

西特林评说他自己：“我的心理处于一种芝加哥状态之中。我该怎么描绘这种现象呢?”

西特林评说作为一个芝加哥人:“我感到自己忍不住想笑。这往往是一种征兆，表明我对危言耸听的东西的癖好。我作为一个美国人、芝加哥人的（不仅仅是个人的）那种对强烈刺激，对不协调、极端事物的渴望被唤醒了。”

以及:“如果你是在芝加哥长大的，对这类腐败的情况就不会大惊小怪了。相反，它还可以满足某种需要。这正好跟人们的芝加哥社会观相吻合。”

从另一方面看，西特林在芝加哥很不适应:“在芝加哥，我的个人抱负已成泡影，我的观念是一种异国情调。”以及:“我清楚地意识到，我既不属于芝加哥，也没有完全摆脱它。对我来说，芝加哥平日现实的兴趣和现象，既不够真实生动，也没有什么象征意义。”

将上述话语铭记于心——像这样的话语遍布于《洪堡的礼物》之中，回顾一下二十世纪四十年代，我们就会注意到，贝娄当作家时还没有像查理·西特林那样用芝加哥的视角整理自己的观点。的确，芝加哥在《晃来晃去的人》中偶然成为背景，但除了增强弥漫其中的黑暗阴郁气氛外，芝加哥对主人公来说几乎是格格不入的；它确实与他不相容。《晃来晃去的人》讲述的不是城市中一个人的故事，它是关于一间房间里的一个心灵的故事。贝娄直到写第三部小说《奥吉·马奇历险记》时才充分了解芝加哥的文学价值，才意识到芝加哥这个确确实实的、引人入胜的美国城市正是他需要的有价值的地方，正如西西里被韦尔加，伦敦被狄更斯，密西西比河被马克·吐温独占一样。福克纳（美国两位最伟大的二十世纪乡土小说家之一）经过类似的谨慎的尝试才最终在精神上拥有了密西西比的拉法耶特县。福克纳的第一部小说《士兵的报酬》(*Soldiers' Pay*, 1926）的场景是佐治亚州，第二部小说《蚊子》(*Mosquitoes*, 1927）的场景是新奥尔良，直到一九二九年至一九三〇年间熟练地完成了《萨托里斯》(*Sartoris*)、《喧哗与骚动》和《我弥留之际》等小说后他才发现——就如贝娄第一次即兴地选择了地理位置之后的情况一样——引起人类斗争的场所，而这些斗争反过来激发了他强烈的情感，激发了他对一个地方和其历史充满热情的反应。这一反应使得福克纳的语句晦涩难懂，乃至更甚。

我不知道贝娄开始羞于把芝加哥据为己有，是否因为他不希望别人认为他是芝加哥的作家，就如他不愿意被认为是犹太作家一样。不错，你是芝加哥人，你当然是犹太人——但这些东西怎样在你的作品中得到表现，或者说如果他们必须得到表现的话，不是马上就能想到的。另外，你还有其他抱负，其他被你的欧洲大师们，被陀思妥耶夫斯基、果戈理、普鲁斯特和卡夫卡等所激发出来的抱负，这些抱负不包括去写在后廊上唠叨闲聊的邻居们……这一思考方式与贝娄最后决定最近的地点之前的思考方式有某种相似吗?

当然，贝娄在完成《奥吉·马奇历险记》十年之后写《赫索格》时才再次大规模展现芝加哥的风貌。自此之后，独特的“芝加哥的景色”才持续对他产生吸引，特别当那个城市提供戏剧性的启发时，就像在《洪堡的礼物》中那样：一方面是“内心的斗争与外界生活的对峙，而后者是基本的，对每个人都是不言而喻的，而且具有伊利诺伊州芝加哥这个地方的特点”，另一方面是全神贯注的主人公的反思倾向。这一博弈得到了有力的探索，是《洪堡的礼物》以及贝娄随后一部小说《院长的十二月》的核心内容。然而，这一探索不是喜剧性的，而是充满仇恨的。情绪变得阴郁，越来越堕落，在强烈的种族敌对压力之下，伊利诺伊州的芝加哥变得疯魔：“在自己的地盘……他发现了一片比圭亚那丛林还要荒凉的地方……荒芜……数英里见方的荒地……累累伤口、损伤、癌变、狂怒、死亡……这个巨大地方所有的可怕的荒凉与恐怖。”

这部书的中心是，这个巨大的地方不再是贝娄的，也不是奥吉的，赫索格的，或者西特林的。到他开始写《院长的十二月》时——《奥吉·马奇历险记》之后大约三十年，他的主人公，柯德院长，已经成了这个城市的赛姆勒。

他在芝加哥干什么？这个痛苦的芝加哥人不再明白。贝娄遭到了流放。

（蒋道超　译）

受害者

第一章

有些夜晚，纽约就像曼谷一样热。整个大陆仿佛脱离了自己的位置滑近了赤道，阴森森、灰沉沉的大西洋好像变得绿茵茵的，具有了热带风光。人们在街道上熙熙攘攘，宛如一群粗野的阿拉伯农民挤在一座座神秘莫测、宏伟惊人的纪念碑中间。纪念碑上密集的灯光不停地闪烁叫人眼花缭乱，无止境地向酷热的天空攀爬。

就在那样的一个夜晚，阿萨·利文撒尔急匆匆地从三马路的一趟列车上跳下来。由于他坐在车上出神，所以险些坐过了站。等他认出车站来时，便跳起身来，冲着列车员喊道："嗨，等一会儿！"老式车厢的黑门已经在滑动，眼看就要关上了；他奋力抵挡，用肩膀硬是把门推了回去，才把身子挤了出来。列车飞驰而去，利文撒尔呼哧呼哧喘着粗气，怒目瞪视远去的列车，一边咒骂着，然后转过身来，走下去，上了街。

他窝了一肚子的火。他已经跟他弟媳在斯塔腾岛[①]耗了一个下午。或者不如说，由于她的缘故白白糟蹋了一个下午。刚刚吃过午饭，她就给他办公室挂电话——他是下曼哈顿一家小商业杂志的编辑，紧接着就哭了个一塌糊涂，求他出来，要他马上就来，一个孩子病了。

"爱琳娜，"他刚能想办法让对方听到自己的声音，就说，"我很忙。我希望你先克制克制，告诉我，病真的很严重吗？"

---

① 位于纽约市东南部。

“马上来！阿萨，求求你！马上！”

他压住耳梢，仿佛要避开她的尖声怪叫似的，接着就咕哝了一句意大利人就是好大惊小怪之类的话。这时候电话断线了。他只好先挂上，等她再打进来，可是，电话再就没有动静了。他不知道如何跟她联系，因为斯塔腾岛的电话簿上没有他弟弟的电话号码。她不是在商店里就是从邻居家打的电话。长期以来，利文撒尔跟他弟弟一家人很少往来。只是几个星期前，他收到弟弟寄来的一张明信卡，上面盖着加尔维斯敦①的邮戳。他在一家船厂工作。当时利文撒尔跟他妻子说：“先是诺福克②，现在又是得克萨斯。什么都比在家好。”这都是老话了；马克斯结婚很早，现在追求的是新奇、冒险。布鲁克林③和泽西④有的是船厂和工作啊。这样一来，爱琳娜就挑起了照顾孩子的重担。

利文撒尔给她讲的是实话。他的确很忙，面前摆着一大堆没有核对的校样呢。他等了几分钟就把电话拿开了，喉咙里不耐烦地哼了一声，便拿起了一份校样。毫无疑问孩子病了，也许还病得不轻呢，要不她也不会这样又哭又闹。既然弟弟不在家，去一下也算尽一尽责任。晚上去吧。该不至这样急如星火吧？要爱琳娜心平气和地说什么事儿那可没门儿。他心里这样嘀咕了好几次，然而她的哭声就像长把电扇的嗡嗡声和打字机的嗒嗒声不断在耳边萦回。万一病情真的严重了呢？突然之间，在一阵冲动之下，他一边自责，一边站起身来，从椅背上提起衣服，走到接线小姐跟前说：“我想进去见见比尔德。请你替我打电话通报一声好吗？”

利文撒尔双手插在后兜里，靠在上司的桌子上，向他微微欠着身子，心平气和地宣布他得出去一下。

---

① 美国得克萨斯州东南部海港。

② 美国弗吉尼亚州东南部一港市。

③ 纽约市的一个区。

④ 新泽西州东北部港市，与纽约市隔河相望。

比尔德先生的脸是一张因秃顶而扩大了的脸，上面长着一只凶恶、突出的鼻子和一个青筋暴起的前额，所以具有一副怀疑而严厉的神情。

“要做出刊的准备吗?”他问。

“家里有急事。”利文撒尔说。

“等几个钟头不行吗?”

“我想能行的话，我就不去了。”

比尔德先生对此做出了一个简短难堪的回答。他把金属尺啪的一下打到打字稿上。“你自己看着办吧。”他说。再就什么也没有说，可是利文撒尔仍然逗留在桌子旁，希望听听下文。比尔德先生用一只哆哆嗦嗦的手按着那不太平整的额头，不声不响地琢磨着一篇文章。

“该死的东西!”利文撒尔心里说。

他走到门口的时候外面下起了雷阵雨。他瞅了一会儿雨。空气突然像虹吸玻璃管一样蓝。拐角上的仓库没有门窗的那一面墙上全是黑色的道道，雨水冲洗过的铺路石和沥青裂缝在弯曲的街道上闪闪发光。利文撒尔回到办公室去穿雨衣。他正在门厅里走，听见比尔德先生用他那喋喋不休、死不饶人的声音说：“什么事正干到半中间就撂手了。正在紧要关头，把别人都栽到烂泥里去了。”

另外一个声音——他听得出那是营业主任费伊先生——回答道：“真有意思，他居然屁股一抬就走了，肯定出了什么事了。”

“好占便宜嘛，”比尔德先生接着说，“就像他别的兄弟们一样。我没有见过一个例外。凡事只图自己高兴。至少总该说一声过会儿回来吧，不知怎么搞的!”

费伊先生没有吭声。

面无表情的利文撒尔穿上雨衣。一条胳膊挂在袖子里了，他使劲一通才伸了出来。他迈着他那笨重的大步走出了办公室，又在前厅停下来，从玻璃冷柜里拿了一杯饮料。等电梯时，他才发现他还把纸杯拿在手里，于是便把它捏成一团，使劲一扔，从铁条缝里飞出去掉进了电梯井。

去渡口的路不远，所以利文撒尔乘地铁时并没有脱掉他的橡胶雨衣。空气闷热潮湿，他的脸也变得潮乎乎的。昏黄的灯光照着，电扇的叶片转得出奇地慢，他都能把旋转的次数数下来。等他走到街上的时候，阵雨已经停了，当船开出码头，行驶在略微上涨的河面上时，太阳又出来了。利文撒尔站在露天里，雨衣搭在肩上，胸前的一头折在一起捏在手里。港口，刷过漆的锈迹斑斑的船体周围的水面慢慢地波动着。雨已经退到天边去了。一条黑沉沉的带子远远延伸过去，跟岸上密密麻麻的景物相连。水面上的空气凉爽一些。可是在斯塔腾岛这边，绿蒙蒙的大船棚叫人热得透不过气来，一片片的水泥地面洒满了阳光。下船的人群涌上去，朝马路边排成一溜儿等候着的公共汽车奔过去，每辆车发动机都在猛烈转动，笼罩在油雾的闪光里。

马克斯住在一幢公寓大楼里。他的套房就像利文撒尔自己在欧文广场的套房一样，是一座高层无电梯大楼的套间。孩子们在门厅里吵闹奔跑，墙上到处是孩子们涂写的东西。一个头戴船形帽的黑人看门人在擦洗楼梯，怒气冲冲地望着利文撒尔留下的脚印。院子里洗晾的衣服在强烈的阳光照耀下硬撅撅、怯生生地摆动着，滑轮在嘎吱作响。利文撒尔按了门铃，爱琳娜没有回应。他敲门的时候，大侄子来到了门口。这孩子不认识他。当然，利文撒尔心想，他怎么会认识呢？他抬起头来打量着陌生人。在这充满阳光和尘土、空荡荡的白色走廊里，他把一条胳膊举起来遮挡眼睛。孩子身后的屋子里一片黑暗；窗帘吊着，餐桌上是乱七八糟的东西，中间亮着一盏灯。

“你妈在什么地方？”

“她就在这儿。你是谁？”

“你伯伯。”利文撒尔说。进门厅的时候他难免要推一推孩子。

他弟媳急忙从厨房里出来迎他。她变了，比他上次见到她时笨重了。

“哟，爱琳娜？”他说。

“啊，阿萨，是你？”她伸出手来握他的手。

“当然是我了。你不是要我来嘛？”

“我又给你打过电话，他们说你走了。”

“又打电话干什么？”

“菲尔，把伯伯的衣服接住。”爱琳娜说。

“门铃是不是坏了？”

“因为怕惊了孩子，我们把线掐断了。”

利文撒尔把雨衣往孩子的怀里一扔，跟着她进了餐室，她忙着给他腾出一把椅子。

“瞧这屋子，”她说，“我一直没时间打扫。我的魂儿都丢了。窗帘拉下来已经三个礼拜了，再也没有拉上去过，你瞧我这样子。”她把从椅子上拿起来的衣服放下，把双臂一摊让他瞧。她一头黑发乱蓬蓬的，睡袍上面套着棉布裙，光着脚丫子。她凄切地笑了笑。利文撒尔照例还是那副冷冰冰的样子，只是点了点头。他注意到她的眼神十分焦急，总体来讲，显得太明亮太清澈；她的一举一动中有一种过剩的精力，隐隐约约流露出一种难以克制的焦躁甚或疯狂。不过他对那种流露未免太敏感了。他意识到了这一点，因此便警告自己不要操之过急。他又瞧了瞧她。她那一度是黑红黑红的脸膛现在变得柔和、丰满、苍白、还有点儿发黄。他只消把侄儿扫上一眼，就能勾画出她原来的模样儿来。他这侄儿太像她了。只有他那微微向外弯曲的鼻子才是利文撒尔家的特征。

“好啦，爱琳娜，快告诉我，是怎么回事？”

“哎呀，米基病了，病得很厉害。”爱琳娜说。

“得的什么病？”

“大夫说他也不知道是什么病。他没有法子治。这孩子一个劲儿地发高烧，都两个多礼拜了。我给他喂东西，他就是咽不下去。我什么法子都试过了。真不知道该拿他怎么办。今天可真吓死我了，我进屋时连他出气的声音都听不见了。”

“噢，你这是什么意思？”利文撒尔问。

“就是我说的意思。我连他出气的声音都听不见了，”她急切地说，“他没有气了。我把头枕到他枕头旁边上听，什么都听不见；我把手搁到他的鼻孔上试，什么都感觉不到。我吓得浑身冰凉，心想我自己也要完蛋了。我赶紧跑出来打电话找大夫，可是联系不上。我给他的诊所打了，哪儿都打了，可就是找不到他。所以只好给你打电话。等我回来，他又有气了。他好了，我就又给你打了电话。”

爱琳娜把一只手贴在胸口上，又尖又长的手指脏兮兮的，手指下面的皮肤却又白净又光滑。

原来这场危机就是这样。他也许已经猜到就是那么回事。

“他就一直在出气嘛，”他说，语气有点儿生硬，“要是断了气，怎么会又出气了呢？”

“真的，是真的，”她坚持说，“他就是不出气了。”

利文撒尔的镇静并不是无懈可击的，它还是流露出了些许恐惧色彩。他把目光从她身上转移到天花板的一角上，寻思道：“真是迷信透顶了！跟那欧洲老家一模一样。看样子，死人也能复活，更不用说其他的事了。”

“你干吗不摸摸他的心脏呢？”他问。

“我应该摸一摸，也许……”

“你当然应该了。”

“你很忙，是吧？”

“呃，当然了，我有事……”

一听这话，她表现出追悔莫及的样子，于是他提醒自己要和蔼一些。他还是和蔼一点的好，反正他人已经来了。损害已经造成了。他请她放心，说一个下午的假他还是能请下来的。他在这公司干了六年了，如果干了六年为了一点私事连几个钟头的假都请不下来的话，他还不如拉倒算了。他就是一个月天天下午不上班，也远远赶不上他义务加班的时数。说完之后，他脑子里还在琢磨这件事。在行政部门，情况可就不一样了。在那里你可以请病假，如果头痛，你就可以回家歇着。而你的职位是终身的……但他不想老纠缠在这件事情上。他站起身来，把椅子一转，仿佛改变了位置就可以转换自己的思路似的。

“你应该把窗帘拉起来，”他对爱琳娜说，“干吗老吊着帘子？”

“这样屋里凉快些。”

“可它把空气隔到外面了……你怎么还开着灯，灯也发热呀。”

她已经把衣服从椅子上拿到了桌子上，把盘子、面包、牛奶盒和杂志等杂物推到了后边。他寻思她之所以老是吊着窗帘，还不就是怕院子对面的邻居看到她的邋遢相。他环顾了一下这间屋子，满心的不高兴。马克斯行踪不定，从诺福克漂泊到加尔维斯敦，然后又不知去了什么鬼地方。也许他倒喜欢住在出租公寓和旅馆里。

爱琳娜给了菲利普一块钱，打发他下去买啤酒。她把钱从塞满零钱的连衣裙口袋里掏了出来。菲利普走后，利文撒尔提出要看看米基。

在爱琳娜那间热烘烘、黑乎乎、密不通风的屋子里，米基躺在靠墙放着的一张大床上睡着，被单拉到了腰上。他的一头短短的黑发看上去潮乎乎的，嘴张着，穿着一件无袖汗衫。利文撒尔小心翼翼地把手背贴到他的脸蛋儿上，那脸颊像火一般发烫。他把手缩回来时，却把戒指撞到了床柱上。爱琳娜瞪了他一眼，把他吓了一跳。他发觉自己正抱歉地抬起那惹了祸的手臂，感到脸也一下子涨红了。可是她却没有再看他，倒是把被单拉上来盖住了孩子的肩膀。利文撒尔退到门厅里等她。她慢慢地把门关上，陪着万分小心，他觉得好像是整整过了好几分钟似的。他向屋子里面瞅着，由于床上的身影儿被凸出来的五斗橱遮住了一部分，所以那里显得更暗了。最后她终于放开了门把手，他们便回到了餐室。

他坐下来，显得神情低落，愁容满面，立刻提出该把米基送到医院去。“你们的医生是谁?”他说，“他是怎么了?怎么叫你把孩子放在家里?他应当住在医院里才是。”但他马上意识到该受责怪的不是医生，而是爱琳娜。她顽固不化地说，他还是待在家里好，待在家里她自己可以照看他嘛。她把医院视为畏途，所以他终于忍不住叫了起来：“别那么土老帽了，爱琳娜!”她一声也没吭，不过，看上去与其说是生气，不如说是苦恼，也许她没理解他的苦心。他也很生自己的气，这么动气干吗呀，可是这里的一切都让他觉得压抑——房子，他的弟媳，生病的孩子。在这样的地方，在这间屋子里，孩子怎么能好起来呢?“好啦，看在上帝面上，爱琳娜，”他换了另一种口气，“医院并没有什么可怕的。”她闭着眼睛摇了摇头。他想再造一个句子来，但又打消了这个念头，便向后一仰，靠在马海绒扶手椅上。

突然，她兴冲冲地、几乎是喜出望外地说：“菲利普把啤酒买来了。”说着她就站起身去拿玻璃杯，接着又是找开瓶器，开瓶器没找着。菲利普就在厨房里一个铁柜的把手上撬掉了瓶盖。爱琳娜要做三明治，可是利文撒尔说他不饿。“噢，一会儿就该吃晚饭了。要是你的胃口给糟蹋了，你太太怕不高兴吧。她怎么样?她长得可真好看。”爱琳娜笑呵呵地说。她甚至连他妻子的名字都不知道。她们只见过一两次面，他犹豫了一阵儿，没告诉她玛丽已经在几星期前到南方陪她母亲去了。如果对她说了，爱琳娜会坚持让他留下来的。

为了转换话题，他问起他弟弟的情况。从二月起，马克斯就一直待在加尔维斯敦。他想要一家人都到那儿去，但那个城市太拥挤了，很难找到一套住房。他一得空就去找房子。

“在纽约他可有套房子，干吗不回来呢?”利文撒尔说。

“噢，他在那儿能挣大钱，一星期工作五六十个钟头。他给我汇了不少呢。”她好像一点也没有被遗弃的感觉，甚至对马克斯不在家也不大在意。

利文撒尔匆匆忙忙地喝完了啤酒，站起来说他还要赶回办公室去，或许能有个把钟头可以清理一些材料。爱琳娜把邻居的电话号码给了他。他抄到自己的本子上，告诉她如果过一两天米基还不见好，就给他打电话。到了门口，他把菲利普叫过来，给了他一个两毛五的硬币，让他买汽水喝。那孩子接过来含糊不清地说了声“谢谢”，但目光中毫无感激之情。或许对菲利普来说，一个两毛五的硬币算不了什么。爱琳娜的口袋里不是塞满了零钱吗，她对钱肯定很大方。利文撒尔用指头刮了一下孩子的脸蛋儿。菲利普耷拉下脑袋，利文撒尔对自己感到某种莫名的失望和不满，讪讪地离开了弟弟家。

他等车等了很长时间，到曼哈顿时已是黄昏时分了。太晚了，去办公室也没有用了，尽管如此，他还是在南渡口，在黑褐色的热气中考虑到底回不回去。“唉，没有我他们今天还不是照样干。”他终于下定了决心。这个时候再回去，比尔德肯定会解释为他来就等于承认自己错了。再说，这个时候回去的话，难免有标榜自己与众“兄弟”不同之嫌。不，绝无此意，利文撒尔想道。他要早早地吃了晚饭回家，虽然他只觉得渴，不觉得饿，但他还是得吃点儿东西。他霍地拔脚向地铁车站走去。

第二章

利文撒尔身材魁梧，脑袋大，鼻子也大。他长着一头大波浪形的黑发，在两道交互生长的眉毛下一双眼睛乌黑闪亮，对于一张成年人的脸来说未免大得出了格。不过它尽管像小孩子的眼睛一样大，但没有孩子气的表情。这双眼睛流露出一种对自己的能力兴趣不大的睿智，仿佛不愿意为能力伤神似的，所以显得十分冷漠，而这种冷漠似乎也推广到为人处世上了。他并不是老吊着个脸，只不过显得不够随和，不够热情罢了。今天晚上，因为天气闷热，他显得衣冠不整，不过就是平时，他也不十分整洁。他的领带被扯到一边，没有紧贴在领子上；他的衬衣袖口从外衣袖子里露出来，裹住了他那粗壮的棕色手腕；他的裤子在膝盖处松垮垮地形成了两个大包。

利文撒尔的原籍在哈特福德[①]。他在那儿上完了中学之后便离开了家。他父亲在那里开着一爿小布店，是个性格狂暴的人，对待儿子严厉而自私。利文撒尔八岁、他弟弟六岁的那一年，他们的母亲死在一所疯人院里。她离家出走的时候，有人向当哥哥的利文撒尔问及他母亲的情况，他的回答只是一句沉痛的“走了”，包含着遗弃的意思。等他们知道母亲的遭遇时，他们差不多快长大成人了。

马克斯没有念完中学，他念到二年级就辍学了。利文撒尔毕业以后去了纽约，在一个名叫哈卡维的拍卖商手下干活。此人是他的沙克特

---

① 美国康涅狄格州首府。

舅舅的朋友。所以哈卡维便成了利文撒尔的保护人；他鼓励利文撒尔上夜大，甚至借钱给他。利文撒尔修了门法律预科课，可是学习成绩不大好。也许知难而上的思想给他的压力过大。学校本身——学校的气氛，尤其是在蓝色的冬夜，有些学生的那股拼劲儿，很多人都已年过半百，饱受挫折但还是锲而不舍——实在使他不安。他不会学习，从小待在他父亲的铺子后面的屋子里，从来都不知道怎样学习。他把这门课程修完了，但学得并不出色，因此就没有人鼓励他继续上法律学校。要是他能继续给哈卡维当助手倒还挺不错，不料老头儿染上肺炎死了。他儿子丹尼尔当时在康奈尔大学上三年级，便退了学赶来接管生意。利文撒尔依然记得葬礼结束后丹尼尔来到铺子里的情景。他身穿一件熊皮大衣，高高的个头，金色的头发，神情严肃、动情地向每个伙计说："咱们还是一鼓作气干下去吧！"利文撒尔实际上是受老头儿的监护，他一死，利文撒尔便意志消沉，相信自己能耐太小，对丹尼尔没有什么用处。铺子不久就倒闭了。回哈特福德已经不可能了（他父亲又结婚了），于是利文撒尔到处漂泊。哈卡维去世几个月后，他在东区的一间肮脏的走廊小卧室里住了不长一段时间，吃不饱，人很瘦。有一阵子，每逢星期六，他在一家百货商店的地下屋里卖鞋。后来，他又找了一个稳定工作，当毛皮染色工，此后，他在下百老汇的一家流浪者旅馆当职员，大约干了一年。后来他时来运转，上了行政雇员名单，他填表表示"在美国任何地方工作"均可。于是他被派往巴尔的摩[①]海关。

他在巴尔的摩过的生活就截然不同了，这里的生活没有那么寂寞。于是他才慢慢明白过来，在纽约他把孤独看成理所当然的事，所以很少意识到这种孤独搞得他的日子多么难过。在海关工作的第一个冬天，他应邀参加了一个小组，每到星期六，这个小组都到华盛顿去听歌剧。他怀着一种又新鲜又疑惑的兴趣坐着听完了五六场演出。他开始定期外

① 马里兰州中北部港口城市。

出了。他学会了品尝海鲜。他为自己买了两套西装和一件轻便大衣——因为原来他从十月到四月总是穿着老哈卡维送给他的一件厚重的驼毛外套，热得大汗淋漓。

有一年七月四日，在切萨皮克[①]海岸的一次野餐会上，利文撒尔爱上了他的一个朋友的妹妹。她是一个身材高挑、行动迟缓的漂亮姑娘。海湾波光粼粼，利文撒尔目送着她，只见她从游船爬上码头，与她哥哥手挽手朝树林走去，香喷喷的烤肉的烟雾笼罩着树林。后来，他看见她参加女子赛跑，双臂紧贴在体侧。她是落在后面的人中间的一个，后来就索性不跑了，退出了赛场，一面笑，一面用一块手绢擦脸擦脖子，那手绢跟她的绸夏装同属一种料子。利文撒尔站在她哥哥身边。她走上前来说道："哎，我小的时候倒很能跑。"她还不习惯把自己看成一个成年女子，一个美丽的成年女子，这使利文撒尔对她顿生爱怜之情。虽然他两眼看着双人三腿赛的赛手在草地上一瘸一拐地跑，心里却仍然想的是她。他特别注意到一个红头发男子，一路奋力向前，对他的搭档大为恼火，仿佛比赛是一种痛苦和羞辱，他只有获胜，才能把它洗刷掉似的。"百人百性，"利文撒尔心里说，"人真是千差万别。"

他参加了端蛋赛跑，还游了泳，所以那天一直感到精神焕发。那天大半个下午他都和玛丽在一起。他们把自己的三明治带到海滩上，踮起脚尖走在白花花的沙滩上，找到了一块属于他们自己的地方。夕阳西下时，他们开始返回，最后他们一起坐在一艘小汽船的尾部，驶进那个水波不兴的酷热的港口，绕过油轮的后端，穿过被工厂和码头扩散到水面和空气中的黄色的雾霭。她哥哥正在跳板上的人群中等她，他们在冲天的喷气声中道了晚安。

一到秋天，他们就订婚了，而利文撒尔的成功使他自己也惊讶不已。他觉得他的艰苦生活使他形容猥琐，而这种形容对玛丽这样的女孩

---

① 弗吉尼亚州东部一城市。

子是一目了然的，肯定会使她反感的。他对她并没有十足的把握，事实上，订婚一个月之后，真的发生了可怕的事情。玛丽承认她发现自己无法割断同另一个男子、一个有妇之夫的恋情。在这痛苦的时刻，利文撒尔几乎丧失了说话的能力。他盯着她——他们在一家餐馆里。后来他问她订婚以后她是否仍在与这个男人幽会。她说是的，此时此刻，她似乎才认识到问题是多么严重。他起来要走，而她想把他拉回来，于是他推了她一把，她失去重心倒在了雅座间。他又把她扶起来，她的嘴唇惨白，眼睛躲着人。他们一起离开了餐馆，他交款时她甚至还等着他，可是一出餐馆，他们一句话没说便立即各奔东西了。

大约过了两年，她给他寄来了一封友好的书信。他不知道如何答复。这封信在他的梳妆台上搁了一个多月，夜夜面对着它，使他无力顾及其他的牵挂。正当他还在仔细盘算的时候，他又接到了她的第二封来信。她在信里直截了当地要他想想她一直是多么的苦恼；她承认她试图通过跟他订婚来打消对那个男人的痴情，不过这并不是唯一的原因；她并不是不分青红皂白就选中了他的。利文撒尔发现这封信比较容易答复。他们便开始了书信往来。圣诞节他去看望她时，他们便在威尔明顿①的一个治安法官的主持下举行了婚礼。

此前在婚约中断几个礼拜之后，他就离开巴尔的摩回到了纽约。丹尼尔·哈卡维不知怎么地捞到了一份商业报纸。利文撒尔由于一直在编一册部门规则，所以他认为自己还能应付这类工作。他跟哈卡维进行了联系，哈卡维回信说如果他想回纽约，他保证能把他安排到一家报社。哈卡维的关系网很多。一个周末，利文撒尔把箱子装好，发往哈卡维的寄居宿舍去。巴尔的摩他是没法待了，他太苦闷了。以后他一想到这段经历就感到汗颜无地。一个吃苦长大的人除了四处漂泊以外，还应当有点别的谋略吧。即便在当时，他也意识到扔掉工作未免失之轻率，而信

① 北卡罗来纳州东南部一港市。

任哈卡维更是荒唐透顶，因此他告诉上司他辞职是为了另找出路。实情他羞得说不出口。

他发现哈卡维的模样发生了一点儿变化。他头发掉了许多，却留了一撮红胡子。他身上有一股张狂劲儿，好打蝶形领结，好穿绒面革黑皮鞋。不过本质上还是老样子。他在信中写到他的众多关系，可是能够去找的他只想起了一个。这是一个中年肯塔基人，姓威利斯顿。他身材矮小，面色红润，方头大脑，一头棕发是按深山老林的人最讲究的方式梳的。他是在纽约住上二十年仍保持自己的地区本色的那种人。那是一个寒冷的秋天，他的写字台旁放着一个电热器。他屁股顶着转椅的后背坐着，偶尔还把一只脚抬到电热器的线圈上烤一烤。

不行，他说，他的办公室没有空缺。在现在这样不景气的时候，一个有经验的人兴许还可以找个一差半职。没有经验的人就干脆没门儿。除非是通过邪门儿——他的鞋在锃亮的电热器上方闪闪发光——除非他认识一个很有权势的人。

“我们没有，”哈卡维说，“我们没有门路。那他怎么会有经验呢？”

威利斯顿说，他不想提议叫他试着跟一帮小鬼们一起干那种跑稿子的活儿，一星期只拿六块钱。就连这类活儿也难找。他倒是建议利文撒尔还是干他的老本行去。利文撒尔的脸沉下来了，与其说是出于怨恨，不如说由于自责。他要是没有那么干脆地辞去行政部门的工作，而是要求调动一下就好了。他可以一等到底，不管等多久都行。他估计威利斯顿对情况已经猜出了个七八分。这真使他傻了眼，他干出了这种事。可是哈卡维还在现身说法，说是他的工作可是靠运气找到的，而不是凭经验。噢，没有的事，威利斯顿答道，他父亲的名字在古董界可是响当当的——哈卡维办的正是这一专供拍卖商和古董商看的报纸。“利文撒尔跟家父和我本人共事过很长时间。”哈卡维告诉他。于是威利斯顿耸起肩膀盯着电热器的表面，仿佛在说：“这样的话，什么也难不倒他了。”他看到利文撒尔那副痛苦、消沉的样子，似乎有些后悔。当然，他愿意尽量帮忙，他说，不过他不想让他们相信大概没有多大问题。他会打电话跟一些人联系，同时，利文撒尔也可以逐个儿跑跑看。

他开始陷入绝望的境地。小一些的商报干脆一口回绝，大一点的只让他填个申请表；偶尔他也能见一会儿人事主任，还有机会跟什么人物握握手。久而久之，他开始变得咄咄逼人，索性避开接待员，径直闯进里面的办公室，看见什么权威派头的人就拦住，来一个自我介绍。他遇到的往往是惊诧、冷淡，还有恼怒，他自己也动不动就生气。他对哈卡维说，如果你的行为有些出格，不走正道，他们就感到害怕。可是这正道恰恰把你领到了大门之外，他们怎么会指望你待在里面呢？他屡次三番跟哈卡维探讨这种事，并非没有道理，可是惹人恼火的事，一触即发的争吵接连不断。在火冒三丈的时候，他每每忘记了自己的真正目的。在刮脸或在走进银行提取存款的时候，他也许会提醒自己，他这完全是破坏自己的目的，就是有人万一碰巧有工作可给，也不会把工作提供给他的。可是他还是积习难改。

这种奇怪的状况持续了两个来月。后来，跟哈卡维住在一起越来越困难（一个礼拜有好几个晚上他要款待一个女友，利文撒尔只好离开房间，不是看电影，就是去自助餐馆），再加上手头的钱越来越紧，所以他决定，以后只要有活，不管是什么活他都干。他正在考虑到下百老汇他干过活的那家旅馆试试看，恰巧接到了威利斯顿的一个条子，要他来一下。他的一个伙计病了，要到亚利桑那去过冬，在他回来之前，利文撒尔可以填补他的空缺。

这样，利文撒尔便通过威利斯顿开始涉足这种职业。他感恩戴德，工作非常卖力，而且发现自己有干这种工作的本领。从六月到夏末他又无事可干了——那也是一个困难时期。可是现在他已经有了一个季节的工作经验，所以终于在伯克-比尔德公司找到了一个职位。尽管他偶尔在比尔德那里遇到一些麻烦，但他还是满意的，他的情况比在行政部门工作好多了。

他偶尔还把发自内心深处的感情吐露给玛丽听，“我很幸运，还是能应付局面的。”他的意思是他开头就碰壁，接着又屡犯错误，那些本来会毁掉他的东西反而结合在一起给他奠定了根基。他几乎跟他经常留心的那一部分人气味相投（他永远不会忘记下百老汇的那家旅馆），就是那部分应付不了局面的人——失落的、被抛弃的、被压垮的、被抹杀的、被毁灭的。

第三章

利文撒尔的岳丈最近去世了，家里人劝他岳母把巴尔的摩她自己的房子出让了，到查尔斯顿去跟儿子住。玛丽帮她母亲搬家去了。

玛丽不在的这段时间，利文撒尔一直在附近的一家意大利餐馆吃饭。这家餐馆设在一家老经济公寓的地下室里。灰泥墙壁黑乎乎的，撒在木板地上的锯末散发出一股潮湿的木头气味。尽管如此，这家餐馆还是挺合适他的。饭菜便宜，而且一般不用等座位，然而今天晚上却只有一个空位子。侍者把他领了过去。座位在一堵凸出来的墙后面的旮旯儿里，墙把风扇的凉风刚好挡住。他刚要不耐烦地张嘴抗议，但是那位稀疏的头发弯在汗津津的额头上的皮肤黝黑的侍者却来了个先发制人，疲惫而又毫无诚意地耸了耸肩，搭着毛巾的胳膊做了一个动作，表示座无虚席。利文撒尔把帽子往下一甩，把盘子往旁边一推，双肘搁在桌子上，身子伏在上面。在厨房台阶旁边，餐馆老板和他妻子正在结束他们的正餐。老板的妻子看了他一眼，就算打了个招呼，他抬了抬屁股作为回答。侍者把他的饭端来了，一个碰掉瓷的、黑不溜秋的搪瓷碟子里盛着一个煎蛋饼，边上加了一圈发硬的西红柿酱，一碟凉菜，还有几颗罐头杏子。吃着饭，他的情绪逐渐有所好转。咖啡又甜又浓，他甚至连渣子都咽下去了，然后放下杯子，吁了一口气。他点燃了一支雪茄。因为没有人等座位，他索性坐了一会儿，身子后仰着，喷烟吐雾，两手十指交叉垫在颈背上浓密的头发上。路对面的酒店里传出了徐缓的吉他乐曲。一段较为轻松的乐曲之后，另一段低沉的曲子幽幽地重复着。

他坐了一会儿后，往茶托底下塞了一点小费，走了出去。

天空依然残留着一抹红色的余晖，就像面包房大灶背后的火焰；白昼还在流连，以火红的目光俯视着黑色的泽西海岸。哈得逊河闪出一种暗淡的光泽。利文撒尔心想，这冷丝丝的海水大概如同脚下热烘烘的地铁一样，都是不会令人麻木的；列车从格子板底下疾驶而过，两边倾斜的棕色石墙上似乎放射出一股股的铁末。他穿过一个小公园，那里有很多长条椅子挤在一起摆了两圈。每一台喷泉式饮水器前面都排了几列队，温热的水流艰难而又缓慢地喷进石盆里。在这绿色广场的四周，小汽车、出租车疾驶而过，川流不息，笨重的公共汽车呻吟着爬行，从街心最高处射下来的蓝色光圈里驶出来，穿过蓝白色的光影。在灌木丛生、树木林立的角落里，孩子们打闹着，尖叫着，一个奋兴乐队在一条人行道上又是唱歌，又是敲鼓，又是吹号。利文撒尔在公园没有停留多久。他信步朝家走去，他想他应该调一杯冷饮，然后在敞开的窗子边躺下。

利文撒尔的住处挺宽敞的。如果在一个较好的街区，或者再低三层，那么这房子的租金应该是他现在所付的两倍了。不过楼梯很窄，令人憋闷，而且曲里拐弯的。尽管他爬得很慢，到四楼时，已经上气不接下气，心跳非常急促了。他歇了一会儿才把门打开。一进门，他就把雨衣扔到一边，一头栽到客厅里盖着绣花床罩的矮床上。玛丽把几张椅子移到角落里，并且盖上了床单。她不能指望他在白天关上窗子，拉上窗帘。这天下午清洁女工来过了，屋子里弥漫着一股浓烈的洗衣粉味。他站起来打开窗子。窗帘摆动了一下又静下来了。街对面有一家电影院，挂着灯饰；影院顶上有一个水箱，笨重地斜架在横梁上，烟囱帽一动也不动，只是在极轻的气流中嘎嘎作响。

冰箱的马达开始转动。冰格里空空如也，嘎嘎作响。清洁女工威尔玛给冰箱除了霜，却忘了给冰格里注水。他找了一下昨天看到的那瓶啤酒，不见了。冰箱里除了几个柠檬和一点牛奶外什么都没有。他喝了一杯牛奶，这使他提了提精神。他已经脱了衬衣，正坐在床上解鞋带，突然他听见门铃短促地响了一下。他迫不急待地拉开门喊道："谁呀?"整个公寓房里空荡荡的，令人难以忍受。他希望有人想到玛丽不在家，能够过来陪陪他。楼下毫无动静，他又急不可耐地喊了一遍。很有可能有人按错了门铃，但他听不到别的门打开的声音。会不会是谁作弄人?现在可不是开玩笑的时候。楼梯井里没有任何动静。他发现自己非常渴望有人来看看他，这一发现只是增添了他的沮丧。他平展展地躺在床上，从床单底下拉出一个枕头，折起来垫在头下。他想眯一会儿。然而没过一会儿他发现自己站在窗前，双手抓着窗帘。他还以为他睡着了呢，然而按照床头柜上呼呼转动的电钟来看现在才八点半。仅仅过了五分钟。

"是啊，我不应该去的。"他心里想着，突然感到忧心忡忡。那样子跑出办公室是不对的。如果当时明智地权衡一下情况，他会一直等到晚上的。再等五分钟，爱琳娜就又来电话了。那么他为什么没有等呢?难道他真的想跟比尔德顶一次牛吗?这就是他离开办公室的原因吗?不，再说，比尔德的话说得也太难听了。这种事来得并不突然。他一直认为他能够干出这种事的。如果一个人讨厌你，他就会找出各种讨厌你的原因。这无关紧要，只是叫人深恶痛绝而已。然而，他确实不应该走。他洗了洗脸，穿上衬衣，离开了屋子。他寻思，他的麻烦在于当他受到压力、又没有时间考虑时，便表现得像一个傻瓜。这是令他惴惴不安的主要原因。比方说，上个礼拜在印刷所，莱诺机排字工邓希尔硬是卖给他一张他不想要的票。他抗辩说他不喜欢看演出，这票对他没有用——这事发生在玛丽离开之前，但是邓希尔非要把票卖给他不可，他只好买下了。他把票给了办公室的一个姑娘。要是一开头他就说"我不买你的票……"该有多好啊！可是他当时只是皱着眉头嘟囔了一句："哎，我拿它做什么用呢?"他的一位邻居出来了，袒露着胸膛，穿着网球短裤，将一包叮叮当当的瓶子放在门外，好让看楼人拿走。

看门的波多黎各人努涅斯先生戴着一顶草帽，黑黝黝的脚上趿着一双中国草鞋，坐在门前台阶上。利文撒尔问他是不是看到有人按门铃。他回答说他已经在台阶上坐了半个小时，在近十五分钟内，没有人出去也没有人进来。“你听到的可能是收音机的声音吧。”他提示道，“有时候我以为有人在屋子里跟我说话，实际上是哪里的收音机在响。”

“不，门铃确实响过，”利文撒尔很肯定地说，并很严肃地看着这位门房，“你说会不会是吊斗的铃声？”

“除非有人在地下室胡闹，今晚我可没有碰过它。”

利文撒尔向公园走去。或许真是收音机在响，尽管他觉得不可能。或许是线路里的什么东西受热发出的声音——他不太懂电，要不就是吊斗的声音。或许是他的神经有问题，总以为门铃在响，就像他认为他自己已经睡过觉了一样。这是最令他担忧的问题。自从玛丽走了之后，他的神经一直恍惚不定。他把厕所里的灯彻夜开着。说起来怪难为情的，昨天上床之前他索性关上了厕所门，但灯依然开着。这很荒唐。总觉得自己睡着时会受到惊吓。而且，还不止这一点，他总认为他看见老鼠沿着墙壁乱窜。屋子里确实是有老鼠。这幢楼很旧了，地板下面一定有老鼠窝。他并不惧怕老鼠，然而一旦怀疑周围有什么动静，他就会猛然扭过头去看。现在他怎么也睡不着觉。炎热还从来没有影响过他睡觉。他确信自己有些不对劲儿。

公园里比原先更加拥挤，非常吵闹。角落里又出现了一个奋兴乐队，这两个乐队的吹打声混杂起来，压倒了其他一切声音。灯变得黄嗤嗤的，上面爬满了蚊蝇和飞蛾。一条小道上有一个老头儿在擦鞋，他的脸膛晒得黑红，筋骨十分硬朗，戴着一顶亚麻布帽子。喷泉在闪发出一种绿灰色的光。穿着内衣的小孩们在喷出的水花下蹚水嬉闹、翻滚，他们的父母站在旁边看着。与白天相比，人们的目光柔和了许多，眼睛显得更大，盯人的时间更长。似乎在这炎热的黑夜里，某种保留的距离沟通了，陌生人也会彼此致意，相互接近。你瞧着，想着，至少你认识刚才看到的那个人。

利文撒尔在饮水喷头前排队等候时，这种朦朦胧胧的事情盘踞在他的心头，突然，他感觉到有人不仅在看他，而且在盯他。如果他没有搞错的话，那么有人在仔细打量他，并和他一起随着队列向前移动。“他好像认识我。”他想。要不那人仅仅是在那边闲逛，难道他仅仅是个旁观者？利文撒尔顿时拘谨起来，部分原因是想抑制他紧张的神经，他繁忙的想象。然而它并不是想象。他朝前走一步，那个人也跟着走一步，却低着个头，似乎是为了掩饰对薄嘴唇的利文撒尔那刻板严肃的面部表情流露出的嘲笑，然而他的眼睛里却没有一丝开玩笑的意思——他现在离利文撒尔很近；那双眼睛里既流露出了嘲弄，又显得十分严厉。

“这家伙会是谁呢？”利文撒尔心里嘀咕着，“如果我曾经看到过一个演戏的，那就非他莫属了。天啦，天啦，这家伙究竟是什么东西啊？或许是那种想叫你认为他一眼能够看穿你的灵魂的家伙。”他想把那家伙盯得低下头去，现在他才意识到这人的无礼。他就是不走开。他比利文撒尔高，但没利文撒尔结实。体格高大但并不强壮。“如果他要闹事，”利文撒尔想道，“我就抓住他的右胳膊，一把把他扯个趔趄……不，抓住左胳膊，然后把他朝我的左侧拉过来；我的左侧劲儿更大。趁他往下倒的时候，我就照他的颈背一拳。可是他干吗要闹事呢？毫无道理嘛。”

他做好了准备，下定了决心。然而他的胳膊在微微地颤抖，在此期间，他感到由于他的神经不大可靠，所以他自己就是恼怒，怀疑的原因。接着他听到那人喊他的名字，他大吃一惊。

“怎么？你认识我？”他大声质问。

“我吗？你不就是利文撒尔吗？我为什么不能认识你呢？不过我以为你可能认不出我来了。我们只见过几次面，大概我的样子跟以前是有点儿不一样了。”

“噢，阿尔比，对不对？阿尔比？”利文撒尔逐渐认出了他，慢慢地说道。

“柯比·阿尔比，这么说你还真的把我认出来了？”

“唉，我真该死。”利文撒尔说，不过语气相当冷漠。如果真是柯比·阿尔比，会有什么事呢？他看上去确实变了，不过那又有什么呢！

就在这个时候，排队的几个人推了他一下，轮到他喝水了。他一边吞咽那温吞吞的水，一边斜着眼睛瞅阿尔比。排在阿尔比前面的那位妇女——她浓妆艳抹，看上去就像一个从戏院里溜出来吸一口新鲜空气的歌舞队女演员——把阿尔比挡住了，正当他极力从围在喷头周围的人群中往外挤时，利文撒尔走了。

他从来不喜欢这个阿尔比，不过说实在的，他也从来没有多想过他。那么他怎么能够脱口说出这家伙的名字呢？他记名字的能力很差。可是一看见那家伙，他马上就认出来了。“我这脑袋瓜子究竟是怎么回事嘛。”利文撒尔思忖着，脸上的表情接近一丝微笑。“有时候你想从这脑袋瓜子里掏出一件事，还不如等着手心里长出毛来呢。”

“喂，等等！”

阿尔比东躲西闪地离开人群追了上来。“他想干什么？”利文撒尔气呼呼地问自己。

“等等，你到哪儿去？”

利文撒尔没有回答他。我去哪儿关他啥事？

“你回家吗？”

“是的，过会儿。”他冷冷地回答。

“嗯，你发现我居然还在，所以就想溜回家，我说得对吗？”他脸上浮现出一种奇异的微笑。

“我干吗会认为你不存在了呢？”利文撒尔也笑着，可是并不怎么高兴，“有你不在的理由吗？恐怕我看不出来。”

“我是说你只是想在这儿看一看我。”

“你说什么？”利文撒尔说着，皱起了眉头，“想看一看你？”

“不错，我认为你真的想，看看我的情况如何，落得个什么下场。”

“我出来是想凉快一会儿。”他开始真的动气了，“你哪根神经出了毛病来管我散步？”

“唉，我没有料到这一点，”阿尔比说，“当然，我也不知道会发生什么事。我不知道你会怎样对待我。”他抿住嘴唇，仿佛要把笑声憋回去似的，一副讥笑、放肆的样子，他把手从脸颊上移下来，放在金色的胡子碴儿上，同时用深陷的双眼愤怒地盯着利文撒尔的眼睛。他似乎在说利文撒尔完全知道他阿尔比说的是什么意思，要否认这一点就等于厚颜无耻和拙劣的表演。“就像一个拙劣的演员批评别人表演拙劣一样。”利文撒尔想道，然而他被搞得心烦意乱。这家伙究竟想干什么？他更加仔细地打量着阿尔比；直到现在，他才注意到这家伙是多么不顺眼，阿尔比就像他在三号马路上看到的酒鬼，不是躺在门道子里，就是躺在地下室的窗口上，睡在那里等酒醒，不管天寒人闹还是太阳曝晒到脸上，一概浑然不觉。阿尔比也酗酒，这一点是毫无疑问的。他的声音很粗；一头金发从中间分开，梳向两侧，露出一个大脑门，在灯光下显得潮乎乎的。他穿着轻薄透亮的仿绸衬衣，一直敞到胸口，露出了脏兮兮的汗衫褶边，轻飘飘的棉布西服也脏巴巴的。

“事实上你仍然想见我。”他又说。

“你搞错了。”

“唉，你收到了我的信，是不是？我在信上请你今晚到这儿来跟我碰头……”

“你给我写了信？到底为什么？我从来没有收到过你的信，这件事我不明白。”

“我也不明白，如果你没收到我的信，这就完全是一种巧合。可是，”他笑了笑，接着往下说，“当然你是假装没有收到。”

“我为什么要假装呢？”利文撒尔非常激动地说，“我有什么假装的理由呢？我不知道你说的是什么样的信。你也没有什么事好写。坦率地说，好多年来我从来没有想到过你。我不明白为什么你会认为我关心你的死活。咱们中间有什么关系吗？”

“血缘关系吗？没有，当然没有……天哪！”阿尔比大声笑了。

利文撒尔盯着那张哈哈大笑的脸，然后撒腿走开，而阿尔比把胳膊笔直地伸了过去把他挡了回来。利文撒尔抓住了阿尔比的胳膊，但并没有像预先计划的那样迅速拉过来。阿尔比好像并没有反抗。然而打了个趔趄的是他，而不是阿尔比。所以他就放开了手，他好像怒容满面——实际上他是在清嗓子，然后他说：“你想干什么？”声音一点也不大。

“嗯，这还差不多。”阿尔比挺直了肩膀，把袖口卷边放了下来。“我不想跟你摔跤，我可能不是你的对手。我想跟你谈一谈，我认为不应该动用暴力。暴力可不是你们这种人解决问题的办法。不要暴力。”

“我们哪种人？”利文撒尔问道。

阿尔比没有回答这个问题。“我想向你提几件事，这就是我写信的原因。”他说。

“我再一次告诉你，我从来没有收到过你的信。”

“看来你是要一装到底了。”阿尔比不以为然地笑了笑，似乎不明白为什么利文撒尔总是拒绝每一次可以摆脱这种拙劣的装假的机会。“那么你为什么到这儿来呢？你是想来看看我，却不希望我看见你，你现在恼羞成怒，是因为我正好碰上了你。”

“我来这儿是因为我就住在不远的那条街上。你为什么不坦率承认你来这儿是想抓我呢？天知道你来干什么，你要说些什么话。”

阿尔比左右摇摆着他那张大脸，表示否认。“恰恰相反，你知道我在这儿等你……不过，这倒无关紧要。至于我要对你说些什么嘛，我有许多话要向你说。这你知道。”

“对我来说，这又是新闻。”

阿尔比咧开嘴巴冲着利文撒尔笑了笑，暗示这是一个叫利文撒尔坐立不安的、心照不宣的秘密，他使利文撒尔感到很恶心。

“我们坐下吧。”阿尔比建议道。

“该死的家伙，他算把我抓住了，他已经把我捏得死死的，”利文撒尔想道，“他这人怪诞莫测。我真不应该出门。在经历了这样一天之后，我应该想办法睡觉才是。”

他们在一条长条椅上找了个空位。

“我时间不多，因为我必须早起，你想干什么？”

阿尔比注视着他。“你胖了，”他说，“也黑了。你体重多少？”

“二百一十左右。”

“太重了，让你的心脏负担这么大的重量可不好。在这样的季节你没有这种感受吗？我敢打赌你的心脏可吃了苦头。你还有不少楼梯要爬呢。”

“你怎么知道的？”

“哦，我偶尔得知你住在四楼。”

“你是怎么知道的？”利文撒尔不依不饶地问道。

“我碰巧知道的，难道这是秘密吗？难道别人不许知道你住在四楼吗？”

“你还知道我的哪些事？”

“你给伯克-比尔德公司干活，你给他们出一份杂志。”

“还有呢？”

“你老婆不在家。她……”他扫了一眼，仿佛要看看他所说的是不是完全正确似的，“南下了。几天之前走的。这些消息不难打听到。”

“你按过我的门铃吗？”

“我按门铃？没有的事，我干吗要按它呢？”

在透过叶隙射下来的灯光下，利文撒尔恶狠狠地盯着他。这家伙一直在盯他的梢，真是岂有此理！他盯了多久了？出于什么原因呢？——什么稀奇古怪的原因啊？阿尔比回他以颜色，就像利文撒尔审视他那样在审视着利文撒尔，又专注，又严肃。他的下颌歪向一边，阴郁沉思的眼睛呈现出一种绿灰色。这样一双眼睛逼视着，一个男人把热气哈在他脸上，因为他们挤在一起坐在长凳上，利文撒尔突然意识到自己被挑选出来成了某种怪异、疯狂活动的目标，刹那之间，他心里充满了恐惧。后来他又恢复了常态，劝慰自己没什么可害怕的。这家伙是个怪物，令人气恼，想到自己被别人暗中盯梢当然叫人毛骨悚然。可是这个阿尔比并没有唬人之处。他已经成了个瘪三，酒鬼，而且看来对利文撒尔有一种想法，或者一种点子，可仅仅是一种痴心妄想而已——或许就连这也是无中生有。你怎么能说得清这些酒鬼呢？原因肯定是有的，然而谁也没法子弄清楚——如烟似雾，也像酒精。阿尔比给他来了个突然袭击。这事是挺意外的。再说，他在目前这种心境下，是很容易被事情搞得六神无主的。他感到不对劲儿，可是没有办法。他平稳而小心地耸起了肩膀。

阿尔比仍然盯着他，说道："在我看来，很难知道你是个怎么样的人。"

"哦，原来你想谈论的就是我？"

"现在明白了吧？这就是个例子。你倒挺坦率，可你是不是想把话题从正事上引开？没错。这是一种策略。我不知道你是机灵呢，还是粗鲁。或许你不大关心咱们的正事。"

"不关心什么？"

"哦，行了，别说了，利文撒尔，不谈这个了！你知道是什么。"

"我不知道。"

接着就是一刹那的静默。然后阿尔比竭力用耐心的口吻说："唉，如果没有别的办法——我猜你希望我把整个事情重复一遍。我认为这毫无必要，不过，好吧。《迪尔周报》，你还记得《迪尔周报》吗？记得鲁迪格先生吗？"

"我当然记得，没错，鲁迪格。我曾经把他的名字写在我的一本旧约会登记簿上，我一直想碰到他。他的名字我总是想不起来。嗯，鲁迪格。"他以追怀往事的语气说，开始露出微笑，然而嘴际带着一丝勉强的痕迹。

“这么说你真的记得他?”

“当然。”

“那么其余的情况呢?是的,你不想说其余的事。你想让我说出来。好吧,我就说吧,你是通过鲁迪格来报复我的吧。”

“报复你?”利文撒尔说道,感到惊讶不已。他把涨得通红的脸转向阿尔比,他的头皮似乎快皱到眉毛上了。

“报复我,向我报复。”阿尔比一字一顿地说。突然之间,他的下嘴唇向外突出,干得快裂口了,鼻子看上去肿了,眼睛睁得像一对环。

“不,不,”利文撒尔低声说,“你搞错了,我从来没有干过这种事。”

阿尔比把手伸到他面前,做了一个否定的手势,同时,慢慢摇着头。“我不会搞错的。”

“不会?嘿,你就是错了。”

“我给你安排过一次与鲁迪格的约会吧?我给你安排过一次面谈,对不对?”

“是的,你安排过,没错……”

“然后你去见他了,而且故意侮辱了鲁迪格,还给他拿腔作势了一番,用下流话骂他,处心积虑地侮辱他,好叫我背黑锅。鲁迪格脾气暴躁,结果拿我撒气。你知道他会这么干的。这是你谋算好的。果然不出你的预料。你他妈的真是个聪明鬼。他连一周的时间都不给我,就叫我滚蛋了。”

“全是无稽之谈。我听说你不在《迪尔周报》干了。哈卡维告诉我的。可这也不能怪我呀。我肯定你搞错了,鲁迪格不会因为我们作对而归罪于你,而且,那也是他的不是。”

“鲁迪格却真的怪到我头上了,”阿尔比说,“他对这事一清二楚。他对我暴跳如雷,险些儿给气死了,而这正是你求之不得的。”

“我求之不得的仅仅是一份工作，”利文撒尔大声说，“鲁迪格粗鲁下流。那家伙一定有什么不对头的地方。脾气暴躁不足以说明问题。他心很毒，我实在咽不下这口气。这点我承认。好啦，如果原因在这里，也可以怪我，不过没有直接责任。可是你说……”

“我说完全要怪你，利文撒尔。”他张开嘴巴，似乎在微笑的瞬间屏住了呼吸。利文撒尔极力想保持头脑清醒，然而无济于事；他感到自己已经心乱如麻了。

“那你说我为什么要这么干呢？”

“报复，你他妈的！你想让我一股脑儿兜出来，好弄清楚我是不是真的了解情况。我确实了解，利文撒尔。天哪，你以为我还没有搞清楚你的花招吗？你也未免太小瞧我了，我早就弄明白了。如果你还想让我一股脑儿地兜出来，我也愿意。让我从更早的事说起吧：威利斯顿家，有过一次聚会。”

“对，那是我们初次见面的地方，威利斯顿家。”

“嗯，你想起来了。我认为你一直要缩头缩脑，不肯回忆呢。不错。你的朋友也在那儿，另外一个犹太人——你提到过他的名字。”

“哈卡维？”

“就是他，哈卡维。我们有所进展。”他大声笑起来，“嗯，这是关键。一个犹太人。天啦，你想一股脑儿兜出来，这有必要吗？我想是有的。你对我所说的关于犹太人的话感到很恼火。你想起来了吗？”

“没有。噢，对了，的确是这样。”他皱了一下眉头，纠正了自己的话，“我还记得你喝醉了。”

“错了。我是喝多了一点，但没有醉，肯定没醉。你们犹太人对于喝酒的看法很可笑。尤其可笑的是你们认为所有非犹太人都是酒鬼。你们还有一首歌——‘他醉了，他一定喝醉了，因为他是一个非犹太佬……一个大酒鬼。’”他止住了笑声，脸色阴沉沉的。

“呸。”利文撒尔满脸鄙夷地说。他推了一下长条椅上的木条站了起来。

“你到哪里去？”

“你丢了工作与我毫无关系。说不定还得怪你自己。你肯定给了鲁迪格足以解雇你的充分理由，这我可以想象得到。我这个人不记别人的仇。什么事你都耿耿于怀。那天晚上在威利斯顿家发生的事我记得一清二楚，可是你喝醉了，所以我不跟你计较这件事。再说都已过去这么长时间了，你找到我仅仅是想让我回忆这件事，我不明白你的用意何在。晚安。”

他走了。阿尔比站起来在他身后喊着：“你想报复。你是谋划好的。你是故意这么干的！”人们都转过头来看着他们俩，利文撒尔加快了步伐。

“如果他现在跟上来，我就在他的下巴上赏他两拳，把他打翻在地。”他想着，“我发誓，我要把他打翻，踩碎他的肋骨！”

到家后他打开信箱，发现了那张字条。署名是“忠诚的，柯比·阿”。上面说他九点钟到公园。为什么要在公园里呢？唉，为什么要如此非难呢？多么古怪的想法！也没有多大意思啊。信封上没有邮戳，肯定是阿尔比亲自送来的，很有可能是阿尔比按的门铃。

“怎么判断时间的，那个努涅斯。”利文撒尔咆哮着，开始往楼上走。

第四章

他没有费什么劲就睡着了，而且睡得很沉。床头柜上的闹钟把他吵醒了，他一把抓过闹钟，把制动片扳了下去，然后就蹲到窗户前——光着身子——从窗台上向外瞭望。才七点半，街道已经被热与光搞得死气沉沉的。乌云沉重地悬在空中，缓缓地移动。东南方的天呈现出黄铜色，工厂开始冒烟喷火，把印度红和棕色层层叠叠地抹进太阳，刷过碧绿的桥梁钢架。卡车和地铁沉重的隆隆声从四面八方聚拢来。努涅斯已经出去，提着一桶水，用一个扫帚疙瘩打扫楼前的人行道。他老婆忙着整理窗口花箱，往窗楣上新绷了几根白绳子，探出身子，把花藤绕到上面。

利文撒尔洗了脸，刮了胡子。阿尔比的条子还放在厨桌上。他又看了一遍，然后把它扔进洗涤槽旁的垃圾桶里。他正要“砰”的一声把桶盖甩下去，可是又克制住了自己——他在忍无可忍时，就会像昨天那样鲁莽从事。他几乎一边在嗤笑自己，一边把盖子轻轻地盖上，然后用脚把桶推到墙根。哎，昨天他失去了耐心，甚至失去了理智，还是可以原谅的嘛。多么糟糕的一天啊！他心头的压力已经够重的了，这个阿尔比还要来个雪上加霜。他准是把事情谋算了好多年了，最后他确信鲁迪格解雇他，完全是因为那次面谈。诚然，鲁迪格的脾气糟糕透了，或许天生就是坏脾气，可是他也不至于这样开除一个雇员吧，不至于因为雇员推荐了什么人，而不是由于他干了什么事而解雇他吧。“他怎么会呢？”利文撒尔自己问自己。“不是一个好样儿的工作人员，绝对不是。”荒唐。

阿尔比肯定是因为酗酒才被解雇的。什么时候你能叫一个酒鬼承认他是因为喝酒才倒霉的？尤其是在他陷得太深的时候？而这个阿尔比恰恰陷得太深了。

他穿上昨天夜里扔到床上脚底下的那套皱巴巴的法兰绒夏装和一双白鞋。他记着关上了窗子，拉上了窗帘。屋子顿时暗了下来。他从梳妆台里取了一条手绢，无意中碰到一份当年的减税结算单，这又使他想起了比尔德先生，顿时心绪黯然。玛丽不把这类东西搁在它们应搁的地方——写字台里，却习惯把它们塞到衣物下面。一气之下，他把那张纸头塞得更深，然后猛地一推，把抽屉关上。他皱着眉头走了出去。说不定比尔德会把他叫去训一顿，表面上是因为他硬挑出来的某个刺儿。要么他会打发一个人来训他——他以前就这么干过；说不定就是他的女婿，那个瘦削鼻子、圆团脸的矮子米利肯。“要是他指示米利肯来教训我……”他想，可是他不知道怎样来威胁。现在他才觉得他没有休息好。他腿酸头痛，还有眼睛——他在咖啡馆前面柱子上的长镜子里检查了一番——布满了血丝，他看上去形容憔悴。他担心地摇了摇头。镜子的棱角闪耀着蓝色和红色的光芒。

有一阵子，他一心想的是办公室里等着他的是什么，便忘了阿尔比的事。直到走进地铁，他才再次想到了他。他觉得不像先前那么好笑了。那种指责出自一个清醒的人——也就是一个正常的人，一个你必须认真对付的人——可不是无所谓的事。它出自阿尔比，就好像是一个花招：字条、按门铃，那番表演。可又不完全是个花招，因为花招是要处心积虑地来要的，而这个古怪的、落魄的、说不定正在受苦的阿尔比是否能控制自己的行动还成问题呢。受苦吗？当然受苦，利文撒尔严肃地告诉自己：穷愁潦倒，住在什么地方的下等旅店里，晚上泡在酒吧里，一天到晚睡大觉，在街头不是被囚车抓走，就是被救护车运走，脑子里盘旋着自己作下的孽，等于是搬起石头砸了自己的脚；纷至沓来的思想感情搅成一团——这种经历人人都有过，然而对他那样的一个人来说，这些思想在脑海里打旋儿一定是又可气又可怕的。当利文撒尔偶尔说起他已经得手时，所想到的正是这种情形。然而（他并不居功，他也许另有所图）他的性格截然不同。有些人的作风就像骑在马背上，要马不停蹄地跑完生命的全程似的。要么，他们至少是这么想的。他可不是那种人。

他曾在威利斯顿家遇见过阿尔比好几次。在那段生活没有着落的日子里，他正在四处找工作；威利斯顿夫妇过去经常举办聚会。说不定现在还是这样，他没见他们已有好几年了。因为他和哈卡维同住一个屋子，所以他们通常一起受到邀请。阿尔比对哈卡维表示反感，利文撒尔记得他实际上被阿尔比的一些言谈惹恼了，而且在一般情况下也讨厌阿尔比的态度。阿尔比太太是一位文静的金发女郎。他不知道她后来的情况如何：她是不是离开了阿尔比，是不是跟他离婚了？他发现她的样子还历历在目，她那脸上坚定的表情，她眼睛的形状，灰色的眼睛。她丈夫端着一只杯子懒洋洋地靠在她身旁，眼睛盯着别的客人，笑嘻嘻的。利文撒尔心想这对夫妇可真是一猪一龙。威利斯顿可能要阿尔比把客人归一下类，于是他眼睛打量着他们，伸开腿躺在沙发上，腿是那样长，满脸堆着笑。他目光死死地盯住一个人，不时对老婆发一通议论，所以他在议论谁是一目了然的，这就把局面搞得十分尴尬。他时不时地把哈卡维挑出来，利文撒尔对此十分愤慨，看样子哈卡维本人并没有意识到有人正盯着他。

哈卡维惹人注目，这一点你不得不承认。他爱讲话，而且在这样一些聚会上，不知什么缘故，他很容易激动。一点鸡毛蒜皮的事情都能使他热情奔放，说起话来总是手舞足蹈，眉飞色舞，把鼻子的线条削得更为分明。他的眼睛亮亮的，圆圆的，却十分浅显。一头金发梳到后面，鬓发非常稀薄。阿尔比打量着他，咧嘴笑着，感到十分好奇。看样子哈卡维令他十分开心。他准是说了一些关于哈卡维的俏皮话，因为有时候他逗得老婆莞尔一笑，而她照例对他的议论不表态。哈卡维也许注意到了这一点。利文撒尔从来没问过他这件事，不过说不定哈卡维完全意识到了，因为他的特性，尤其是犹太人的特性，变得更加突出了。他胡闹一气，模仿拍卖商的言行，其实是在嘲弄他的父亲。利文撒尔瞅着，面无笑意，甚至叫人望之俨然。哄笑声和用意不甚明了的喝彩声，有时候是阿尔比带的头，似乎使得哈卡维更来劲儿了，他觉得盛情难却，就索性再来一遍。威利斯顿夫妇和客人们一起笑着，不过，没有那么狂浪，而且对阿尔比的做法流露出一丝忧虑。利文撒尔有时候忍不住也跟着大家笑，不过心里有点儿不快。

阿尔比提到的那件事发生在一个晚上。那天夜里哈卡维和他带到晚会上来的一个姑娘演唱黑人的灵歌和古老的民谣。夜已经深了，大家都闷声不响，十分疲倦了。那天晚上哈卡维比平常拘谨一些。他唱得很差劲，至少没有惹得大家哄堂大笑；他也没有做这种努力。那姑娘唱得也不好，她吐词结结巴巴，不过还是挺开心的。一支民谣正唱到半截就被阿尔比打断了，尽管他不承认，他的确喝醉了。

“你干吗唱这样的歌？”他说，“你唱不了。”

“我倒想知道为什么？”姑娘问。

“哦，你也一样，”阿尔比说，嘴角上浮现出一丝笑意，“你们唱这种歌不合适。你必须生在这种歌的环境里才行。如果你没有生在这种歌的环境里，努力也白搭。”

他老婆说话了。“别理他，”她说，“你唱得很动听。”

“啊，可也是。”他轻蔑地说。

“呃，谢谢你，阿尔比太太，”哈卡维说，“这是一支很动听的歌。”

“往下唱，丹，接着往下唱。”菲比·威利斯顿催促他。利文撒尔也说：“把剩下的唱完。”

“我这就唱。”哈卡维说完又开始唱起来。

“不行，不行，不行！”阿尔比又打断了，“你不该唱这些老掉牙的歌儿。你必须生在这些歌的环境中才行。”

他老婆涨红了脸，说道：“柯比，别这样。”

“哦，我无所谓，夫人。”哈卡维把下巴收紧，双臂往胸前一交叉，一对圆眼睛熠熠发光。

“唱吧，丹。”利文撒尔说。

“唱一支圣歌。我并不反对你唱。随便唱哪一支圣歌都行。我爱听。唱吧。我爱听。”阿尔比说。

“圣歌我一个都不会唱。”

“那就随便唱一支犹太歌曲吧。要唱你有感情的东西。给我们唱一支关于母亲的歌。”说完，他就摆出一副醉意十足的期待的神态，身子往前屈到膝盖上，装出一副洗耳恭听的架势。他非常高兴，这是有目共睹的，他冲着哈卡维和那姑娘笑了笑，也扫了利文撒尔一眼。他老婆好像不声不响地离开了他。威利斯顿夫妇显得非常尴尬。阿尔比不仅仅是个相识，而且是个朋友，所以后来威利斯顿尽量替他开脱，尽量解释，忘掉这场侮辱。

事情的经过就是这样。利文撒尔自然很生气，不过为时并不长。他耸了耸肩把它放了过去。难道阿尔比认为这样的事情会使利文撒尔不遗余力地进行报复？要是他这样认为，那他就是个白痴。他过高地估计了这场侮辱的严重性和他侮辱人的能量。抑或，他认为那天夜里他暴露了一些先前不甚明了的东西？如果是那样，那他就是双倍的白痴了。“如果我疯了，我会那样干吗？”利文撒尔想道，“他平白无故地大肆标榜自己。他认为他是什么人呢？”

后来他要求阿尔比把他引荐给鲁迪格，这就表明他对那起事件究竟有多么重视了。这时候，威利斯顿的那个雇员已经从亚利桑那返回，利文撒尔又在谋求新职位。威利斯顿给他写了一封很好的推荐信，这就使他容易得到一些面试的机会。尽管如此，几个月之后利文撒尔才被伯克-比尔德公司雇用，而在这几个月的时间里，利文撒尔心情沮丧，又变得喜欢吵架，难以相处，神经过敏，言过其实，不讲道理，不拘形迹。情况传到威利斯顿耳朵里，他便把利文撒尔找来教训了一顿。利文撒尔愤愤不平，对威利斯顿产生了怀疑，主动提出把那封信还给他——现在他认识到这真是愚蠢之至。可是，他认为威利斯顿对写这封信感到后悔。

他自作主张要找阿尔比，想在《迪尔周报》找一份差事。威利斯顿表示赞同，也许还在让阿尔比把利文撒尔引荐给鲁迪格的事情上起了推动作用。要么就是阿尔比为了弥补他那种令人不快的表现而自己同意的。威利斯顿仍然想再解释解释，消除那次不快。你应当了解了解不喝酒时的阿尔比，他说，他又聪明，又正派。他喝酒的背后就是新英格兰的教养；他家是个牧师世家，有些影响需要消除，一旦消除了这些影响，他就判若两人了。利文撒尔冷冷地承认也许如此，他对阿尔比并不特别怨恨。“要是他能把我推荐一下，我将会非常感激。要是我能找一个工作与那样一个班底共事，那将是多大的转机啊。”

《迪尔周报》的面试给他雪上添霜。

鲁迪格让他在接待室里等了将近一个小时，在他的办公室里又等了几分钟。鲁迪格正在瞅着好几条拖船把一艘巨型班轮往上游顶去，所以身子背了过去。可是他一转过脸来，利文撒尔就立即明白他没有任何指望的了；甚至鲁迪格还没有张嘴说话，他已经看出来鲁迪格不要他。鲁迪格是个矮个子，脸盘又大又红，长着一头紫红色的头发。金色的短髭被一只鼻尖非常开阔的大鼻子覆盖住了。他说起话来劲头十足，咄咄逼人，非常快，语气显得沙哑。一开头，利文撒尔就想：“我碰上他真不是时候。”后来他也拿不准他来的时候正好心事很重，一反常态，所以惹得凶相毕露呢，还是鲁迪格以对待那些他不想雇用而又来浪费他的时间的人们的态度对待他呢。当天下午，利文撒尔对哈卡维谈及此事时说：“他烧得像口锅炉。我还从来没有见过这样的事。”

“什么事?”鲁迪格把双手放在写字台上说。他可能每时每刻都在克制回到窗口去的冲动。利文撒尔开始说话，随即就被鲁迪格打断了，“没有空缺，这儿没有空缺。我们已经满员。到别的地方去吧。”

利文撒尔磕磕巴巴地说："我认为这儿说不定还可以安插一个人呢。我不知道……难道阿尔比先生没有说起我的要求？"

鲁迪格把他瞅了一会儿。他们在迪尔大厦六十层的高处。太阳已经躲到下面摩天大楼群形形色色的死气沉沉、黑乎乎的尖顶后面。

"你有什么经历？"他问。

利文撒尔给他讲了。

"不，别提那些劳什子。你在哪些报社干过？"

"没有在报社干过。"利文撒尔相当紧张地说。

鲁迪格发火了，喊道："那你为何要耽误我的时间？你要在这儿干什么？出去。天哪，我正忙得不可开交，你却跑来胡搅蛮缠。"

"很抱歉，打扰你了。"利文撒尔口气生硬地说，不想流露他的恐慌。

"这是一份新闻杂志。如果你没有新闻工作的经历，这儿就没有你可干的。你难道认为我们办的是职业学校不成？"

"我想这工作我干得了。我读过你们的杂志。我认为我可以。"他支支吾吾、十分吃力地说了这几句话，然后就把脑袋耷拉下来。

"噢，是吗？是吗？"

"是的……"他开始恢复镇定，"我不知道我的经历不符合你们的要求。我有一封威利斯顿先生的推荐信。他说他认识你。"利文撒尔把手伸进他的口袋。

可是鲁迪格喊道："我不想看它。"

"好吧，威利斯顿先生说，他不明白我为什么不能在这儿找一份工作干……"

"没有人问过他。我才不管他说什么呢。"

"我想他的话他心中有数。我尊重他的意见。"

"我自己的事我明白。甭管什么威利斯顿。我该知道我这儿的需要。你不是这种人。"

"你也许明白你自己的事情，"利文撒尔把脑袋向前伸去，无动于衷地说，“我没有说你不明白。可是你们的杂志没有什么特别之处，我刚才说过，我读过。”他往嘴里放了一支香烟，没有征求鲁迪格的许可，就伸手拿了桌子上的一包火柴，抽出一根，把它擦着，然后扔进了烟灰缸。他又生气又紧张，尽量在表面上显出一副冷冰冰的满不在乎的镇定。“任何一个能写英语的人都能为它写稿子。如果你叫人试过一次，然后认为他不够格，那我就说你对自己的事情明白多了。鲁迪格先生，要办报的经历，那是偏见。”

鲁迪格大声嚷道：“噢，是吗？”利文撒尔发现他并不是坚不可摧的。现在，已经创造了一种魔力，一种两个人谁都摆脱不了的冲突和伤害的气氛。

“当然是了，”利文撒尔十分从容地回答，“这纯粹是一个行会。任何外来户都没有机会。可是实际上你应当首先考虑你的报纸，再雇用能干这份工作的人。这不会有什么损失。”

“你认为你能改进我们的报纸？”

利文撒尔回答说，不光是他的，就是任何新观念都不会有什么害处。他信心百倍，一反常态，所以尽管显得镇定自若，却好像是攻城略地一样。于是他说了些受常规限制的记忆保留不住的事情。因此，后来发生的事情他已不甚了然了。他记得说过这样一些话：“好，如果你在一家食品杂货店买东西，你买的是一种普通品牌的东西，你就知道你会得到的是什么。你打开罐头，东西就在里面。你既不会感到失望，也不会格外高兴。因为它就是一种普通品牌。”他不想回忆这种事，就像要躲避一阵神经错乱一样，所以一下子脸红耳热起来；他估计自己正在添乱，不过哪怕只有十分之一的真实情况也是灾难性的。

然后，鲁迪格像疯子一样盯着他，说道：“如果我们的报纸像你讲的那样糟糕，你到这儿来干什么？”

他回答说：“我需要一份工作，就这么回事。”

他们之间的空气肯定在颤抖，因为它充斥着过多的侮辱和愤怒。现在要是来做当时做的那种事情真是不堪设想，但是他决意不让别人牵着鼻子走。他如此告诫自己。“鲁迪格以为到他这儿来的每一个人都会叫他牵着鼻子走。”求职者都准备百依百顺，这样的人太多了。“点头称是”的习惯势力很顽强，顽强得令人可怕。你想怎么说就怎么说，你就是把他们叫作傻瓜，他们还是笑脸相迎。你把他们的信仰兜个底朝天，他们仍然笑脸相迎，鄙视他们，他们也许会脸红，仍旧笑脸相迎，因为他们不能让自己说个不字。那就是鲁迪格所习惯的情形。

“滚出去！”鲁迪格大声叫道。他气得面红耳赤。他把一条粗壮的胳膊往前一戳，站了起来。而利文撒尔既没有显示出愤怒，也没有流露出得意，虽然在他内心这两种感受都有，他也站了起来，抹平了他那顶绿天鹅绒帽的皱褶，说道：“我估计你受不了别人顶撞你，鲁迪格先生。”

“出去，出去，滚出去！”鲁迪格连声吼道，同时两只胳膊在办公桌上方往前推着，“滚出去，你这个怪物，你这个疯子，疯人院才是你的去处！出去！应当把你关进去！”

利文撒尔往门口走的时候又回过头来进行反驳，他说了一句有关于二五眼和半瓶醋之类的话。他相信自己说的不外乎就是这些——尽管阿尔比指责他骂人。他说过半瓶醋咣当之类的话。就是他当时骂了人，他现在的屈辱也不见得更大。他记得，而且清清楚楚地记得，他很得意。他为自己感到庆喜。鲁迪格没能牵着他的鼻子走。

出来后，他立刻去找哈卡维。在街角的一家自助餐馆里，他一边喝着咖啡，一边向哈卡维讲述这件事的经过。这可把哈卡维逗乐了。

“你就是那样对鲁迪格说的？嗬，我的天哪，这可是不得了的事情，可真不得了哇。阿萨老弟啊，那人可是一头公牛。我听说过他的情况。一头十足的公牛！”

“对。唉，你必须记住一件事，丹，”利文撒尔的情绪突然低落下来，“像那样的一个人会给我制造麻烦的。他可以把我列入黑名单。你必须认识到……嗯，他会吗？”

“不会的。”哈卡维说。

“你认为不会?”

“绝对不会，你以为他是谁?”哈卡维用他又圆又亮的眼睛严肃地望着他。

“他是个显要人物呢。”

“他不会对你干出任何事情的。无论你做什么，脑子里不要产生那样的想法。他不会迫害你的。现在小心点。你有那个倾向，老弟，你明白吗? 他只是把到手的东西抓住了，可是什么都干不了。也许是你所谓的那个阿尔比唆使他干了这种事，想给你耍一个卑鄙的花招。你知道它是怎么发生的:‘有个家伙尽给我找麻烦。帮我一把，他来了以后，把他收拾一顿。’于是他就这么干了。嘿，他把自家搞臭了。你明白我的意思吗，老弟? 他把自家搞臭了。所以，现在他意识到那是他自己的过错，他是自作自受。你怎么知道这事不是个圈套呢?”

“你真的认为他们串通一气了? 我不知道。反正我没有烦扰过那个阿尔比。我只是求过他一次。”

“也许阿尔比没有唆使他，但也有这种可能。只是一种可能性。我还有一个朋友就遇到过这种事——费宾。你认识他。他们把他收拾了一顿，那是一个预先布置的圈套。只不过他没有像你那样回嘴。他只是让他们尽情嘲弄了一番。他不该这样，你做得对，你没有什么可担心的。”

话虽这么说，利文撒尔还是不放心。事后一想，他对哈卡维所说的“迫害”深感忧虑。哈卡维用词是不管恰当与否的。鲁迪格的恼怒可不是向壁虚构，他是一个令人畏惧的人。他那儿有黑名单，这是众所周知的。当然，实际上他还没有为鲁迪格工作，鲁迪格不能把他作为一个原来的雇员列入黑名单。按其性质，是个秘密进程，要通过很多关系，私人关系和业务关系。毕竟，鲁迪格有影响，有能量。谁知道这类事情怎么办? 通过何种渠道? 哈卡维说到虚构的“迫害”，是愚蠢到家了。

随后的一些日子里，利文撒尔怀疑那张黑名单真有其事，因为一个又一个的公司都拒绝接受他。直到他找到了现在这份工作，他的怀疑才逐渐消除，才不害怕鲁迪格了。

比尔德没有打发人来叫他，利文撒尔的担心是没有根据的。下午，他在盥洗室里遇见了老头儿，他虽然谈不上是亲切，但也没有像他预料的那般讨厌。他甚至问到他的家庭烦事。疏远的倒是利文撒尔自己。

“果真像你认为的那样急迫吗？”比尔德问。

“唉，的确如此，”利文撒尔回答说，“我弟弟不在家，我必须照料他的家属。”

“是的，我明白。这很自然。你弟弟有妻子女儿，是吗？”

“他有两个孩子，他的妻子是个意大利女人。”

比尔德先生面带温和的探询神情说道：“哦，还是一种异族婚姻。”

利文撒尔轻轻地点了一下头。比尔德先生甩了甩湿淋淋的手，然后用搭在肩上的毛巾将手擦干。他没用锡盒里的擦手纸。他用几乎像耳语一样的话，对暑热做了一番议论；擦了擦苍白的前额，紧了紧皮带，拉了拉白马甲，走了出去，那是一个圆肩膀、秃脑袋、肘部粗大的身影儿。这老头儿态度温和，他便感到自在了一些。在没有他的情况下，他们已闯过了难关。事情并不是灾难性的。费伊和米利肯加了一个小时的班。在类似的紧急情况下，他也会这样干的。他们已经干完了。如果是他自己病了，那又会怎样呢？人不是铁打的。真该死，老比尔德本应让他走得更愉快一点儿嘛。不过，他说的关于爱琳娜的那句话倒还令利文撒尔满意。异族婚姻！这话是脱口而出的。他想知道怎样去暗示那个老人，昨天他听到他背后的议论，或者暗示他不抱任何幻想。他想让他知道。

在回办公室的路上，他碰到了米利肯。米利肯有些神经质，瘦长脸，皮肤灰黄，留着一撮小胡子。他也带着一条毛巾，他扬起毛巾打了个招呼走了过来。他怎么学他岳父的样子！

"电话，利文撒尔。阿什姆小姐正在找你。有人在等你接电话。"

"谁？"利文撒尔顿时焦虑万分。他快步走向自己的办公桌。

"阿萨吗？"原来是爱琳娜。

"是我，怎么啦！出什么事了吗？"

"孩子的病更重了。米基他……"他听见她说。她的声音猛然高了起来，变得语无伦次。

"慢点，请讲慢点，爱琳娜。我听不清楚。家里发生什么事啦？"他的心一下子沉了下去，他猜她也病重了。"现在慢慢告诉我发生了什么事。"

"我想请一位专家。"

"你干吗不送孩子上医院呢？"

"我想请一位专家到家里来。"

"你的医生怎么说的？"

"他今天没来。不来也好。他对孩子到底有什么帮助呢？一点帮助也没有。他明明知道米基已病得很厉害，可他连个照面也不打。阿萨，你听见了吗？我想请一个权威医生。"

"好吧。但是如果你听从我的劝告将孩子送到医院去……"

她又语无伦次、尖声怪气地哭叫起来。他勉强听出一些惊叹和疑问的片言只语，但几乎听不出什么字来，只有一个劲的"不，不，不！"他试图打断她。这时，接线员使他们的通话停了一下，因为机器"嗡"的一声吞下了一枚硬币。爱琳娜吓得尖叫了一声："阿萨！"

"我在呢，我们没有被截断。我还在听电话呢。听好，我另外找一个医生，下班后我自己去请。"

"一个专家……我不想要其他任何人。"

接线员第二次要求再投一枚硬币。"住口！"利文撒尔终于怒气冲冲地说，"你就不能再等一会儿吗？"但是电话已经挂断了。他"砰"地扔下电话，用肘子把它猛推到一边。阿什姆小姐看上去十分惊讶。利文撒尔阴沉沉地盯着她，马上又拿起了听筒。他把电话打到哈卡维家。哈卡维的姐姐朱莉娅有一个孩子，她应该能推荐一位好大夫。是哈卡维的母亲接的电话。她非常喜欢利文撒尔，因此跟他说话非常热情，并问及他的妻子。“但是我猜你是想跟丹尼尔谈话，丹尼尔！”她喊道，“今天他在家。”

利文撒尔立刻解释他是想与朱莉娅通话。事后，他很懊悔没有趁此机会向哈卡维打听一下柯比·阿尔比的情况。可是，一想到他，利文撒尔就感到非常沮丧！

第五章

在渡口附近的一个小摊上，利文撒尔急匆匆地吃了一块三明治，喝了一瓶苏打水，就算一顿晚饭，然后乘船向斯塔腾岛赶去。他走上甲板，双手插在扣得严严实实、皱皱巴巴的夹克口袋里。一双白鞋已经脏了。他站在一个救生圈旁边，黝黑的前额在胡乱梳了几把的、厚密的头发下显得亮光光的。他凝视着水面，一副泰然自若的样子；尽管心事重重，外表却看不大出来。无形的、波动的、黄绿色的水沉闷呆滞，海鸥飞来飞去，船儿渐渐爬进一片光亮平滑的水面。一条驳船正给一艘货船的船身喷射橘黄色的油漆，货船翘得老高把它的船头从那片迂缓、浓密的云雾中抬起来。新加坡，或者苏腊巴亚[①]的太阳，照在停泊在那里的轮船的链条、钢板、护栏上的太阳，肯定不会更加炎热了。一艘出海的油轮横穿过渡轮的水道，利文撒尔从后面注视着它，勾画着轮机舱里的情形。真够呛，他想，这样的天气，工人们在轴隧里几乎是一丝不挂，因为那庞然大物在油汽中滚动，引擎在吃力地运转着。每一次转动，都像是对龙骨附近、水面以下的凸轮的心脏和肋骨造成一种负担。岸上的一幢幢高楼，耸立在巨大的楼群中，在太阳直射的地方呈现出焦土色、烟灰色、寡白色。利文撒尔的心头掠过这样一种念头：照在高楼和水面的光，同一头野兽，比如说狮子，眯缝着的眼睛里露出的黄色颇为相似，这是一种没有人性的东西，它全然不顾任何具有人性的东西，然

---

① 印度尼西亚爪哇岛东北部一港市。

而却深深根植于每一个人身上，哪怕只有一丁点儿，却构成了人的一部分，对酷热和强光产生反应，这种东西就像酷热和强光一样使人精疲力竭，甚至还要对冰冷的、咸涩的东西，严酷的东西，难以抵挡的一切东西产生反应。船右侧浮现出黄色、黄褐色、平坦的泽西海岸。自由女神像缓缓升起，又渐渐地朝后移动；在颤动的空气中，雕像黑乎乎的，那是一缕像烟一样升起的黑色。漂荡的木板和浸透水的行将沉没的柳条箱被船掀起的波浪冲刷回去。

专家就要来了，但他究竟能做什么却取决于爱琳娜。传染病人应送医院治疗；请了几位医学权威，但第一位大夫似乎已经放弃了同爱琳娜的争执，估计他懂得法律。利文撒尔无意之中横下心来准备同爱琳娜较量一番。只要她不让步，请世界上所有的专家都是徒劳的。而干预此事、急匆匆地抢救孩子的前景令他厌恶；这比往常更加深了自己是个局外人的感觉。可是，你能拿爱琳娜怎么样呢？本来嘛，正常周到的照料可以防止孩子生病，可是从他所见到的事情来判断……哦，她怕进医院就表明她不适合带孩子。有人或许会说她爱孩子，爱就弥补了她的缺点——看这些缺点可别太苛细了。无论如何要有爱。但既然母亲和孩子以那种方式联结在一起，如果孩子因为她的疏忽大意而夭折，她还算一个好母亲吗？别人，他严肃地想，有权把孩子带走吗？应不应当认为他们二人的命运是同一的，把孩子的死说成是母亲的事，仅仅是因为她将为此而经受最大的痛苦？假使那样，孩子并没有被当做一个人对待，这公平吗？唉，那便是无可奈何的含义，就是他们讲话的用意。现在，明白了这一点，你会理解为什么有时候小孩子那样哭闹。好像他们心里清楚似的。利文撒尔想，即便不说这是悲剧性的，也是不公平的。

他想起了自己不幸的母亲。他依稀记得她的浓眉大眼和一头黑发。他总是看见她带着一副心不在焉的神情，事实上，他也不能肯定哪种神情就是心不在焉。或许他认为她就是这样，当他更加仔细地检查自己对她的印象时，他才意识到，他原以为的心不在焉其实是神情狂乱；一张熟悉的面孔，却不包含任何期盼他的内容。他害怕这张面孔，害怕与之类似的任何东西在自己身上表现出来。哈卡维关于迫害的议论，曾使他们一度疏远。哈卡维明明知道他的经历，怎么能那样说话呢？但他最终聊以自慰的是，哈卡维只是有口无心，并不完全理解话中的分量。直到说出口来，他自己还不明白是怎么回事。所以他原谅了哈卡维，可是更加意识到自己对那种议论的敏感。他担心他的实情是如此明显，就连哈卡维都会看得出来。

某天深夜，他在床上给玛丽讲起自己的恐惧。玛丽把他嘲笑了一番。他干吗接受父亲关于母亲疾病的解释呢？他从来不了解真实情况，这倒是真的。他只是听父亲说她是患精神病死的。许多令人害怕的东西，如果由医生加以解释，就失去了恐怖色彩。多年前人人都在谈论脑膜炎；而现在，众所周知，就没有这种病嘛。"为了自己心安理得，"玛丽说，"我倒想搞清楚她得了什么病。"然而，利文撒尔尽管当时允诺马上行动，认真调查一番，但迄今为止，他还没有采取任何行动。至于他的恐惧嘛，玛丽说，他太容易相信关于他自己的形形色色的议论了。"那是因为你对自己没有把握。如果你再自信一点儿，就不会自寻烦恼了。"她自己信心十足地说。很可能她是对的，但是上帝啊，一个人怎么才能说他有把握呢？为了把它说出来，他怎样才能知道他需要知道的一切呢？不对，利文撒尔感觉出话里的主观武断，却没有责怪玛丽。他明白，玛丽只是如实地表达了她的感觉而已。

"你母亲有毛病的唯一证据就是她嫁给了你那个父亲。"玛丽止住了话头。这句话却使利文撒尔热泪盈眶。他坐在黑暗中，盘着腿，弓着身，离开了背后的枕头。不过玛丽的话总的来说是有益的。在他拿出更好的证据之前，他的恐惧也只是疑心症的恐惧。这话倒有好处：它给他的恐惧增添了某种滑稽的色彩。可每当他回忆起母亲的脸时，他所能想到的，仍然是，心不在焉。

他低头注视着凹陷的黄铜甲板。目前，他宁可对爱琳娜小心谨慎一点，也宁愿相信她神经过度紧张。她情不自禁地陷入了父母在孩子生病时容易产生的一些情绪之中。然而，当他再深入一步，不仅仅局限于疲劳过度的神经和意大利人的冲动，他发现爱琳娜和他母亲有相似之处，并且就此而言，在他自己和马克斯之间，和两个孩子之间，也有类似之处。后者虽不怎么重要，却使他更加清晰地认识到，两个女人说不定是一样的。至少可以说，在她们心神不安时，都表现得非同凡响（他尚未忘记母亲的尖叫）——不管这种说法是否正确。

绞车开始嘎嘎作响，一道栅门落入码头的绿色的木头港湾里，发出极大的响声。船头下面的水变得又黄又白，好像城市天长日久的积雪。船朝后倒了一下，关上引擎，一路碰撞着已生出杂草的木材，滑入码头。一个个拱形的船棚后面，绵延的山岗上突然出现房屋的正面。利文撒尔随着人流涌上了岸，听到车站前公共汽车哒哒的响声。

又是菲利普让他进的屋。他认出是伯父，就往旁边一闪让他进去。

“爱琳娜呢？她在吗？”利文撒尔一边大步跨进餐室，一边问道，“孩子怎么样了？”

“他在睡觉。妈妈正在楼下用维拉尼的电话，她说她马上就上来。”菲利普转身往厨房走去，并在门廊里解释说，“我在吃晚饭呢。”

“吃去吧，把饭吃完。”利文撒尔说。他不停地在屋子里转悠。米基睡着了。第二次的惶恐似乎和第一次的相似。他扶着过道里的门，盘算着是否单独进入孩子的房间。不，还是不进去为妙，说不上爱琳娜会怎么看待呢。

太阳眼看就要落了，面朝风井的公寓房子都亮起了灯光，面临风井的墙壁黑色檐口下面一些的部位都被天空映红了。利文撒尔走进厨房，菲利普坐在饭桌旁的一个梯凳上，面前搁着一碗干麦片。他用大拇指甲挖掉牛奶盒的口盖，把牛奶浇在麦片上；又剥了一只香蕉，切成薄片，撒上糖，顺手把香蕉皮甩进了浸泡着锅和盘子的洗涤槽。碗橱架上的纸荷叶边被风扇的气流吹得噼啪作响。风扇在柜子上转动着，灰蒙蒙的，像昆虫一般迅捷，软软的橡皮叶片发出低沉的嗡嗡声，它令人联想到一只苍蝇，在晦暗、闷热的天花板下，在爱琳娜晾碎布头的锈迹斑斑、接头累累、弯弯曲曲的管子旁边盘旋飞舞。男孩的膝盖和桌面在一个平面上，所以吃东西的时候，两腿叉开，身体几乎蜷在一起。利文撒尔经过一番深思才明白过来，菲利普觉得有必要当着他的面走个极端，所以才坐梯凳，不坐椅子。“我过去也常常在客人来时表演绝活，”他提醒自己，“原来这就是我在这儿的身份，一位客人。”

“这就算你的一顿晚饭吗？”他问。

“这种大热天，我从来吃不多。”这孩子讲话有板有眼。

“你应该吃些黄油面包之类的东西，还有青菜。”利文撒尔说。

菲利普停下来，瞟了一眼伯伯。“天太热的时候，我们不大做饭。”他说，然后把脚踩在梯凳更高一层的横档上，腰弯得更低了。他的头发新近理过，头顶剪得很粗糙，脖子背后剃得很高，发际线高出了他的两只秀气的大白耳朵。

“谁给你理的发？”

菲利普又抬起头来。“噢，本街区的杰克·麦考尔。我们都上他那儿理，爸爸在家时也去。我叫他理成这个样子的，我要求理一种夏天的发型。”

“他把你的头发剃成这个样子，应该被吊销执照才对。”利文撒尔原想开个玩笑，但语气太强硬，有点过火，所以他顿了一顿，想努力找到一种合适的语气。

“噢，麦考尔挺不错，”菲利普说，“他很照顾我们。我本来要等小家伙好些了，一块儿去的。但是妈妈说，我应该去理个发，她再给我买一把跟我的头发般配的小提琴。现在的天气这种发型正合适。去年夏天我剃了个光头——全剃光了。”

“哦，是不错。”利文撒尔看着他吃饭，动了恻隐之心。“是个独立的小男孩，”他想，“可是他们是怎么对待他的。”

他在窗子旁边坐下来，解开皱皱巴巴的上衣，透过黑洞洞的方形的风井望了一眼天空。另一套房子里，有个女孩坐在一把客厅椅子里刷狗，狗打着呵欠，想舔她的手。她把狗嘴按了下去。一位穿无袖宽内衣的妇女正经过房间。在厨房和门厅之间来回走动。米基的窗户向着风井，正好在拐角上。如果他此刻醒来，还可能看到哥哥和伯伯。

“医生马上就到了。”利文撒尔忽然心神不定，“我想爱琳娜在等着医生呢。什么事拴住她了？”

“我去看看。”菲利普从凳子上跳下来说。

“你吃你的。告诉我她在什么地方，我去找她。”可是菲利普已经在走廊里了。然而利文撒尔听到的不是脚步声，而是从敞开的门里传来的人说话的声音。是不是爱琳娜上楼时碰见他了？餐室的灯仍然在嵌着绿玻璃块的灯罩下亮着，利文撒尔瞥见一位黑衣妇人走到桌旁。

“嗨！”他喊道，“是菲尔吗？”

“嘿。快进来呀。”

“谁呀？”他正低嗓门问道，从灯的上方往屋子的另一头张望。

“我的外婆。”

“这位老太太？”利文撒尔惊讶地说。他虽然从马克斯那里对她略有所闻，可是从来没有见过她。他一脸的困惑，从门口绕过餐桌，向她走去。当她转身坐进马海绒扶手椅上时，他又改变了方向。

“这是爸爸的哥哥。”菲利普对她说。利文撒尔意识到延长了自己点头的动作，几乎是向她鞠了一躬。他想得到对方的好感。老太太用犀利的目光扫了他一眼。她比爱琳娜高，瘦骨伶仃的，腰杆儿倒挺直，头部的动作有点儿僵硬。她戴着一对很大的金耳环。两鬓已生出短短的白发；脑袋后面的头发依然乌黑，紧紧地扎了起来。她的衣裙也是黑的，是一种黑丝绸，尽管天气炎热，仍然围着一块披肩。

由于她一言不发，利文撒尔站在旁边也没了主意，再说点什么似乎就不大知趣了，不等对方答话就顾自坐下却会使他尴尬，回到厨房里去也不太礼貌。或许他误解了她的缄默。她像是有意地扭过头去，利文撒尔真想强迫她把脸转过来，但他得极力扼制这种冲动。可她就是默不作声，利文撒尔也弄不清是怎么回事。可能他误会了。

“你不是要去找你妈妈吗？”他有些不耐烦地问菲利普。菲利普刚要离开时，他又急忙说：“我和你一起去。”他已经认定外婆的目光是不怀好意的，尽管在灯罩透出的灰蒙蒙的绿光里，很难获得准确的印象，但他感觉到了她的敌意。利文撒尔步履拖沓地跟着菲利普转过几道楼梯，来到邻居家——炎热使他有点迟钝。菲利普敲敲门，过了秒把钟爱琳娜匆匆迎出了门，又急切，又害怕。

“噢，阿萨，是你，”她说，“专家呢？你把他带来了？”

“他说是七点到八点之间。应该说很快就到了。”

邻居维拉尼先生出现在门厅里，叼着一根扭弯了的廉价细支雪茄，朝她嚷嚷：“那孩子有什么情况，可得赶紧告诉我们。”他看看利文撒尔，毫不掩饰他的好奇。“你好吗？”他招呼道。

“这是我丈夫的哥哥。”爱琳娜说。

“哟，真想不到。”维拉尼把雪茄从嘴里拿掉说。利文撒尔冷淡地回望了他一眼，他的眼神严肃，捉摸不透，仅有一点儿例行的探询意味。一滴汗顺着他的脸颊淌下来。维拉尼，一只手插在裤兜里，把裤子绷得很宽。“你看上去很像利文撒尔先生，不错。”他说。然后又转向爱琳娜。“医生吩咐的事，就得做，夫人，你听明白了？我们能让孩子脱险的，别担心。我认为他不过是中暑了，”他又对利文撒尔说，“没事。我的孩子得过这种病。只是夫人爱操心。”

“他的病非常严重。”爱琳娜说。她心平气和地说着，但是利文撒尔密切地注视着她，尤其留意她的眼神，那双眼睛突然睁大的一瞬间，利文撒尔感到一种特别惧怕的痛苦。

“啊，啊，你怎么知道呢？难道你是大夫？等等看吧。”

“我觉得他的话有道理，爱琳娜。”利文撒尔说。

“那当然啦。你应该相信大夫。”一种激烈、尖锐的声音卡在他的喉咙里，他猛地伸出一只手臂，划了一个短促、生硬、意味深长的弧。“有什么关系嘛！没问题！听我的。孩子没事！”雪茄在他的指头之间闪烁着。

“她会有信心的。”利文撒尔向他保证。

他们开始上楼去。到四楼时，爱琳娜停住脚步，激动得气喘吁吁：“菲尔，你刚才说什么——外婆来了？”

“她刚到。”

“噢，天！”她急不可耐地突然转身问利文撒尔，“她对你说什么了？”

“一句话也没有说。”

“噢，阿萨，如果她……噢，上帝保佑，但愿她没有。让她说她想说的话吧。就随她去吧。”

“噢，那还用说。”他说。

“我母亲她是个非常古怪的人。马克斯和我结婚时，她可厉害啦。因为我要跟他，她就想把我撵出家门。我不敢带他到家里来。只得在外头和他见面。”

“马克斯提到过一两次……”

“她是个不折不扣的天主教徒。她说如果我跟一个不信天主教的人结婚，她就和我断绝关系。她就要诅咒我。我离开家时她的确这么做了。直到菲尔出世我才见到她。见的次数仍然不多，但自从米基生病以后，她来得倒很勤。要是马克斯在家，她连门都不进。我母亲她非常迷信，她还是欧洲老家的那一套做法，她以为自己还在西西里呢。”爱琳娜一只手掩着半边脸，几乎是在说悄悄话。

“别担心，我知道怎么对待她。”

“她就是那个样子。”爱琳娜无可奈何地微笑着解释。

“你不必担心。”

老太太在门厅里迎上他们，立即开始同女儿讲话，还不时地瞟一眼利文撒尔。她的嗓音在利文撒尔听来有一种典型的意大利人的沙哑。她那长脑袋僵硬地架在黑色的肩膀上向后仰着。他看到，她在拖长一个音节时，怎样把下嘴唇翻下去，露出一嘴的牙齿。爱琳娜神情沮丧，摇着头，用简短的语句回答着。利文撒尔试图捕捉到只言片语，却什么都听不懂。突然，爱琳娜打断母亲的话头，喊起来："在哪儿？你刚才怎么不说呢，妈妈？他在哪儿？那人来了！"她大声地对利文撒尔说："专家！"她跑进了屋。在通向卧室的门厅里，利文撒尔走在外婆后面，由于一种异乎寻常的感情宣泄，他的脸扭曲了。这个龇牙咧嘴、丑陋的老太婆！不告诉女儿医生已经来了，只顾抱怨，让她好等。"父母啊！"他嘟囔着，"啊，是的，父母！天哪，父母！"他真想顶她几句。

他们走进卧室。医生已经撩起米基的衬衣，正在听他的心脏。孩子好像还没睡醒；他呆头呆脑地听任检查，由于发高烧，一点精神都没有，只是对妈妈抬了抬眼皮，只算是认出了她，并不是有求于她。菲利普靠着床柱瞧着。

"菲尔，别晃，走开。"爱琳娜说。

医生回头从肩膀上扫了一眼。他是个脸面狭长红润的年轻人，深陷的眼睛上戴着一副薄薄的金丝边眼镜。医生把听诊器按在孩子的胸口和肩膀上，定定地看着利文撒尔，显然他把他当成了孩子的父亲。这个错误起初令利文撒尔局促不安，然而他很快领会到，医生是想告诉他病情很严重。他阴郁地朝医生点点头，表示他明白了。爱琳娜正在叠床罩，没有注意到他们。医生摘掉听诊器，挂在脖子上，用干净红润的手指摸摸孩子的胳膊。在黑乎乎的窗子上面的米黄色的、绷得紧紧的蛛网里，是用窟窿眼儿猎获的蕨类植物和硕大的飞蛾。厨房的气味和庭院的嘈杂声飘进了屋子。孩子被扶起来，枕头翻了个个儿。

"你应该每隔几个小时给他擦擦身子。"医生说。

"我下午擦过了，待会儿还要擦一次。"爱琳娜说。

刚才她还不时地咬着耳朵跟他说话，现在却急切地、几乎是高兴地放大了嗓门。她似乎觉得再没有什么可怕的了。“我非常信任他。”她盯着医生对利文撒尔说。利文撒尔的手心潮乎乎的，冷飕飕的。他由于突然加剧的紧张而感到难受。他擦了擦脸，用手绢在面颊上的胡碴儿上抹了一把，结果在上面留下一团棉绒。他肯定他把医生沉默的信息解释对了。爱琳娜的满心希望令他惊诧不已。他转过头，忧心忡忡望了望她和两个孩子，过了一会儿，他忽而想到这个担子原本是该他兄弟挑的。他顿时对马克斯的离家在外感到非常愤慨。首先他无权一走了之。利文撒尔摸摸钱夹，他在里面放着马克斯的名片。今晚给他拍个电报。不，夜信电报[①]更好，可以说得详细一些。于是他开始打起腹稿来。“亲爱的马克斯，如果你能把手头的事放一放……如果你能设法离开一阵子……”不能宽恕他，口气越严厉越好。瞧瞧他留下的这摊子事：这家，一套住房，爱琳娜——她自己还需要照料呢，被他们带到世界上来的孩子。利文撒尔回过神，继续构思电文。“这里迫切需要你。”是他，几乎是这个家里的一个生客，发的电报，这就向马克斯表明事态是多么的严重。啊，这算什么事儿呀！还有外婆？如果孩子有个三长两短，她会认为这是对这桩婚姻的报应。在她看来，这桩婚姻是不洁净的。是啊，他理解她的感受。一个犹太人，一个血管里流着不道德的血、邪恶的血的男人，竟给了她女儿两个孩子，正因为这样，现在才会出这种事。没有人能说服利文撒尔他错了。他铁板着脸注视着她，斑白的两鬓，又细又笔直的鼻梁，使劲后仰压到肩膀上的脑袋，以及她张嘴跟女儿讲话时露出的牙齿，所以他几乎没有听见屋子里的人在说什么。不，他并没有错。按照她的观点，那是无法避免的惩罚——她就是这样看的，一种惩罚。不管她还会有别的什么感受——毕竟米基是她的外孙——但她首先会有这种感觉。

---

① 比一般电报收费低，但发送慢。

就在那时，他发现爱琳娜非常激动，便开始留意他们的谈话。他听到医生提到医院，心想："她不能再把孩子留在家里了。她必须让步。"

"昨天我告诉她应该送孩子上医院。"他说。

爱琳娜还在抗辩。"可是家不是一样好吗？还要更好一些。我能比护士照看得更好。"

"他一定得上医院，如果你想让我看病的话。"

"那这儿有什么不好呢？"她央求道。

"必须这么办。"医生说着就"啪"的一声压上医疗包的夹子。

"要不要我叫辆出租车？"菲利普轻声问他的伯伯。

利尔撒尔点了点头。菲利普跑出了房间。

第六章

在回曼哈顿的路上，医生告诉利文撒尔，尽管他认为米基患了一种罕见的支气管感染，但他仍需要进一步确诊。这种病的名字，医生提了两三遍，利文撒尔试图记在心里，可还是没有记住。这类病十分严重，不过，还不至于危及生命。“医生，你认为你能治好他吗？”利文撒尔急切地问道。医生充满希望的话提起了他的精神。船慢慢开出去，照在船棚上巨大的金色光环现在有了空间，在船尾和岸边之间的水面上游玩。“我原打算发封电报让弟弟回来。”利文撒尔说道——他已经解释过自己不是孩子的父亲。医生回答说他认为眼下还没有这个必要。只是告诉他做好准备就是了。利文撒尔采纳了医生的合理化建议。干吗现在就要搞得大家惶恐不安呢？毕竟还没有到这么严重的地步。他要给马克斯发封夜信电报，让他自己决定是来还是等。渡船爬进热烘烘、黑沉沉的港口。一大群乘客静静地站在空阔的甲板上，如同一群魂灵，一个个全神贯注着各自的目的地。医生抬起头来，薄薄的圆形镜片对准了天空，两块镜片便被头顶的灯泡照得一样亮。利文撒尔想再问问孩子的病情。这病很罕见。可是，医学能否解释像那样的一种疾病怎样偏偏选中了斯塔腾岛上的一个孩子，而不是圣路易斯或丹佛的？成千个孩子当中才有一个患这种病。他们怎么解释这种现象呢？是不是每个人身上都潜伏着这种病根？它是不是可以遗传？或者，从另一个角度说，既然人和人真是千差万别，就连指纹相同的两个人都找不出来，那么人们害的病也各具特色，这难道又是一种奇谈怪论吗？经过医生的一番开导，利文撒尔又打起了精神，所以极想说话。他还想同医生再探讨一下这个问题，可是他已经把病名问过好几遍了，自己还是没有记住，因此医生对他肯定没有个好印象。说不定医生会以一种屈尊俯就的态度来对待他这个门外汉。因此，利文撒尔便默不作声，心里想："唉，听天由命吧。"但他仍感到困惑。人们都说上帝是不偏待人①，意思就是人人都要遵循同样的规则。这句话是在哪儿看到的？利文撒尔使劲想着。

一阵微风把闷热呼地一下吹散了，这时他们已经到了港湾中间。岸边上下左右到处是船灯、信号灯、桥楼，它们漂浮着，运动着，绕着弯子，在涌浪上伫立着。当浮标被撞动时，洪亮而凄凉的铃声便从水里传上来。这阵微风给甲板吹来一股浪花，船仿佛受了岛那边海洋的拉力不时地颤动着。他们靠近曼哈顿一边时，人们就开始从客舱的长凳上站起身来；锚链放下以后，人们拥挤得很厉害。利文撒尔和医生就被挤散了。

利文撒尔乘地铁回家，他推开旋转钢门，出了车站，呼吸着街道上凉爽一点的空气，觉得如释重负。

利文撒尔等着玛丽来信——那信按说也该到了。他急忙打开了信箱，努涅斯的狗嗅着他的裤管。玛丽寄的不是信，却是两张明信片，上面写得密密麻麻。她和她母亲星期五去查尔斯顿。房子卖掉了。她们俩都很好，玛丽希望尽管天气炎热他身体仍然健康。这是老巴尔的摩夏季的好天气——它简直让你麻醉。第二张明信片就不大一样了，上面写的是情意缱绻的事情。只有玛丽才能把这些事情写在明信片上让天下人人过目。对此，利文撒尔并未因邮政人员有可能看到明信片上的话而感到难堪，他反而觉得有趣，值得骄傲，为她而高兴，便把明信片装在口袋里。"我通过检查了吗？"利文撒尔询问努涅斯的狗。"现在走开吧！"他弯下腰去，抓住狗的脑袋摸了一下。利文撒尔开始上楼，那狗又跟到后

---

① 参见《圣经·新约·使徒行法》第10章第34节。

面。“喂，走开。”他又开一条腿挡了一下路，然后旋风似的跑了进去，“砰”的一声关上了走廊的门。“回家！”他叫喊着，纵声大笑起来。“回家去！”他敲打着门上的玻璃说道，狗汪汪直叫，朝门玻璃狂跳。利文撒尔对着一个他几乎不认识的邻居说道：“看门人的狗发疯了。听见了吗？”一张上了年纪的、戒备性很强的苍白面孔向他露出一抹不置可否的微笑，似乎持着敬而远之的态度听着门厅里的一场喧闹。利文撒尔在楼梯扶手上甩打着帽子，噔噔噔地快步跑上楼去，震天动地似的冲进了他的屋子。亲爱的玛丽！如果她现在就在这儿，把她搂在怀里吻一下该多好。利文撒尔把帽子和夹克衫一甩，拽下鞋子，过去把窗户打开，把窗帘拉开。已经入夜了，夜色非常美丽。微风徐徐，令人心旷神怡。月亮出来了；疏星点点，小小的云朵停步不前，一阵凉风冲散了热气，云朵也随之打起了旋儿。

利文撒尔打开了写字台上的灯，开始给妻子写信。小昆虫落到被照亮了的绿色本子上，又飞走了。他向妻子汇报自己的情况，忘了他这些日子的焦躁不安、身体不适的感受。办公室发生的事，他一句也没讲。那似乎不值一提。他下笔如神，悬河泻水似的议论天气，提到威尔玛把那瓶啤酒喝了，公园里拥挤不堪。接着，他又不知不觉地向妻子说起自己的侄子来，写着写着，突然心潮澎湃，便走笔如飞，字也龙飞凤舞起来。他笔锋一转，又写到爱琳娜。利文撒尔供认，当她上了出租车，他把裹得严严实实的孩子——尽管气温已超过九十度，她仍叫他用两条毯子把孩子裹起来——放到她膝上的时候，他都不敢看她一眼。当时的情景又浮现在他眼前——孩子的眼睛，仪表盘的亮光照在上面，后座皮革的闷热，司机突出的下颌和他的黑帽子上的长长的帽舌，菲利普的哭声，维拉尼把孩子们挡到人行道上。利文撒尔的心跳开始加快，并且感到口干舌燥。至于他的弟弟……不过当他写到马克斯的名字时，他站起身来，低头看着信纸。他原先打算先发了那封电报再回家。钢笔染脏了他的手指。他放下笔，开始在灯光的亮圈外找他的鞋子。他刚把鞋子找着，不想松鞋带硬把脚往里塞，这时候门铃响了，声音直刺人的耳朵，持续的时间又长。利文撒尔直起腰来，又气恼又吃惊地咕哝了一声。“这会儿是哪个鬼这样子按铃呢？”他说，但心里已经知道按门铃的人是谁了。是阿尔比，肯定是他。他打开门，听着那规则的嗞嗞声和空空的楼梯井里咚咚的脚步声。他突然想，他完全可以走上屋顶避开阿尔比。如果他偷偷儿地出去，还是可以走掉的。假如他被跟上了，隔壁的屋顶只有六寸远，一步就可以跨过去。那么他就可以来到街上，再见了。他现在还来得及。哪怕就是现在。然而他却脚下生了根似的站着，说来奇怪，他总觉得他这样做已经证明了什么。“我是不会让步的，”他想道，“让他来吧。我为什么要跑呢？”他立马又回去看他的信，门也没有关。他草草写了几句，突然收了尾，从头到尾又读了一遍。他写上“全心全意爱你的”，签上名，写好信封，这时，阿尔比已经进屋了。利文撒尔知道他已经进来了，然而他硬是耐住性子没有回头。他先往信封上贴了邮票，再封口，接着掂了掂信的重量，这时他才好像是注意到了那位来客。他冲着利文撒尔微笑，却不张嘴。不敲门又未受邀请就擅自进屋是一种侵扰。当然，门是开着的，可是认为这样一来不敲门就可以进来那也未免太过分了。利文撒尔认为阿尔比这种挑衅的神情中还带着些许的欣喜。“我对他不热情，他就不讲规矩了。”这种想法掠过他的心头。

“来啦。”利文撒尔声调平淡地说，显示出一种不冷不热的礼貌。

“你在这儿安顿得挺好嘛。”阿尔比在房中边走边说。他或许把这儿同他自己的住处在做一番比较。他房子的情况利文撒尔是想得出的。

“既然你来了，就坐下好了，”利文撒尔说道，“站着干吗？”利文撒尔不会不让他把话说完就赶他走的，现在说以后说还不是一样嘛。

“多谢。”阿尔比说道。他的脑袋彬彬有礼地向前一伸，似乎在端详利文撒尔的脸。“上这些楼梯可等于爬高山啊。这些无电梯高层楼我可住不惯。”他把一把椅子往桌边一拉，跷着二郎腿，用有点僵硬的手指握住膝盖。他的袖口磨破了，线绽到他手腕上淡黄色的汗毛上。一双手脏兮兮的。金黄色的头发，在头皮上分得很不均匀，显得潮乎乎的。显而易见，爬那段楼梯对他来说是件苦差。“这地方好高啊。”他笑了笑。“至于我嘛，嗯……”他喘了一口气，“我可习惯住低层的房子。”他用手指指着地板，那动作仿佛是在扣动扳机。

“你是不是又像上次那样要给我说一些不着边际的废话？如果你要这样的话那就让我最后一次告诉你……”

“哦，等一等，”阿尔比说，“咱们通情达理开门见山地说吧。我并不是来向你诉苦的。我为什么要这样做呢？我只不过说了些显而易见的事情。没有什么好争的。我是到了山穷水尽的地步。这一点你总不想否定吧，对不对？”他把两条胳膊一伸，仿佛要让别人检查一下似的，尽管他这个举动很古怪，但利文撒尔看得出他十分认真。“而你……”

阿尔比指的是这套房子。利文撒尔说：“噢，行啦。”接着摇了摇头。“再别给我说那些废话了。”

“这是个事实，铁的事实，”阿尔比说，“我最能判断事实了。那些事实我了如指掌。我不仅仅是讲理论。你我之间的差距比你和美国最大的百万富翁之间的差距还大。如果我把自己同你做一番比较，嘿，就像他们过去在学校常说的那样，你在天堂，而我却在地狱。我有过你的处境，而你却从未经历过我的。”

“你这是什么意思？我已经是穷困潦倒了。”

阿尔比冲着他宽容地笑了笑。

“身无分文，就连往自动售货机里投的一个硬币都没有。”利文撒尔说道。

“啊，得了吧。从你的话里，我听得出你根本就不知道什么是穷困。你从没有经历过我的处境。往自动售货机里投的钢镚儿……一时的窘迫。那……”说到这里，他把脑袋一歪，几乎碰到了肩上，并且伸出一只胳膊，放开手做了一个“到此为止”的手势。利文撒尔眼前立刻浮现出那些最可怕的画面：冬日惨淡的阳光下，疲惫地坐在慈善堂长凳上等着喝咖啡的人们；鸡毛店里的被单和肮脏的枕头；油漆得像木头一样的简陋的纸板房，就连灯泡里的钨丝也跟燃烧着的小虫子一样，好像在耗光，而不是发光。还不如摸黑待着。他见过这一类地方。他仍旧可以闻到苯酚消毒剂的气味。要是他的肉体贴在那些被单上，他的嘴喝那种咖啡，他的脊背和大腿在冬日那样的阳光下，他的眼睛望着地上的纸板……？阿尔比讥笑他是对的，利文撒尔从未经历过这样的窘境。“所以我错了，”他沉吟道，“在这一方面，我为什么要和他相比呢？有这个必要吗？不管怎么说，他到底想干什么？”一时间利文撒尔忘了发那封夜信电报。他等阿尔比暴露他的意图。他不知道阿尔比会说些什么，但他认为，尽管阿尔比说他不是来诉苦的，他很有可能又是来指责人的。

“噢。”利文撒尔说，他干笑了一声作为引子，“这倒是个开始造访的奇特声明。”

“为什么不可以呢，能有什么比这更好呢？赞赏你主人的房子可是个高雅的举动。你我之间的差距应当使你乐不可支。而这完全是靠你自己努力做到的，应当使你感到得意才是。”

“我自己做了什么？”利文撒尔疑惑地问道。

“我的意思是，抬高了自己呀，”阿尔比很快地说道，“你刚才告诉我你一度身无分文，那就是说你是一个白手起家的人。这还不叫人洋洋得意吗？如果你看见某个人情况不妙时，你就更加飘飘然了。这不过是人之常情嘛。即便你是个明白人。”

“我并没有说我是个白手起家的人之类的话，你简直是在胡说。”

“那么，叫人纠正错误也是一件乐事，”阿尔比答道，“我肯定是得到了一个错误的印象。因为，你知道，我越想这个白手起家的事，越觉得这是骗人的鬼话。靠自我奋斗出人头地的日子已经过去了。现在，这完全是一种盲目的举动，一种漫无边际的举动，个人被当做梭子拨过来推过去。他仅仅认为他只不过是机器上的齿轮而已，但实际上不是那么回事。集团、组织有成功，也有失败，但不再是个人的事了。难道你不赞成？”

“哦，不见得吧，”利文撒尔说道，“不，我不赞成。”

“你不赞成人们有一种被强加在他们身上的命运？唉，真是荒唐透顶，因为人们就是这样。那就是他们的命运，所以他们最好不要认为他们能自己掌握局面。那一类的错误我可不想犯。再说，除了不幸，再没有什么比糊涂更糟糕的了。可是你却看到了一些幸运的并因自己的好运沾沾自喜的人——全是些有头脑、有个性的人，可是情况一不妙，他们就给炒了鱿鱼。”

“如果你愿意的话，咱们现在先把这弄清楚再说，”利文撒尔冷冷地说，“我们不妨打开天窗说亮话，你到底是准备干什么呀？”

“哦，什么也不干。只不过是讨论讨论，谈谈而已。谈谈，谈谈，谈谈，谈淡，谈谈嘛！”他咧开嘴笑着把双手一摊说道。他的眼睛亮了起来。

利文撒尔冷冷地望着他。“那是什么意思？”他问道。

阿尔比这会儿显得极为沮丧，或许是因为他自己动摇不定的缘故。利文撒尔都有点儿于心不忍，然而，阿尔比情绪的变化却使利文撒尔感到不快。很显然，这个人决不是傻瓜。但是既然干出这种事来，即便不是傻瓜又有什么用呢？比如说，他的语言，难道他一定要那样子说话，拿出一副气吞山河的口气？难道是因为他需要某种东西来支撑自己吗？哦，什么地方垮台了，肯定是垮台了，而且是悲剧性的垮台，这一点你尽可以放心。什么东西塌架了，一种真正的崩溃。但利文撒尔最大的问题仍然是，“他想干什么？”尽管利文撒尔坚持要打开天窗说亮话，可是他却不能问这个问题。

“那是你妻子吗？”阿尔比从利文撒尔的脑袋上望过去，看着写字台上镜框里的照片。

“是，那是玛丽。”

“嗬，还挺迷人的。啊，你真幸运，你知道吗？”阿尔比站起身来把照片对着灯光，低头望着利文撒尔。“还挺迷人的。”

“她这张照片照得不错。”利文撒尔说道，并不喜欢阿尔比表现出的那种热情。

“还挺傲气的，却不是那种不可一世的傲气。你是知道我的意思的。那是一种严肃的神情，你可以在亚洲式的雕塑中见到。”

“噢——亚洲式的！”利文撒尔反唇相讥。

“当然是亚洲式的了。你瞧这眼睛，这颧骨。你娶了一个女人，却不知道她是个斜眼儿？”阿尔比翘起大拇指画了一个弧。“绝对的亚洲式的。”

“她是巴尔的摩人。”

“第一代吗？”

“她母亲也是巴尔的摩本地的人，再往前我就不知道了。”

“我愿意打赌他们的原籍是东欧。”阿尔比说道。

“嘿，那也没有什么不得了的。没有人愿意跟你打赌。”

“我知道你这种人是不会愿意跟我打赌的。”

“是吗？既然你对我做过一番调查，了解到不少我的情况，你也许还不辞辛苦地考察过我的父母是欧洲什么地方的人。”

“这是一目了然的嘛，根本不需要什么调查。俄国、波兰……我一眼就看得出来。”

“啊哈，你能看出来？”

“嗬，那还用说。我在纽约住了很长时间。这里到处是犹太人，要是一个人对这里的犹太人了解不多，那他的眼力就太差了。你自己也知道在自助餐馆里有多少种犹太菜，舞台上有多少犹太戏——有多少犹太喜剧演员和犹太笑话，还有犹太人的百货商店，如此等等，还有公众事务中的犹太人，诸如此类。这你是知道的。这并不是什么新发现。”

利文撒尔硬忍着没有回答。这实在不是什么新发现。

阿尔比又一次把他的注意力转向玛丽的照片。他端详着照片，点着头，使利文撒尔吃惊的是，他的眼睛里充满了泪水，流露出一副强忍住悲痛和创伤的神情。

“你的妻子……”利文撒尔贸然低声问了一句。

“她死了。”阿尔比回答说。

利文撒尔说话的语调压得更低了，回荡着恐怖的声响，“死了？哦，太不幸了，我感到难过……”

“你应该感到难过。你应该感到难过。”这些话似乎是从阿尔比的胸腔里掏出来的，仿佛它们原来积压在那里，而现在趁还没有把它憋回去的当儿先把它掏出来、杂乱无章地吐出来。

利文撒尔背过脸去全神贯注地考虑着这些话——这是他思索问题时特有的样子。他不明白阿尔比的意思。

“当然我应该难过。”利文撒尔咕哝着，并不十分清楚他这是在承认一个指责。最近两天发生的事情使他变得反应敏锐，感觉灵活。“真是太可惜了！”利文撒尔回想起了那个女人的面孔，一往情深地说。“她对阿尔比来说未免太好了，他配不上，”利文撒尔想道，“但我为什么要说这种话呢？阿尔比是她的丈夫，所以现在不能有这种想法。必须考虑考虑他。她死了，但他还活着，感受着这一切。他就是这样被搞垮的，否则他也不会是这个样子。”

“那么现在你感到很孤独了？”利文撒尔说。

“是啊，我已经当了四年多的鳏夫了，四年零三个星期左右。”

“她是怎么死的？”

“我也不太清楚。我没在她身边。她家的人来信告诉了我这个消息。她是在一次车祸中受伤的，她家的人认为她是能够恢复健康的，可她却突然死了。我所知道的就是这些。我溜空儿回到路易斯维尔时，她已经下葬了。”

“他们没有等你来吗？”

“唉，实话告诉你吧，我也不想去那儿。那是一件十分伤脑筋的事。

她家的人会在我身上出气，我就只好想办法溜出来，到酒吧里去避清闲，或许坐在酒吧里，把整个事情躲过去。这样一来，对大家都不好，甚至还要糟糕十倍。我就处于那种境地。那时天很热，路易斯维尔正是酷暑季节。就因为这个！不，兄弟，我就在原地躲了起来。这样做简直没有人性。可她已经死了，如果我去了，看见的不是她，而是他们，她家里的人。死的死了。完了。什么都没有了。如果你爱你的妻子，那么她走了，你会想她。可是即使你不是很爱她，有时你也会想她的。我不想知道。当你们在一起时，她事事听你的，你也听她的，她死了，你还立在那里，弯腰屈背，麻木不仁，什么都格格不入。这是我的亲身感受。当然，我属于第一类人。我爱她。唉，我是说，你想她……可是我觉得一切没有生命的东西都是一样的。我不是多愁善感的人。”

利文撒尔断定，阿尔比是在演戏，撒谎。他真诚做人的时刻已经过去了，所以他又装模作样起来，莫名其妙地偏离中心，让人捉摸不定。说到妻子的死时，他的声音听起来怒气冲冲的，但利文撒尔却觉得自己靠近了他，或者靠近了他身上某种清晰的、熟悉的、真实的东西。可现在利文撒尔又反感起他来了。他不知道阿尔比是否真的有几成醉意了。

“但是，”阿尔比说道，“事情还不止这些。”

“不止这些？还有吗，嗯？”

“还有一些。她死之前，我们就分手了，所以我和她家的人关系就不怎么好。自然，站在他们的立场上……”他把话打住，揉起一只眼睛来，揉完以后，眼皮红红的，好像比另一只低了一点。“他们对我有偏见，想把一切罪责都推在我身上。要是我愿意，我也会责怪他们的。当时她兄弟开着车，跳车以后身上擦破了一点皮，碰青了几块地方。那些南方人开起车来就是那样子。一次又一次的皮克特[①]冲锋。唉……我们

---

① 皮克特（1825—1875），美国南北战争时期南方联盟军将领，在葛底斯堡战役中，皮克特师参加主攻战斗，以“皮克特冲锋”知名，血战后败退。

分手了。你知道为什么吗？”

“为什么？”

“因为鲁迪格解雇了我之后，我就找不到工作了。”

“你这是什么意思？你什么工作都找不到？压根儿就没有工作？”

“找不到我在行的工作。随便找一份工作干，我又能挣多少？还不够糊口的。一个人在一个行当干久了以后，他就不想再改行了。他又不是个万事通。干某些行当，他还得从头学起。我想干什么，当小贩？当推销员？再说，我也不得不打消通过干什么工作来寻求理想的念头。”

“让妻子离开之前，我是什么都会干的。”

“你我不是一类人。”阿尔比咧嘴笑道，“我不让她走，可她硬是离开了我。我不想让她走，她可是个有种的人。”

“你并没把一切都告诉我。”

“没有，没有，”阿尔比几乎是兴冲冲地说道，“我没有。那么还有什么呢？还要你告诉我。”

“你酗酒同这事难道没有关系吗？”

“哦，你又来了，你又来了。”阿尔比说道，一面望着地板微笑，轻轻晃动着他庞大的身躯，“我缺德，我缺德到家了。她之所以离开我就是因为我喝酒。这是关键。”

“一个女人不会随便离开丈夫的——不会仅仅因为一点儿鸡毛蒜皮的小事。”

“这倒是千真万确的。利文撒尔，你是一个真正的犹太人。你对于酒的确是深恶痛绝。在你看来，我们是魔鬼彼勒的子孙。我们浑身散发着一种威士忌的味道，这比硫磺的味道还可怕。当诺亚喝醉了躺在那儿[①]——你还记得那个故事吗？他的那些没有犹太人思想的儿子嘲笑那老头儿，可是他那个具有犹太观念的儿子却惊恐万状。那个故事里倒包

① 参见《圣经·旧约·创世记》第9章第21—25节。

含着真理。这是个真实的故事。”

“说话当心点儿，”利文撒尔严厉地说，“你听起来就像一个傻瓜。我不知道你要干什么，但我跟你直说了吧，那样子说话对你不会有任何好处的。”

“哦……”阿尔比开始说，但他又赶忙打住。“好吧，没有关系。可是把我妻子死的责任一股脑儿都推在我身上，这不公平。何止不公平！如果你考虑到她对我的价值和我所经受的一切，这简直太残酷了。我不知道你是怎么看的，但我理所当然地认为我们不是神，我们仅仅是造物，我们有时认为是永久的东西实际它们并不永久。因此，今天，我们好像鼓鼓的包袱，明天就像满街乱飞的包装纸。”

“听着！我警告你，你这种说法我受不了。”利文撒尔简慢地说。阿尔比好像慌了神儿，便耷拉下了脑袋，十分伤心，一句话也说不出来。很难说他是在寻找力量编造新的鬼话卷土重来呢，还是准备暴露一下他的真实面目。利文撒尔看见他的半边脸、眼皮和嘴巴深深凹陷下去，面颊和下巴上布满了金色的胡须碴儿，蓝色的眼睛在一动不动地出神。额头的皮肤在灯光下显得纹理均匀，湿漉漉的，颌部同喉咙的皮肤有些皱，使利文撒尔想到了鱼鳃。阿尔比关于造物的议论奇异地触动了利文撒尔的想象，一时间，阿尔比对他来说，跟鱼、蟹或水下任何有肉的东西一样不是人。但这只是转瞬即逝的想法，后来阿尔比动了一下，盯着他。阿尔比显得沮丧而又疲乏。

“对不起了，”利文撒尔用某种挑衅性的客气口吻说道，“我有一封电报要发。你来时我正准备去发电报呢。”这话听起来是不是像瞎编？阿尔比或许这样想，并且会把这看做是一个要赶他走的花招。不过，阿尔比进来时的确看见他在写什么，那么，为什么这不是真的呢？他或许在起草电文呢。反正，他何必在意呢？况且，他准备给马克斯发封电报也绝对是事实。如果阿尔比想去的话，他可以跟着去核实嘛。利文撒尔审视着阿尔比的脸，看阿尔比是怎么想的。阿尔比已经站起身来。突然，利文撒尔扭动了一下身子，心忽地一跳。他觉得自己看见一只老鼠窜到墙角去了，于是急急忙忙追过去。划着了一根火柴，仔细查看了一番墙角。没有洞。“跑了！”利文撒尔想，说不定是自己的幻觉？“我们这儿有老鼠。”利文撒尔向阿尔比解释说，这时阿尔比站在黑暗的门厅的门口。他似乎转过了头，没有反应。

当他们走到楼下的门厅时，阿尔比停下来说道：“我想把一切罪责都揽到我身上，可是你知道其实应当责怪的是你。你，只有你。一切全怪你。你毁了我。毁了我！因为这就是我现在的情况，毁了！你才是应当承担责任的人。你处心积虑地这样对待我完全是出于仇恨。出于纯粹的憎恨！”

阿尔比抓住利文撒尔的衬衣，一边说一边拧着。

“你疯了！”利文撒尔冲着阿尔比的脸吼道，“你是个酒疯子，这才是你现在的情况。酒把你的大脑泡糊涂了。把你的手拿开，喂！拿开！”他用他那壮实的胳膊全力推了阿尔比一把。阿尔比栽到墙上，那股冲劲使利文撒尔感到一阵恶心。阿尔比站起来，擦了擦嘴，盯着自己的手看。

“真可惜，没流血，否则你就会说我给你放血了。”利文撒尔吼道。

阿尔比什么也没说，手硬撅撅的，笨拙地掸了掸身上的土，仿佛在打着自己的胳膊，然后就走开了。利文撒尔注视着他急急忙忙、摇摇晃晃地走下街去。

努涅斯先生看到了这一切，忽地起来，两腿叉开在海滩椅条纹帆布的两侧站着。他的妻子，穿着一条白衬裙，躺在靠窗户的床上，小声问道：“发生什么事了？”① 利文撒尔迷惑不解地看着她。

---

① 原文为西班牙语。

第七章

“脸皮真厚，这个该死的小丑！”利文撒尔恶狠狠地说道。他那高高的、宽厚的胸脯感到憋得难以忍受，于是他用力耸起肩膀好顺畅一下呼吸。“毁了！要是他再来，我就要毁掉他呢。真是无耻之尤！”

写给玛丽的信被手捏皱了。不可能把它这样寄出去了。他只好再找个信封，贴张邮票。刹那之间，这场干扰风云突变，造成了最糟糕的混战局面。他把信撕开，将信封揉成一团，扔到栏杆那边去了。努涅斯已经进了屋，门阶上只剩下他一个人。他的目光似乎扫视着大街，其实他几乎什么也没看见，只是意识到了那平淡无奇的黑暗，以及那同样平淡无奇的灯泡的光芒和街区的长度。

他的怒气开始平息下来。他把腮帮子嘬进去，眼睛睁得老大；心绪黯然，觉得眼睛周围的皮肤干巴巴、紧绷绷的。想起了这么一件事！这种没名堂的事最使他心烦了。“为什么偏偏是我？”他皱着眉头想，“当然，他得找个人责怪责怪；事情就是这么开头的，不过，他在脑子里把所有认识的人逐个儿过了一遍，怎么就最后把我拴住了？”这就是让他迷惑不解的地方。毫无疑问，鲁迪格的事儿与这有关；不知什么原因，它抓住了并且激发起了更深一层的原因。选择的机会千千万万，可偏偏把这一个绊住了。

一般来说，有的人享尽人生的荣华富贵，有的人却一无所有，这种天大的不平是有目共睹的。然而在人与人之间，这种事该如何对待呢？也许某个被世人遗弃的乞丐或流浪汉会当街一把抓住你的衣领说：“这个世界是为你创造的，同样也是为我创造的，是吗？”这话的错误在于忘了说谁也没有作出安排，所以只有这么说才算完全正确：“为什么偏跟我过不去？我搞的并不比你多。”不可否认，不公是有的，而且是一种普遍的不公。话又说回来，阿尔比走过来说“你！”这就太没有意思了。因为你也许觉得面对那个乞丐你似乎面有愧色，可是叫人直接怪罪又完全是另外一回事。

人们见了你一两次，他们就恨起你来。这是为什么？是什么造成的？这个阿尔比就是个很好的例证，因为他是个堕落的酒鬼，根本就掩饰不了自己的感情。你只要有一点个性就会招惹他们的。为什么？利文撒尔不由得发出一声无可奈何的叹息。如果他们仍然相信这还顶用的话，他们就会做一些小蜡人，再把针扎到它们身上。为什么他们偏偏挑了这个人，那个人，或者另一个人去恨——汤姆、狄克或者哈里？没人能说出个所以然。他们恨你的笑脸，恨你擤鼻子或用餐巾的方式。什么都可以作为把柄。而当这个哈里成为人们憎恨的对象时，他却浑然不觉。他怎么知道有人拿着他的肖像四处招摇（就像一个女人把情人照片贴在小梳妆盒的镜子上，或者一个男人把妻子的小照放在钱包里一样），带着它时时可以看，处处可以恨？甚至不一定非要可怜的哈里的照片不可。就是穿着绣袍、长着胡须、持着短剑的方块老K也行啊。这没有一点区别。利文撒尔不得不承认他自己偶尔也犯这方面的错。总的来说，他不是个心地恶毒的人，可某些人就是会激起他这种感情。比方说，他见过科恩一两次。于是大伙儿再提到他的名字时，就说出了一些关于他的难听话。并不是这个科恩得罪过他。可是这些清规戒律都是些什么呀？利文撒尔反思道，无非是对我们自己的天性的一种回答罢了。如果我们活着就有一片爱心的话，是不是一定得叫人说出个“爱”字？显然，不是这样。这并不是说我们不爱，只是每当马达发动不起来时，非得别人帮一把不可。尤其使他感慨万端的是大自然中别的一切都受着约束：树木、狗和蚂蚁，它们都不能长过一定的个头。“而我们，”他想，

“我们却海阔天空，遨游四方。”

他刚才把信放到了口袋里，这会儿又拿了出来，思忖着是爬到楼上房间里拿一枚邮票和一个信封呢，还是在杂货店里买上算了。他也许不能单买一个信封吧。不过他可不想买一盒信笺信封。

这时他听到有人叫他的名字，听得出是哈卡维的声音。

“是你吗，丹？”他从楼梯上向下看着人行道上那个模糊的、高高的身影，问道。路对面剧院那闪烁的灯光使他的样子变幻不定。是哈卡维。有两个女人和他在一起，其中一个手里还领着个娃娃。

“从云里下来吧，”哈卡维说，“你是睡了，还是站着干什么事情？”

努涅斯回到帆布椅里。他的妻子在窗户里，头靠在窗框上。

“那个小妇人不在你就神思恍惚了吗？”

哈卡维的同伴们笑了起来。

“丹，你好吗？”利文撒尔一边下楼，一边说道，“噢，哈卡维夫人，原来是你？”

“还有朱莉娅，朱莉娅也在这儿。”哈卡维用他的烟嘴指着他姐姐。

“朱莉娅，哈卡维夫人，很高兴见到你们二位。”

“这是我的外孙女儿丽比。”哈卡维夫人说。

“噢，这是你的女儿吗，朱莉娅？”

“是的。”

利文撒尔想看清这个孩子的相貌，可是他只是看见她脸色刷白，头发黑中带红。

“丽比这孩子一刻都不停，”哈卡维说，“有时候劲头也太足了点。”

“噢，她闹死我了，”朱莉娅说，“我可管不了她。”

“还不是吃的问题。孩子根本不该吃那么多蛋白质。”哈卡维夫人说。

“妈妈，她并不比别的孩子吃得多。这是天性嘛。”

“我们来看你，”哈卡维对利文撒尔说，“可是看样子你似乎正要出门。”

“我有几件事儿，”利文撒尔说，“我要去拍个电报。”

“那么我们陪你到西联公司。你是给玛丽拍电报吧？我猜你已经想让她回来了。”哈卡维笑了。

“丹尼尔，这有什么好笑的？小两口恩恩爱爱才对，”他母亲说，“这有什么可笑的。如今婚姻关系太脆弱了，看见夫妻恩爱实在叫人羡慕。两口子上市政厅就像我去小店买个合叶似的。合叶牵住两块板子啪、啪、啪一合，这就是婚姻。阿萨，给你妻子拍个电报，这样做是对的，是好事儿。别介意。”

“我是给我弟弟拍电报，不是玛丽。”

“丽比，到我这儿来，过来！”朱莉娅扯着孩子的胳膊怒气冲冲地喊道，“我要在你腰里拴根绳子！”

“噢，你弟弟？”哈卡维夫人说。

利文撒尔莫名其妙地脸红了。“是的，我给朱莉娅打电话讲的就是他儿子，我侄子。”

“你找到医生了吗？”朱莉娅问道。“就是丹尼萨特医生，妈妈。”

“噢，他可是个好大夫，阿萨，他母亲是我的一个同室姐妹。从小我就认识他。你尽管相信他好了。他们让他受了最好的教育。他在荷兰留过学。”

“奥地利，妈妈。”

“反正是在外国。他叔叔把他送出去的。后来他叔叔进了监狱，原因是所得税。不过，那不能怪丹尼萨特。他们经常把野鸡肉给他送到新新监狱里去，还说他得到许可，可以在单人牢房里聚众打牌。不过你知道，他们确实在欧洲学过医。那是因为他们的贫民区特糟糕，在诊所里他们能碰到许多复杂的病例。我们的生活水平这么高，不利于医生的教育。”

“哎，谁说的？”哈卡维颇有兴味地望着母亲说。

“大家都这么说。嘿，你爸爸过去从展销店带回家的医学图书没有一本不是讨论欧洲病例的——不是德国的某某小姐，就是法国的某某女士。最好的医学教育都是国外的。”

“你侄子怎么样了？”哈卡维问。

“今天送到医院去了。”

“噢，这么说病得还挺重？听了真让人难过。”朱莉娅说。

“非常重。”

“不过你满可以信赖丹尼萨特大夫。他是个挺好的年轻人，很聪明。明天我跟他母亲说说。他会更加重视这个病人的。”

“我看就是不说他也会竭尽全力的。”朱莉娅说。他们一路走去，朱莉娅把女儿的脑袋贴在她身上。

“影响是个好东西，”哈卡维夫人说，“你千万不要忘了它。如果你不用它，办事速度就会落后。什么事情都得依赖它。当然由于道德等等原因，大夫会尽力而为，但如果我跟他母亲谈谈，他就会格外留心这个病例，尽他最大最大的力。为了保护自己，人们不一定会把事情太往心上放。你得向他们施加一点影响。”

“那就向丹尼萨特夫人提提这事儿吧。不会有什么坏处。”哈卡维说。

“我会的。”

“丹，”利文撒尔把他的朋友往后一拉，说道，“你记得一个叫阿尔比的家伙吗？”

“阿尔比？谁？他姓什么？”

“阿尔比就是他的姓。柯比·阿尔比。我们在威利斯顿家碰到的。大块头。金黄头发。”

“如果我仔细想想，准能记起他。我的记性相当好。”

他们来到电报局，利文撒尔站在黄松木柜台前给他弟弟写了一篇电文，把原本打算要用的那些尖刻的话忘了个一干二净。出来以后，他把哈卡维拉到一边。

“丹，我可以跟你单独谈几分钟吗？”他说。

“这有什么不可以的？怎么回事，老伙计？等一下，咱们先把娘儿们甩开。”

“女士们，失陪了。”哈卡维一面笑容可掬地说，一面往烟嘴上插香烟。“阿萨想跟我谈点事儿。”

“明天我就替你去找丹尼萨特夫人。别担心。”哈卡维夫人说。

利文撒尔向她道了谢，就和哈卡维走到马路那边去了。

“出了什么乱子？你是不是遇到为难的事情了？”哈卡维问道。“你知道你信得过我。什么事都可以跟我讲，尽管放心好了。无论什么事，只要你告诉我，绝对不会有第三个人知道，就像你在忏悔席上小声说的一样安全。咱们听听。”

“没什么好保密的。根本不是那种事。”他瞟了他的朋友一眼，踌躇不决，有所不满。把事情全部给哈卡维解释一遍值吗？他是个热心人，也是个忠实的朋友，可是他三番五次地强调那些错误的东西。他已经想歪了，怀疑是件为难的事情。说不定他指的是什么圈套，跟一个女人的纠葛。“就是这个阿尔比，”利文撒尔说道，“他真让我头疼。你一定还记得他。有一天晚上在威利斯顿家他拿你唱歌来穷开心，你和那个姑娘，你肯定能想起他。他在《迪尔周报》工作……”

“噢，他呀，那只鸟。”利文撒尔觉得哈卡维听得更为严肃认真，尽管在这种印象的背后，他自己的愿望也许就是把他感到烦恼透顶的事情让人认真对待。他描述了与阿尔比在公园里的第一次会面。他告诉哈卡维，他大为惊奇的是阿尔比竟然盯他的梢。哈卡维听了咕哝了一声，“噢，真是难以容忍！讨厌透顶！神经病。讨厌鬼。”

“我想，你不会忘了那次他怎么就那支歌对你大做文章的吧？”

“噢，当然不会，现在我完全想起来了。原来就是这个人？”他做出了一个强忍着的暴跳动作，把脑袋一缩，从他那瞪大的明亮的眼睛里，利文撒尔看出他心里已经建立起了一种极端重要的关系。

“丹，你知道什么关于他的我还不知道的事情？”

“你指的什么事？这要看情况了。我想我是知道的。我的意思是我听说过一些。不过他是不是又在到处活动？咱们讲讲其余的事儿吧。”

“你听到什么了？”

“你先跟我说说，咱们看看是不是一回事。可能不是吧，或许不值得费这个神——全是些蠢事，难道我们还该把它捂住不成？”

他不肯说。利文撒尔便急匆匆地兜出阿尔比的所有言行，尽管他急不可待地想弄清哈卡维知道的事，他还是时不时地打断话头作一些轻蔑的、几乎令人捧腹的评论。他心里认为这些评论可以吸引哈卡维，进一步确信那些非难的荒唐和疯狂。然而，哈卡维对这些吸引毫无反应。他非常冷静，只是不停地说“讨厌！讨厌”，可是他的态度没有给利文撒尔多少安慰。

“他编造了一整套我该对他妻子和每件事都要负责的情况和谎言……”利文撒尔说，声音越来越高，几乎成了喊叫。

“他的妻子？那也太牵强了，太牵强了，”哈卡维说，“这类事件我不要听。”

“你以为我爱听？那样的话我也成了疯子。谁爱听？你爱吗？”

“不，不，我说这太牵强了。他未免想得太离谱了。这个人准有毛病。”哈卡维在脑袋旁旋转着一根手指头，叹了口气。“不过到处传说他被开除了。我听说他再也找不到工作了。从前好几个地方都先后把他开除了。”

“因为喝酒……”

哈卡维耸了耸肩。他的脸皱了起来，他侧过身子，不看利文撒尔。“也许吧。我听说，他在哪儿都表现不好。他正要背运的时候却找到了《迪尔周报》的工作。”

“谁告诉你的？”

“一时想不起来。”

“你认为有没有一个黑名单，丹？我跟你谈鲁迪格的事儿时，你还嘲笑过这个想法。”

“是吗？噢，一般来说，我不相信那种事儿。”

“好吧，这就是证据。你看到了吗？是有一份黑名单的。”

“我不相信，你说的这个人不稳当，有风言风语。谁都知道他是个靠不住的人。”

“为什么他丢了《迪尔周报》的工作？是不是因为他酗酒？”

“噢，我说不上。”哈卡维答道，利文撒尔认为他忧心忡忡地瞅着自己。“我不掌握内情。当事情传到我耳朵里时，原因就不一样了。在这些事情上，虽然你听到了各种各样的传闻，但谁知道呢？真相很难把握。如果你这一辈子一定要了解真相，那你索性吊死算了。我没有告诉你实情的必要。这个人说这个，那个人说那个。甲说是燕麦，乙说是干草，可能又是……结果却是荞麦。除非是收庄稼的人，否则，谁都说不准。对别人来说，纯属臆测。为什么？他滑的是薄冰，就只好滑快些，快些，再快些。他一旦慢下来……那他就掉进去了。据我所知……”哈卡维自己也不满意这种解释，显然这是一时的搪塞。他支支吾吾，目光游移。他手里掌握着情况，但又想极力隐瞒，这是明白无误的。

“他为什么丢了那份工作？他们是怎么说的？”

“就没有‘他们’说起嘛。”

“丹，别跟我绕圈子了。这件事我不知道是不会安心的。这不是区区小事，你必须告诉我，他们是怎么说的。”

“如果你不介意的话，阿萨，有一件你不知道的事情我不得不挑明。我们都不是孩子了。我们是通达世故的成年人，显得如此天真烂漫简直是一种罪过。要承认自己不行，伙计，好不好？你想让全世界的人都喜欢你，但肯定有些人认为你不怎么样。比方说，我就认为你挺好。哎，难道有人喜欢你还不够吗？为什么你不能接受另一些人永远不喜欢你这个事实呢？把它按百分比算出来。难道这是个生死攸关的问题？我偶尔听说有个我一直喜欢的小姐说我太自负了。也许她认为这话是传不到我耳朵里来的，可是我就是听到了。可惜哪儿的人都不知道我的真面目，也不知道你的。那将是一个完全不同的世界。我觉得事情太难捉摸了，我不得不凭着常识一路冒险。这个女孩子是怎么回事呢？我知道她有种种连她自己都不了解的原因。那么我只能说：‘小姐，上帝保佑你。我们都有错，但我们都是我们自己。我要么接受我原原本本的自己，要么一把推开。我就是我在这个世界上所拥有的一切。尽管我有很多缺点，我的生命对我来说是非常珍贵的。’我的心不再消沉。经验教会了期盼这偶尔一次的机遇。而你却在有人不喜欢你，或者讲了你这个、讲了你那个时候，那么难过，要有点儿独立性，伙计，这是个弱点，肯定是。”

“我想让你告诉我，”利文撒尔坚持说，“你不告诉我我就会一直粘着你。想想我是为了什么受到责怪的，我想找到原因，这是很自然的。”

哈卡维只好向他让步。“威利斯顿认为你去《迪尔周报》时，要跟这个家伙捣乱。他暗示这是故意捣乱。”

“什么？威利斯顿是这么说的？他真的这么说了吗？”

“嗯，大概意思是这样的。”

“他怎么能这样？难道他是那样的一个大白痴？”利文撒尔脸色刷白，双唇紧闭，极力想按捺住满腔怒火和莫名其妙的恐惧。他用手按住自己的喉咙，双眉紧锁，瞪着哈卡维大声说：“而你不是支持我了嘛？”

“自然我说他错了，我做了我力所能及的一切。我告诉他他错了。”

“你应当说我马上来找你，把鲁迪格的那件事从头到尾讲了一遍。你甚至还认为阿尔比和鲁迪格想要捉弄我，这是他们俩合谋出来的。这也许是言过其实。你提了吗？”

“没有，犯不着嘛。”

“为什么！”他猛地握紧拳头，仿佛抓住了空中的什么东西似的。“为什么犯不着？”他问道，“如果你是我的朋友的话，这是义不容辞的。即使你不知道真相，也该为我辩护啊。何况你确实知道。我是给你讲过的。你该说这是诽谤，是谎言。如果有人在我面前一再说关于你的谎话，你会看到我会立即把他收拾一顿。这不只是对朋友的忠实，也是主持公道。他怎么知道我在《迪尔周报》干了什么？你为什么是个木头人？难道你害怕顶撞了他会伤害他的感情不成？”

“我不是。”哈卡维说。他令人惊异的眼睛盯着利文撒尔，但他心平气和地回答：“我想与威利斯顿争辩对你并没有好处。我只是说他错了。”

“我的朋友！”

“是，如果你曾经有过朋友的话，我就是。”

“在他说这样的话之前，也许应该问问我，给我一个辩解的机会。他倒宁愿相信醉鬼阿尔比的话。盎格鲁-撒克逊的公平在哪儿嘛？光明磊落到哪儿去了？”

“我很难理解威利斯顿的立场。我的印象是他还相当公正。”

“就那么难吗？”利文撒尔挖苦地说，“我给你讲过为什么阿尔比说我去那儿是为了报复。如果威利斯顿认为我去《迪尔周报》是存心捣乱，他一定和阿尔比在各个方面想法相同。”

“谁，威利斯顿？噢，你跑题了，伙计，跑题了。”

“噢，是吗？唉，到底怎么回事，你并不知道，这我看得出来。你的意思是，威利斯顿是个大好人。谈什么天真！谈什么通达世故的人！这些事情小孩子都比你知道得多，丹。如果他耿耿于怀，认为这是个侮辱的话……也是对你的侮辱，丹，那就不妨考虑考虑。如果那是他所认为的……”

“威利斯顿的确是个好人，”哈卡维说，“记住，他对你蛮好的嘛。”

“我记着呢。为什么你认为我忘了呢？确实如此。正因为这样，事情才变得这么糟糕，这么可怕。这是它恶劣的一个方面。当然，他帮过我。那么如果现在他要相信关于我的这件事，他有这个权利吗？难道你看不出这些看法是怎么发展到这一步的吗？”他心里琢磨着，“当然，他是帮过我。”

“你可以肯定他不知道你的阿尔比先生在搞些什么名堂，要是他知道，他是不会喜欢的。无论如何，不会喜欢的。我的意思是他不会相信他的话……说什么你毁了他。他这个人疯疯癫癫，那样去盯你的梢。他脑子不对头。你是不是以前从没见过这种情况？怪可怜的。我们家就出过这种事。我父亲的姐姐在更年期人都变怪了——说所有的钟都在警告她小心，小心，小心。噢，她才刚刚绝经。这真是一场灾难。她声称有人从她的邮箱里偷信。噢，什么事儿都有。我不能一一告诉你。噢，显然这正是你现在面临的局面。很讨厌，但没有什么叫人惶恐的。她开始告诉人们她是火柴大王克鲁格的遗孀，尽管我姑父还健在。有时她又说是塞西尔·罗兹①，不是克鲁格。我祖父参加过布尔战争②。她还从什么地方产生这种念头的？她进了一家精神病院，可怜的东西。这些想法是怎样钻进他们的脑袋的，只有天知道。”

利文撒尔不经意地点点头。他只是一门心思地想威利斯顿。威利斯顿怎么能相信他的话呢？既然了解他，却又相信他能这样蓄意伤人，这可能吗？就为那样一个原因？还是随便一个原因，甚至是严格的自卫？他不可能想出并且实施这样一个计划。利文撒尔被深深地激怒了。他扭过头去不看哈卡维，把眼睛眯起来。威利斯顿帮过他的忙，他欠他的人情。难道他能否认吗？哈卡维已经由于似乎他忘了这一点而责备他了。他并没有忘记。可是问他欠威利斯顿多少情，感激之情应当达到怎样一种程度，也是很自然的。他刚才用了“恶劣”这个字眼。之所以想起这个词，因为他有这样一种感觉：威利斯顿的指责是在一种他自己无法抗拒的醉酒的情况下做出的。如果他乐意相信他是那样的、那样的一个

---

① 塞西尔·罗兹（1853—1902），英国殖民者。在南非开采钻石矿和金矿致富。

② 1899—1902 年英国人与布尔人（南非荷兰移民的后裔）之间的战争。

人——为什么避而不谈呢？相信他会实行那样的一个计划，因为他是个犹太人，那么他一直担心的突变已经到来了，所有的好运都中止了，所有的恩惠都化解了。他绝望地望着前面。威利斯顿，像他自己，像其他每一个人一样以这样和那样的方式被潮流驱动着。现在这些潮流又转了向，他已被迅猛地冲击，冲击而去。他的心猛地一缩，一时间感到头晕眼花，就闭上了眼睛。

“我要亲耳听他说说，”他喃喃地说，振作了一点儿，“我是不会相信别人的传言的。要不那就等于步他的后尘了。”他抽出手帕擦了擦脸。

第八章

然而，这个星期过去了，利文撒尔还是没有采取行动跟威利斯顿联系，尽管他每天都提醒自己要了结这件事。阿尔比没有露面，利文撒尔倒希望再也见不到他了，其实心里并不相信有这种可能。不过，至少斯塔腾岛上的事情有所好转。虽然米基还没有完全脱离危险；但他的病情已有了起色，利文撒尔也不太为他担心了。马克斯回电说只要医生给话，他立马就回来，利文撒尔回信说尽管他认为马克斯该回家来，因为家里需要他，但回不回还是由他自己定。

星期五晚上，利文撒尔深切地感受到玛丽不在身边的寂寥。上床之前，他非常想往查尔斯顿挂个电话。他甚至都走到了电话跟前，拿起了听筒，转了几圈，把绞成一股的听筒绳绕开，可他最后还是把听筒放下，继续脱他的衣服。他换上一件白色的棉布睡袍，一边轻轻地摩挲着翻领，向下面扫视着。这睡袍是他上次过生日时妻子送他的礼物。如果现在——周末刚刚开始的时候给她打电话，她肯定能感觉到他觉得孤独，难以忍受，所以在求她回家。那样就太不公平了，因为只要她母亲需要她，她就没法回来。再说，打完电话以后，她还不是照样难以接近吗？这样一来他会比现在更加思念她。她也会更想他的。

洗涤槽里有好几只玻璃杯。他把它们洗净，然后倒扣起来控干，随后他走进餐室。自从玛丽走后，这屋的门一直关着。他打开了房子里所有的门，这样才觉得好受了些。

他没有睡好觉。夜里的大部分时间，他总能听见电冰箱的马达起动、停止时发出突然的震颤声和轻微的晃动声。有好几次他因此还睁开了眼睛。洗澡间的灯亮着。下了一阵大雨，窗子上浮起了薄雾。天快亮时，他觉得街上有人在大声说话，便侧耳倾听，呼吸变得格外沉重。天色已经亮得可以看见东西了。他是穿着睡袍睡觉的，头底下枕了两个枕头，双手交叠在一起搭在胸口上；在墙上的暗影中能看见两只脚和伸开的双腿。在狭长的街道上空气显得灰暗而温柔。

突然传来了女人的哭喊声，他忽的一下翻起身来，"唰"的一声拉开了窗帘。街角上一片混乱。他看见一个男人发疯似的向两个女人中的一个扑了过去，另一个男人尖声叫嚷着跑过去把那人挡开。两个士兵站在街对面瞅着。那两个当兵的原先跟那两个女人在一起，后来那个人撞上了他们——可能是丈夫，可能是兄弟，前者的可能性更大——于是他们便撤离了。那人碎步侧身绕了过去，那女人两眼紧盯着，慌了神儿，呆呆地踌躇着，准备跑掉。她的高跟鞋咚咚地敲打着地面。有一次他够着了她，把她的外衣从领口一直扯到腰间。她把头一摆，把头发抽了回去。他又猛冲过来将她一把抓住，她的朋友在一边苦苦哀求，哭喊着抓住了他的胳膊，被他一甩，兜了个圈子。两个士兵显出一副观看特意为他们安排的节目的神色，似乎还在不时地暗自发笑。那丈夫推搡着他的妻子，他的鞋底在路面上刮擦着，这一回她可跑掉了。她顺街跑去，动作虽笨，但速度极快，柔软的身子摇摇摆摆的，这时两个士兵也立马朝同一方向走去。丈夫也没追她，只是一动也不动地站在那里。另一个女人双手抓着他的一条胳膊，把脸凑上去，急切地冲着他说着什么。街上的雨水蒸发得很快，街面上已经干一块湿一块的。利文撒尔压低嗓子嚎叫了一声，把身上的睡袍裹得更紧了。出现了一道亮光，宛如一根裸露的铜缆绳从水里捞起来，越过建筑物和窗户，腾空而起。太阳从黑云的一角挤出来。那个女人还在跟那个男人说话，央求他，把他朝另一个方向拽，想让他跟她走。利文撒尔拉上帘子，又倒到床上。

十点钟他起来了，面前是一个清闲的周末。天一亮，天色就换了一副模样，温暖，明媚。天空光彩夺目，微风吹进帘子，扯动了努涅斯太太的花箱上绷着的绳子，吹得一片片像来克亨鸡的羽毛一样洁白的云朵在天空翻滚。利文撒尔洗了个澡，穿上衣服，下来吃早饭。在饭馆里，他坐的是雅座，而不是像周日那样，坐在柜台式长餐桌旁吃。他在座位上发现了一份《论坛报》，就把它斜靠在糖瓶子上，一边喝咖啡一边看了起来。饭后他迈步向城外溜达了一会儿，一路欣赏着美好的天气，浏览着商店的橱窗。

然而，街角上的一幕仍留在他的脑海里，还不时地浮现在眼前，他觉得自己实在弄不明白身边发生着什么事，多么古怪，多么野蛮的事啊。这些事情就像一串串摆动的坠子悬在他的眼前，平常是看不见的，只有隔一段距离才看得见。但是，这并不是说什么时候都存在着距离，也不是说迟早就不会有一两粒坠子掉到他身上。事实上他想到的是阿尔比——他拿不准他是不是再盯他的梢了，一想到这事，他就隐隐地感到一阵头晕恶心。他再一次提醒自己一定要给威利斯顿打电话。可是眩晕渐渐过去，他的打算又给抛在脑后了。后来，当他从口袋里掏出几个五分的硬币付饮料钱时，看见商店后面有个空着的电话亭，他又犹豫了一下，最后还是下定决心眼下不打。他跟威利斯顿已经有三年多没见面了，现在，突如其来问他一些难以启齿、又难以说清、说不定已经忘了的事情似乎显得莫名其妙。再说，如果威利斯顿能够相信他有意伤害阿尔比，那么，他会受到冷落的。也许哈卡维说对了。也许他该设法让威利斯顿保证他还是喜欢他的，向他讨的与其说是公道，还不如说是这个保证。他想象着威利斯顿以他惯有的姿势坐在自己面前，悠闲自在地坐在椅子里，手指插在马甲口袋里，面颊红红的，一双蓝眼睛仿佛在说“坦率就此为止”，确切的程度仍然不甚了然。十有八九威利斯顿已经拿定主意：他应该对阿尔比的遭遇负责，当威利斯顿听他说话时——如果利文撒尔的确了解他——尽管作出谦恭有礼、愿意从长计议的样子，而实际上他心里早就有谱了。想象着自己恳求别人的场面，利文撒尔觉得羞愧难当。难道他自己还不清楚他从来没有有意识地想伤害阿尔比吗?他当然清楚。威利斯顿即便是他的恩主，也得解释清楚为什么他乐意相信这样的事。还有，如果你说某某人是你的恩主时，这句话到底是什么意思呢?你帮别人也许是因为此人太烦人了，所以你想用这种办法把他甩开。也可能你无端地讨厌他，因此想补偿自己的偏见，一旦感到你已经补偿过了，你就心安理得了，甚至又有资格嫌弃他了。当然，他并不是说威利斯顿的情况也是这样，但是遇到这样的问题，你就是权衡各种可能性也不是什么过错，你也不会受到冷酷无情之类的指责。把每个人都想得很好当然不错——倒是有一种要你这么做的要求。总的来说，利文撒尔认为自己生性就不爱猜疑人。他宁肯自己吃亏，也不愿不相信别人。能够真正地不猜疑人当然是好事，这就是人们所谓的基督精神。但是，在遇到这一类事情时，如果心里产生了疑虑，你却硬是不肯承认，那可就太愚蠢、太可怜了。因为有了疑虑，你就不应当装出没事人的样子，也不应当否认你有疑虑。

同时，利文撒尔又十分通情达理，他承认他可以挑挑威利斯顿的毛病，从而把自己从一种感恩戴德的心态中解脱出来。他从来没有能力还他这笔人情债。他在找机会赖账吗?他并没有这么想。他希望自己能够肯定。啊，他对自己说，他完全可以肯定。除了感激，他没有任何想法。他不止一次地说过——玛丽可以作证——威利斯顿挽救了他。

可是，想着想着，他觉得整个事儿都不怎么重要了。这毕竟是一件他既可以认真对待，也可以把它当做小小的烦恼打发掉的事情。这就取决于他了。他只要坚持认为，他没有责任，一切就烟消云散了。这就是他对于一个谁也不指望他信以为真的指控作出的判决。除了说这件事纯属偶然外，他还有什么可说的呢?最坏也只能说，这是一个偶然事故，并不是有意的。

早晨，阳光明媚，对比鲜明，白和蓝，明和暗，这在他身上产生了一种平衡效应，他也意识到了这一点。他抬头仰望，阳光下那张黑黝黝的脸上浮现出了一丝淡淡的微笑。他那件干净的白衬衫纽扣钉得弯弯扭扭，脖子的部位特别紧；他把手指伸进领口使劲儿拉了拉，抬起下巴，笨拙地拽了拽衬衫的前襟，结婚金戒指“哒”的一声碰在了纽扣上。

中午时分，他来到西四十街区，在一个乐器店对面的一个地方吃了碗肉辣酱。一个只穿着衬衫的人站在乐器店二楼一个敞开的窗口，一只胳膊紧抱着明光闪亮的圆铜号，像是在试号，间或猛吹出一两声。他胡乱吹出一些圆润焦躁的音符和低沉的呼噜声，利文撒尔凝视着宁静的街道上的阳光和灰尘，恍惚间觉得那些音符的回声渗进了自己的血液。他打开包烟纸抽出一支雪茄，把玻璃纸揉成一个小球，刚好能塞进印有说明的纸圈里。然后，他又沿着大腿摸火柴，喷出第一口烟后，他走进电话亭去给爱琳娜打电话。维拉尼家的一个小孩被打发出去叫她。利文撒尔谈话时眼睛一直紧盯着那个吹号的人。

听声音，爱琳娜比平时平静了些。三点钟她得去看米基。他问起菲利普的情况，爱琳娜只说了句：“噢，菲尔？他在楼上呢。”随即又谈起了医院里的事，利文撒尔想出一个主意：今天跟菲利普玩一天。于是他就打断了她，建议叫菲利普到曼哈顿来。

“我在南渡口等他。如果你觉得有必要，我可以过去接他。”

“噢，我送他去，”爱琳娜说，“太好了。他会高兴去的。不用，他自己能去渡口，那有什么要紧的？”

现在已经是满脑子的计划，利文撒尔便赶紧上街。他们打算坐着敞篷公共汽车沿大道转一趟。孩子没准儿会喜欢的。说不定他更愿意去时报广场，那儿有靶场，有廉价游乐店，还有弹球戏。他为想到菲利普而暗自庆幸，他十分高兴。本来以为今天过得还不错，但临近傍晚时，他才意识到还没跟任何人说过几句话呢，烦闷又一下子袭上了心头。而菲利普呢，他妈去医院后，就剩下他一个人了。利文撒尔乘地铁到了闹市区，坐在小广场上的一条俯视着渡口闸门的长条椅上。

他那黑黝黝的、不动感情的脸一直对着出口处。等待令人心焦，他几乎要发抖了，但这却是一种愉快的、令人兴奋的事。他心里纳闷，他为什么最近这么易动感情，以前怎么就不是这样。除了玛丽，他对任何人说话都很简短，不冷不热，表面上有点儿像他父亲。这种简短，说穿了就是冷漠。如果你不想跟别人纠缠，你就有办法避开他们。当然，世界是个繁忙的所在——他注视着那些楼房，在星期六非常清静的银行和办公室，煤灰积成了棱纹的柱子，不断变换颜色的窗户，上面几乎全是天空的色彩，一会儿暗了，一会儿又扩大了，接着又暗下来了。你不可能在你的感情中让事事得其所哉，也不可能像旋转门那样，只要碰它一下，对每一个人都一视同仁，人们进进出出悉听尊便。话又说回来，要是你把自己关闭起来，不想叫人打扰，那你就成了一只在洞里冬眠的熊，或者是一面包在法兰绒里的镜子。这样，你就跟这面镜子一样，不大有破碎的危险，谅你也不能闪光了。然而，你还不得不闪光。这就是特别的地方。每个人都想有最佳表现。放眼四顾，这就是你看得最清楚的东西。巨大的成就里有，犯罪和堕落里也有。那个女人的丈夫从一个地方到另一个地方可能跟踪了她整整一夜，最终在她与别人寻欢时当场捉住，今天早上，面对自己的丈夫，她实在没法抵赖；当她面对着他时，难道她没有在心里嘀咕，“我这是做最佳的表现吗？”在这种情况下，就是一个妓女。或许是她自己错了。你不能指望人们一贯正确，他们也只是想做自己必须得做的事。因此，骇人听闻的事、人吃人的事也就发生了。当然，好事也是这样。但是，即便如此，实实在在的好事也不保险。

人们身上有抵制昏睡和呆钝的东西，同时也有小心翼翼地走向昏睡和呆钝的倾向。二者兼备，利文撒尔想。我们时时刻刻关照着自己，留有一手，藏而不露，这边也得当心，那边也得注意，同时却在拼死拼活地奔跑，好像在进行着一场端蛋赛跑。有时我们吃鸡蛋吃腻了，见了它就恶心，这种时候我们就宁愿卖身于魔鬼，和人们所谓的黑暗势力，而不肯一面端着勺子奔跑、一面瞅着鸡蛋、唯恐蛋掉下来。人十分脆弱，用哪样东西都得适可而止——水、空气、食物；不能吃树枝，不能吃石头；还得留心别摔断了骨头，别融化了脂肪。又是这，又是那。把糖和土豆贮存好，把钱缝到褥子里，尽量少动感情，多费心血，多加小心。你不妨说，这都是为了鸡蛋的缘故。那么，人死了也就等于蛋坏了？发臭了？最后的审判也就是对着光检查鸡蛋了？利文撒尔咯咯地笑了，抬手揉了揉脸。还有与此相反的一面，你也可以捣个蛋，吓唬吓唬它。

每隔几分钟就有一条船从岛上开过来，人群一下子涌出来，然后就散开了，经过好几次以后，利文撒尔才看见菲利普在闸口边站着。他站起身来向他招手，嘴里咕哝着："喂，这边来。"说完又挥舞着胳膊向路边走去。汽车的噪音太大了，喊叫也无济于事。"喂，喂！"他打着手势，孩子终于看见了他，走了过来。

"好了，过河是不是挺带劲儿？"这是利文撒尔的头一句话。"天气好极了。在这里你能闻闻大海的味儿了。"他深深吸了一口气，"鱼腥味，还有蛤味儿。"

菲利普的短发湿乎乎的，梳得很整齐，衬衫的领子翻在了外衣衣领上，显得很精神，也很干净，利文撒尔以赞许的目光观察着这一切。他自己穿着一套刚从洗衣店拿回来的绉绉纱西服，这使他有一种专门度假的感觉。

"你看，咱们怎么到城外去呢？坐公共汽车吗？"他拍了拍孩子的肩膀，"星期六坐公共汽车在百老汇没有多少可看的。"

"噢，我来过曼哈顿，"菲利普说，"知道它是什么样子。咱们坐地铁好了。"

他们向下走去，利文撒尔领着他穿过了旋转式栅门，穿过阴暗弯曲的站台。隧道里不时传来车厢遥远而急速的震动声，就像重锤在敲打似的。

幸好菲利普的话很多，要是他是个腼腆的孩子，利文撒尔就会以为他自己因为过去的冷淡而受到责怪了，那是一个下午弥补不了的。上个星期，当他给菲利普那个两角五分的钢镚儿时，他把他的沉默看做对他的责怪。但现在用不着担心了。菲利普滔滔不绝地说着，利文撒尔暗地里听得很专注，尽管有时他看上去好像走神了。菲利普在他心里激起的感情加深了他惯常的冷漠。但他频频扫视着菲利普，那留着短发的漂亮的长脑袋的斜面，再看看他的脸，心想，虽然他长得像爱琳娜，但脾气却不随她。他们俩倒是有些共同之处。孩子好像也看出了这一点，利文撒尔心里嘀咕着。

一根柱子上有一台巧克力自动销售机，菲利普把手伸了上去，利文撒尔赶忙翻口袋找了五六枚硬币投进去，转了一下旋钮。正当他从铁槽里往外拿巧克力时，列车开过来了，他们便撇下售货机跑了过去。

“你看我们走一会儿好吗？”在宾夕法尼亚车站，利文撒尔提议。出了站，他们向时报广场走去。

在市中心区，环境更加宁静了，他们一路步行，利文撒尔听菲利普唠叨着，还经常听不太明白。菲利普对摩天大楼的地基非常好奇。它们真的都得用减震器吗？它们必须要用什么东西承受地铁的震动，减小楼顶的晃动。高楼都要摇摆的。马克斯跟他说过在船的甲板上各个部位都放置着钢板以备急用，好抵御狂风暴雨的袭击。

“听起来蛮有道理，”利文撒尔说，“当然我可不是工程师。”

菲利普一边走，一边推想着街道的地下除了地基，还埋着什么东西：水管呀，下水道呀，煤气管呀，地铁的电力设施呀，电话线和电报线呀，还有百老汇有轨电车的电缆吧。

“我估计市政厅里该有它们的线路图吧。”利文撒尔停了下来，“来点儿喝的怎么样？”

他们在一个小摊上喝了杯橘子水，小摊的墙上插着纸草。柜子旁的女人把戴满了浮雕宝石钻戒的手指攥得紧紧的，用手腕“啪”的一下把拉手扳下来。橘子水由于有橘皮末子，喝起来带点儿苦味。

从冷饮摊里出来，他们走到一大堆人中间，这群人围着一个卖玩具狗的小贩，玩具狗又会跑，又会咬。小贩穿一件花点子汗衫，一双破鞋，额头上绑了一条画有印第安图案的带子，小狗一慢下来，他就用粗脚指头推它们。“跑三分钟，保证。”他说。为了给小狗们上发条，他抓住了它们的脑袋；可是，他的手指太粗了，捏那扳手可不大容易。“三分钟。两毛五。光本钱就花了我一毛八。简直是宰人。”他绷着脸开玩笑。他的腮帮子吊着，目光没有什么说服力。“三分钟，别缠人，别‘施堵’①。要么买上，要么滚开。”

围观的人大笑起来。“他在说什么呀？”菲利普很想知道。

“他说的是意第绪语，意思是不要挤。”利文撒尔答道。这使他想起了阿尔比是怎么说犹太人和纽约的。“走吧，菲尔。”他说。

在第四十二街，菲利普不时停下来看电影院外面的剧照，利文撒尔十分勉强地——他是不喜欢看电影的——问他是不是想进去看场电影。“当然想了。”菲利普说。利文撒尔估计，米基这一病很可能妨碍了他星期六的电影。

“想看哪个自己挑吧。”他说。

菲利普选了一个恐怖片，他们买了票进去，通过阴森森的、铺着棕色地毯的门廊，两面是罩着积满了灰尘的破烂绸灯罩的朦胧的灯和锦缎装饰的长椅子，最后走进了令人窒息的黑暗，在皮座位上坐了下来。

银幕上，人们看见一个上了年纪的科学家经常出没于一个剧院的化妆室，多年以前，他就是在这儿杀死了他的情妇。一位年轻的影星长得很像他的情妇，他产生了幻觉，企图掐死她。强烈的闪光刺疼了利文撒尔的眼睛，音乐也格外刺耳，看了半个钟头，他的神经都被刺痛了，便去上厕所。那儿有个老头儿正靠在发黄的洗手池上把一支压扁了的香烟的烟头捏圆。

---

① 原文为意第绪语：Shtup。

“这玩意儿他们也把卡洛夫[①]弄了进去，”他说，“他可真是个有才气的人。”

“你喜欢他？”利文撒尔问。

“演他的拿手戏，他可是个天才。”他给利文撒尔递了个火，把火柴垂直夹在两片石灰似的白指甲中间；他的手指头皮都蹭掉了，他肯定是个刷盘子的。“他在这儿完全是胡闹。这是个低级玩意儿。即便是这样，他照样轰动。他才真正懂得智力超群是怎么回事，一个独断专行的人嘛。这就是我佩服他的地方。”

利文撒尔把烟扔了。消毒剂的气味把吸烟的兴趣给搅了。他悄悄地溜到座位上，又回到菲利普身边。不一会儿他就睡着了。旁边的人从他身前挤出去时把他弄醒了。他霍地站起来，听到新闻短片的音乐。

“菲尔，咱们走吧。这地方闷死了，”利文撒尔说，“待在这里谁要是不睡觉才怪哩。”

他们出去时街上的阳光刺得眼都睁不开。大门罩里的灯光非常暗淡。热腾腾的炒花生和糖爆玉米的浓烈味儿扑鼻而来。从靶场传来乒乒乓乓的声音。有一阵子利文撒尔有一种空落落的、晕乎乎的感觉。太阳太毒，风驰电掣的车辆噪声太大，速度太快。

“好了，再去哪儿？”他问，“逛逛公园怎么样？咱们可以进一回动物园嘛。吸点儿新鲜空气不是坏事，对吧？在露天待一阵子好吗？好吧，先来点儿三明治，然后咱们走过去。”

菲利普表示赞成，利文撒尔只能猜测他是真的喜欢这个主意呢，还是由于依了他看了电影，他觉得不好意思不同意了。“我没法跟孩子沟通，”他想，“或许他太老成，对动物园不感兴趣。不过我还是不知其所以然。”原先他还以为他们俩彼此可以理解，现在这种自信却逐渐消失了。

---

① 卡洛夫（1887—1969），美国电影演员，出生于伦敦。

“要是不想去动物园，你还有别的想法吗?”他问孩子。“你用不着害怕，说出来好了。”

“我能想到的唯一东西就是道奇队对波士顿队的棒球赛。可是现在恐怕都打到第五局了吧。我不是怕说出来。”

“好。下次咱们再去看球赛。你想到什么尽管跟我说。那咱们先吃点儿东西吧。”

他们进去的餐馆是一个很大的去处，里面挤满了人。每个柜台前都排着几条队。利文撒尔打发菲利普去买饮料，自己去买三明治。他们找了个桌子坐下，利文撒尔就开始吃起来，菲利普起身去找芥末瓶。利文撒尔坐在那里喝饮料。突然，餐馆前部的人群骚动起来，有人在尖声叫喊。有几个人站到了椅子上看发生了什么事。利文撒尔也站在上面，四处张望着寻找菲利普，他眉头紧锁，开始惴惴不安，便走进人群往前挤去。

“我伯伯来了。伯伯!”菲利普一看见他就大叫起来。他的胳膊被一个背着脸的人抓着，但从他淡黄色的头发和棉布夹克上，利文撒尔一眼就认出了他。

“你在干什么?”他说。惊愕之中，他这句话既不是冲着菲利普，也不是冲着阿尔比说的，而好像是冲着他们俩说的。

“我从桌上拿了瓶芥末，这个人就一把抓住了我。”菲利普大声嚷着。

“不错，我抓了。你放回去。”

利文撒尔一下子涨红了脸，把菲利普从阿尔比手里拉了过来。

“噢，这就是你伯伯?”阿尔比笑了笑，但他并没有老盯着利文撒尔。他是在给围观的人演戏，站在那儿，脑袋笨拙地朝前低下去，看着自己制造的轰动，简直忍不住要大笑起来。可是，如同往常一样，这件事他做得矫揉造作，好像在演戏。

“我问是不是可以用一下芥末。我问了一位女士，她说可以的，”菲利普说，“她到哪儿去了？”

“好了，先生。”利文撒尔的目光和一个年轻姑娘的苦恼的眼睛相遇了。她脸色苍白，双手紧紧地把手袋压在胸口上。

“我跟你说什么了？”

“你偷偷拿走了芥末瓶。它可不是这位小姐的，而是这张桌子上的。”

“我没见你在这张桌子旁边坐。”她大声反驳。

“你一直在跟踪我，”利文撒尔激动地低声说，“你尽管跟着好了，看我怎么收拾你。我要搞一张逮捕证。我可不是闹着玩。”

“噢，我也可以弄张逮捕证来，指控你有殴打行为。不费吹灰之力，还有目击证人呢。”

“我当初怎么没把你的脖子扭断呢。”利文撒尔轻声骂着，他那硕大的脑袋在抽搐。可是为了孩子，他强压下了满腔的怒火。

“噢，你那样做了倒好。我还巴不得把它扭断呢。”阿尔比舔了舔嘴唇，死死地盯着他。

“过来，菲尔。”利文撒尔把他从人群里领出来。

“他是谁？”菲利普问。

“是个讨厌鬼。好多年前我就认识他。别理他。只不过是个讨厌鬼而已。”

他们坐下来。菲利普把芥末撒到三明治上，一声不响地望着他的伯父。

“没把你吓着吧，对不？”

“没事儿，他一抓我，我就跳了一下，但我不怕他。”

“他没什么好害怕的。”他把自己的盘子推了过去。“来，菲尔，把我的这一半儿也吃了吧。”他的心扑腾扑腾狂跳不止。他注视着门口，阿尔比一转眼就不见了。

“我再也受不了啦，”他想，“他最好离我远点儿。”

第九章

在熙熙攘攘的动物园里，利文撒尔的眼睛密切关注着，在搜寻阿尔比。一开始，他表现出一副蔑视和警觉的神情，但没过多久，就变得颓丧起来。因为如果阿尔比想跟踪他，他又怎么能阻止呢？因为人山人海，他完全可以靠近自己而又不会被人发现。因此，利文撒尔总觉得有人在监视他，他也只有消极忍受了。再说他也害怕引起误会，所以就索性不再费神找阿尔比了。他尽力不去想他，而是一心留意着菲利普，迫使自己表现得自然一些。然而利文撒尔无论是在兽笼中间穿梭，观赏动物，还是跟菲利普说话，或者抽烟、微笑，他总时不时地想到阿尔比，深信有人在盯他的梢，结果搞得他似乎通过一双陌生的眼睛看到了自己：他的半边脸，喉咙里的颤动，皮肤上的皱纹，身体的形状和穿着白鞋的脚的形状。尽管这样子变成了一个自我观察者，他也能看见阿尔比。他想象自己就站在阿尔比的身后，距离近得可以清楚地看到他衣服的织纹，毛发蔓生的脖子，鼓起的腮帮子，耳朵上的血色；他甚至可以嗅出他头发和皮肤的气息。这一切历历在目，使他感到震惊又使他感到压抑和陶醉。热浪又升腾起来，动物和干草、灰尘和粪便的刺鼻的气味充斥着他的脑海。阳光普照在树梢上，从栏杆和兽笼反射过来，一长条一长条的，白光耀眼。一时使他感知不到事物通常的面目，于是他担心他的力量也在消失。但当他强打精神往前走时，他又感到一切正常了。

离开了动物园，利文撒尔和菲利普又进了公园。菲利普想休息一下，便向一条长椅走去。可是利文撒尔说："我们还是找个更阴凉的地方吧。”因为这里正好在交叉路口，四面八方的人都看得清清楚楚。他们坐到一个斜坡上，谁走过来都会被发现。这里离交叉路口大约有五十码远，那里聚集了一群人，说不定其中就有阿尔比。黄昏临近了，又带来一股热浪，加深了空气的浓度，压得草木抬不起头来。利文撒尔注视着周围的情况。他甚至想埋伏在什么地方，给阿尔比来个措手不及。可是即便阿尔比中了他的圈套，那又有什么用呢？他会不会使阿尔比感到难堪？那家伙根本不会感到难堪的。那么揍他一顿？痛快倒是痛快。可是，他觉得就是为了自己，也应该防止以荒唐对付荒唐，以疯狂对付疯狂。当然，他不能当着菲利普的面再跟别人大吵大闹了。他不知道阿尔比在餐馆里对他产生了什么影响。但他深信菲利普意识到这件事已经搅得他心烦意乱，因而巧妙地掩饰着自己的感情。他倒有心跟他谈谈这件事，但又不想暴露他的忧虑；再说，要进行一次自己事先拿不准会出现什么结果的谈话，他心里还是有些发怵。也许他把这孩子看得太精明了。不过这次游玩的情绪已经变了。菲利普显得心事重重，他又无话可说；于是他觉得把那件事至少提一次倒是顺理成章的。他肯定没有把这事忘了。

“怎么了，菲尔？”他说。

“没什么。我的脚走累了。”他回答说。菲利普到底是怎么想的，利文撒尔还是摸不清。

他决定坐出租车去渡口，于是站起身来说道：“咱们走吧，菲尔。该带你回去了。”他要求司机迅速赶向五马路。菲利普似乎对他的急迫感到莫名其妙，但坐敞篷汽车兜风还是十分高兴。利文撒尔把他送到斯塔腾岛，把他送上了公共汽车，然后返回曼哈顿。

大约九点钟，他吃完了一顿他难得一尝的海鲜，然后踏上了回家的路，根本就没有想到去别的地方。他信步走进一家雪茄店，目光越过柜台投向那里的灯光，在货架上扫了几下，然后买了一包香烟。他心不在焉地接过找头，可是没有装进口袋里，倒是从中搜寻出了一枚硬币，想用它给威利斯顿打个电话。因为他突然觉得迫切需要今晚，而且立即听一下他是怎样解释这件事的。他不明白自己为什么拖了整整一个礼拜。他迅速地翻着电话号码簿，将电话号码抄下来，然后走进电话亭。

菲比·威利斯顿接了电话，她的声音意外地刺痛了他；这使他想起有好多次他打电话要求威利斯顿帮忙，要他出主意，或者请他引见。那时威利斯顿夫妇俩总是耐心备至，而他自己则无可奈何地傻乎乎地把他的难处交到了他们手中，坐在他们的客厅里或者抓着电话，等着人家对他的问题进行掂量分析。他心里明白自己对于这些问题的解决束手无策，倒又希望能够将这些问题收回，但已经办不到了。难免在有些时候，他的电话不受欢迎，威利斯顿夫妇的耐心也达到了极限。每当他按门铃或是将五分硬币投进公园电话的投币口里听到回铃声时，心里总产生这样一个问题："这一次会怎么样？"现在，尽管情况完全不同，他的脑海里又闪现出这个疑问。

"我是利文撒尔，"他说，"你好吗？"

"利文撒尔？噢，是阿萨·利文撒尔，你怎么样，阿萨？"他心想，听她的声音还不是不热情嘛，考虑到在三四年里，这是他头一次给他们打电话，要她绝对热情那也未免太过分了。

"我挺好。"

"大概你想跟斯坦说话吧？"

"就是。"

他听到"咚"的一声话筒搁到桌子上了，然后传来远处谈话的声音，延续了好几分钟。"他不想跟我讲话，"利文撒尔想，"他一定在给她说她应该说他不在家。"过了一会儿有人拿起了电话。

"喂！"

"喂！是你吗？阿萨？"

利文撒尔免去客套，直截了当地说："喂，斯坦，我想见见你。今天晚上你能不能抽出点时间来？"

“怎么，今天晚上？这也太匆忙了一点吧。”

“是的，这我知道，我应该先问你一下，看你是不是要出去。”

“嗯，事实上我们是打算过一会儿出去。”

“我不会待很长时间，一刻钟左右就可以了。”

“你现在在哪儿？”

“不远。我叫辆出租车。”

利文撒尔觉得威利斯顿并没有掩饰他的勉强。但是，威利斯顿说：“好吧。”以后他甚至连声再见也没顾上说。他才不管威利斯顿是怎样同意见他的呢，只要他同意就行。他走到街中间，挥手拦了一辆出租车。当然，他上车的时候心里嘀咕，威利斯顿对于他的电话、他唐突的要求感到不快，连平时的客套也不要了。可是还有比那更令人担忧的呢，因为他估计威利斯顿会真的站在阿尔比一边。还有公正，一个男人的名声、气节，而且还有其他要考虑的因素。

出租车飞快驶往住宅区，利文撒尔突然感到自己的脸发烧，因为他恰恰回想起一句他父亲喜欢反复念的顺口溜：

> 叫我约什克，叫我莫什克，
> 不过要把钱给我。①

“叫我艾肯，叫我莫，不过要把钱给我。即使你看不起我又有什么呢？跟你平起平坐对我来说又意味着什么呢？除了‘钱’②，你又有什么叫我挂心的呢？”这是他父亲的观点，但并不是他的看法。他厌弃这种观点，而且避之唯恐不及。总之，他的父亲，那个面目狰狞、严厉骄傲的老傻瓜，活着的时候穷，死去的时候穷，对他来说，除了他的利益、

---

① 原文为意第绪语。

② 原文为意第绪语

靠钱的力量摆脱敌人的控制外，再没有什么大不了的。谁是敌人呢？全世界，每个人。这些都是凭空虚构，根本就没有什么利益可言。他像个商业巨头似的忙于他的匹头和尺头，为了有朝一日成为一头狮子，他情愿暂时当只林鼠。然而，他一无所获；他永远没有成为一头狮子。当利文撒尔想到他父亲对这些事的感受时，他不由得感到心酸。他打起精神叫司机开快些。可是这时候出租车已经到了威利斯顿的那条街上，他便抓住了门把。

他还认识那个开电梯送他上楼的黑人老头——小个子，宽肩膀，慢条斯理的。老头俯视着控制杆，不慌不忙地操作着。电梯开上去，平稳地停在四楼。威利斯顿家门上的门环也还熟悉，那是一块用铜浇铸的女人头，它的笨重让人吃惊。

菲比·威利斯顿让他进来。利文撒尔同她握了握手，她带着他沿着墙很高的灰色走廊进了客厅。威利斯顿从凸窗旁的椅子上站起身来，一张报纸从他腿上滑下来，落在灯座边上。他只穿了件衬衣，袖口挽到他光滑、红润的前臂上。他红润的肤色没有改变。他那棕色的头发梳向一边，墨绿色的缎子领带没有打结，从扣着扣子的领子上吊下来。

“还是老样子，嗯？”他用愉快、深沉的声音说道。

“是的，差不离儿，我看你也一样。”

“都老了几岁。”菲比说。

“那就不用说了。”

威利斯顿又搬了一把椅子放到凸窗旁，两个男人便坐了下来。菲比仍旧站着，双臂抱拢，一只脚支撑着全身的重量。利文撒尔觉得她的目光在他身上停留的时间格外长。在这种情形下，他也摆出一副随她打量好了的满不在乎的神气。

“你似乎挺不错嘛，发福了。”她说，“夫人好吗？”

“噢，她外出要待一段时间，到南方跟她母亲和娘家人在一起。她很好。”

“天哪！这种天气待在南方？你还在老地方吗？”

“住址还是工作？都没有变。同样的工作，伯克-比尔德报社，还是老人员。我想斯坦大概都知道。”

使女进来问了菲比一个问题。她是个脸色苍白、说话慢吞吞的姑娘。菲比低着头听着，把她的项链在指头上绕来绕去。她随着那个姑娘又进了厨房。威利斯顿解释道：“新来的姑娘，才学门道儿呢。”像过去一样，利文撒尔感到这个家庭的习惯势力比他所知道的其他任何家庭都要浓。威利斯顿懒松松地靠在椅子上，跷着二郎腿，手指头插在皮带底下。在半圆形窗户的铁护栏里面有几盆花，花儿粗陋得就像一块块红色的矿石。利文撒尔一边看花，一边考虑该怎样开口。他没有准备好。这事好像最简单不过了：他愤愤而来只是需要一个解释。也许他已经料想到威利斯顿会跳起来反对他；他当然不希望威利斯顿闲坐着等待，却让他所要求的时间一分一分地溜走。他没有预料到威利斯顿对他产生的那种影响，他已经忘了他的模样儿了。在过去的日子里，他不止一次对威利斯顿产生过不信任。他一想到威利斯顿对那封推荐信不大痛快，他就感到愤恨。但是，关于那件事和别的事情，他已经改变了看法；当他和威利斯顿面对面的时候，这种改变就不可避免了。他是到威利斯顿跟前来诉苦的，但没过多久，他自己也不知道是怎么回事，倒开始怀疑起自己的立场了。现在的情况居然如此：他索性无从说起了。他坐在凸窗旁俯视楼下，从那些花儿上面望过去，看见在树丛下面，车灯忽地从公园深处转了一个弯，把一座陡峭的山坡上的圆石和蔓生的灌木丛照得雪亮，一束束灯光扫过这静止的黑绿色的世界。

“我想和你谈一谈你的朋友阿尔比，”他终于说话了，“也许你很清楚他在干什么。”

威利斯顿马上来了兴趣，他在椅子上把身子一挺。“阿尔比？你见到他了？”

“当然。”

“我有好几年没见他的踪影了。他现在在干什么?你在哪儿见到他的?”

然而，利文撒尔不弄清楚他跟威利斯顿说的在哪些地方一致，他是不会去回答问题的。“你最后一次见到他时他在干什么?”他说。

“什么也没有干。他靠保险金生活。他的妻子去世了，你知道。”

“我听说了。”

“这对他打击很大。他很爱他妻子。”

“没错，他爱她。他却没有去参加她的葬礼。那她为什么要离开他呢?”

威利斯顿抬起眼睛好奇地盯着他。“为什么，”他有所保留地说，“我也说不准。那是他们之间的事。”

利文撒尔很快就感觉出这句话里的指责，于是他改变了一下语气。“是啊，我想第三者是很难了解事情的真相的。我以为你大概知道。”他觉得他应当进一步解释一下自己的想法，“我并不是要对与自己无关的事情刨根问底。我是有充分理由的。也许你了解这是什么事……”

“呃，我想我是了解的。”威利斯顿答道。

利文撒尔的心狂跳起来。“我就知道你站在他一边。”他说，“你知道是怎么回事。你跟他一样，都认为我应当对一切负责。”

“一切的范围太广了，”威利斯顿说，“你指的是什么?我要指责一个人，理由总得更明确一些才是。”现在，他不是那么安详和蔼了；他的声音开始严厉起来。利文撒尔想：“这一下好了!好多了，看来我们会有所进展的。”他把他那张阴沉沉的脸往前一伸。

“我不是来指责你的，斯坦。我不是要谴责你。我来只是想问问你，为什么没有听我的说法就对我说三道四?”

“除非你告诉我你到底说的是什么，否则，我是不会回答你的。”

“你想让我相信你对此一无所知?你是知道的……”他不甚明确地摊了摊手，“我要你明确告诉我你是不是认为《迪尔周报》解雇阿尔比是我的过错。”

“是吗？你想知道？”威利斯顿冷冷地问，似乎给他一个重新考虑或收回这个问题的机会。

“是的。”

“那么，我想就是。”

利文撒尔仿佛挨了一记失望和愤怒的闷棍，浑身一点力气都没有了。他四肢麻木，大腿又空又硬，好像铜管似的，都不能把手从腿上挪开了。他几乎意识不到自己的脸上浮现出了什么样的表情。

“就是……就是？”他挣扎着说，“我不明白为什么。”

“原因非常清楚。”

利文撒尔的眼光痛苦而又飘忽不定，结结巴巴地说：“我本想知道……”

威利斯顿并不认为这话需要回答。

利文撒尔更加肯定地接着说：“我既然问了你，你一定要告诉我你的看法。如果正确，那么这样很公平。可是如果错了呢？也许它是错的。”

“我也不是一贯正确。”

“对。当你说那事应当怪我时，你等于告诉我，那天晚上在你这个家里由于阿尔比对哈卡维的行为越轨，我就有意跟他捣乱了。这话一定意味着我因为他所说的有关犹太人的话，想对他进行报复。”威利斯顿紧皱的眉头告诉他，这种话他不想听。唉，可是他还得听，利文撒尔愤愤地说：“阿尔比就是这么扬言的，说什么我是不会放过他的，我会设个圈套让人把他从工作岗位上踢出去。那么，现在，你也这样想吗？”

“我没有说过那种话。”

“但如果你责怪我，你肯定有相同的想法了。我看不出这有什么不同。那么，如果这种想法错了呢？如果你弄错了，那不是很糟糕吗？没有给我一个表明自己观点的机会，那不是把我说得十分恶毒吗？这公平吗？你也许认为你的看法跟阿尔比的并不相同，但结果却是一样的。如果你相信在这事上我是蓄意而为，想伺机报复的话，那并不仅仅是因为我品性恶劣，而且是因为我是个犹太人。”

威利斯顿的脸色刷地一下涨得通红。他两边的嘴角上有一种克制的白点子。他盯着利文撒尔，似乎在警告他，他已经到了忍无可忍的危险境地。“我没必要告诉你，阿萨，我没有这些想法，”他说，“你误会了我。我希望阿尔比没有对你说过这件事我跟他观点一致。我不同意他的观点。”

“听起来像那么回事，斯坦。但是就我而言，这归根结底是一回事。你认为他惹恼了我，我就要叫他下不了台。为什么？因为我是个犹太人；犹太人惹不起，如果你得罪了他们，他们是不会善罢甘休的。占住一点理就死不饶人。当然我知道你认为你没有一点那样想的理由，那是盲目的恐惧。但是，把它说成盲目的恐惧并不能改变实质。时不时地你会听到人们说：‘那是自古就有的。’上帝啊！我们什么事都可以做出来，就是没有真正的思想和感情。”

“看起来，你对于我的感情和思想倒是蛮有把握了。”威利斯顿话中带刺地说，然后又咬紧牙关，似乎在极力扑灭他的怒火似的。“有关犹太人的话是你自己编造的。至于说我以为你故意要捣阿尔比的蛋，这纯属你自己想当然。我没有那么说。也许你有意要跟他过不去，也许你没有。我个人认为你没有。但是结果是一样的。你使他丢掉了饭碗。他迟早反正会丢的。他在《迪尔周报》根基不稳，他在那里还是个试用人员。”

“你怎么知道的？”

“当时我就知道这事，后来我跟鲁迪格交谈过。是他亲口告诉我的。”

利文撒尔的黑眼睛一片茫然。“说下去！”他说。

“事情的经过是这样。我本来马上要告诉你，可你首先想跳起来劈头盖脸地训一顿人。鲁迪格声称阿尔比有意把你带到《迪尔周报》来，说阿尔比要么是指使你那样做，要么是知道你肯定是会那样做的。他们彼此都没有好感。我想鲁迪格也不是一个好说话的人。他给了阿尔比最后一个机会，但他倒更希望他出差错，那么他就有理由指责他了。他肯定一直在盯阿尔比的梢，他心里最清楚阿尔比是否有想攻击他的理由。”

“这也太不像话了。你也不能替你推荐的每一个人负责。你知道……可那是鲁迪格告诉你的吗?”

威利斯顿点了点头。

“那么，阿尔比的酗酒跟这事没有任何关系吗?”

“就因为他酗酒，他把好几个工作都丢了。这一点我不否认。他的名声不好。”

“他是不是上了黑名单了?”利文撒尔说，显得格外好奇。

威利斯顿不再看他。他若有所思地将脸转向花盆，那些花儿在夜晚炎热的空气中显出粗陋而凋零的样子。

“我说了，他是《迪尔周报》的试用人员。关于他喝酒的事我问过鲁迪格。他不得不承认，阿尔比在戒酒。他并不是因为酗酒才被解雇的。”

“那么……”利文撒尔茫然地说，“看来还真是我的错了，是吗?”他停顿了一下，盯着威利斯顿出神，一双手搭在两膝上，一动也不动。“在某种程度上是这样的。当然，我不是有意想要给他制造麻烦。我并不知道鲁迪格这个家伙是个怎样的人……”

“是啊，你的确不知道。”

这个回答里包含的不只是赞同。利文撒尔等着威利斯顿把事情挑明，但他的等待落空了。

“我怎么能知道我会碰到什么事呢?”他说，“这个鲁迪格……我不知道别人是怎么为他干活的。他居心险恶。他一开始就像狗一样撕扯起我来。”

“鲁迪格说他从来没有经历过这样子的面试。”

“从来没有人对他回过嘴。他已经习惯由着他的性子做事了。他……”

威利斯顿的脸又一次红得像猪肝，他打断了利文撒尔的话头。“不要把自己推得一干二净。那些日子，你跟谁都顶牛。你跟鲁迪格闹得最凶了，但我也听到过别的事。你找他求他给你一份差事，可他不肯给你。他也不是非给不可，对吗？你再不满也不应该发火呀。”

“什么，把啐到我脸上的唾沫擦掉，然后怀着君子的气度一走了之？如果那样做，那我也太掉价了。”

“问题就出在这儿。”

“什么问题？我怎样看我自己？嗯……”他克制了一下自己，叹了一口气，然后无可奈何地耸了耸肩，“我弄不明白，你为了工作去找人，这不仅仅是工作，而且是你的生存权利。就算这不是他关心的事情，他也有他自己的利益呀，你认为自己有一技之长他可以利用，便去把自己推销给他。可他倒好，竟说你狗屁不通。还不是说他用不上你，而是说你干脆就一无是处。上帝！谁乐意让人这样作践。”说到这儿，他突然感到自己晕头转向，糊里糊涂，他的脸潮乎乎的。他挺不自在地将放在那块柔软的地毯上的双脚改变了一下姿势。

“你错了。”

“也许吧，”利文撒尔耷拉着脑袋说，“我的神经崩溃了。我从来就不善于拍马溜须。我不知道怎样讨好他们。”

“你是不太圆滑，这倒是千真万确的。”威利斯顿说，口气似乎软了一点。

“我从来没想过坑害阿尔比。我敢用名誉担保。”

“我相信你。”

“真的？谢谢。如果你能把这话讲给阿尔比听，你就算帮了我一个忙。”

“我见不到他。我早就告诉你，我已有好几年没见过他了。”

阿尔比不好意思在老朋友那里露面，利文撒尔想。当然这也是很自然的事。

“他认为我是他不共戴天的仇人。”

“你在哪儿碰到他的？他在干什么？我甚至连他还在纽约都不知道。他一直杳无音信。”

“他一直在跟踪我。”利文撒尔说。他给威利斯顿讲了他跟阿尔比的三次邂逅。威利斯顿听着，脸上有一种严肃审慎的表情，紧绷着的嘴角放松了一点，却又有些许一望而知的不以为然的神气。利文撒尔最后说：“我看不出他要干什么，也弄不清他想要什么。”

“你应该明白，”威利斯顿说，“你确实应该。”

“难道他的意思是我应该为他做点什么？”利文撒尔心里思忖着。毫无疑问，这就是他话中包含的意思。可是，做什么，怎么做？一点都不清楚。他感到他并没有把他原来想说的全说出来。真正重要的事情，最深层的问题还没有触及。但是他也看出他有必要为阿尔比的落魄承认一些过错。因为他的确起过推波助澜的作用，尽管这责任的大小仍有待于判定。阿尔比一直在做最后的努力想保住工作……可是，该走了。他占的时间已经大大超过了一刻钟。他站起身来。

在门口，威利斯顿说他很希望再听到关于这件事的消息，他对阿尔比的遭遇很感兴趣。

利文撒尔按了一下按钮叫电梯。随着金属门低沉的啮合和关闭声，电梯启动了，它慢悠悠地升了上来。

上床以后，利文撒尔靠墙躺着，他蹺着腿，脸伏在条纹布褥套上。他把自己的过错在脑子里过了一遍。有的叫他心有余悸；有的在心里纠缠得太凶，他的心就惊悸不起来，他把自己所有的感情和表情全都扼制住了，仅仅将眼皮低垂着。他并不想为自己开脱责任，他把整个事件从今晚对威利斯顿的责问到最早的鲁迪格办公室里的情景都回想了一遍。

然后，他翻身平躺下，两条光膀子交叉在一起把眼睛蒙上。

他这样做的时候，他认识到了一个过去一直未能触及过的深层问题。在《迪尔周报》，他失去了自制，他愿意承认这个错误。可是他怎么会失去了自制呢？难道仅仅因为鲁迪格的侮辱？不，他自己开始担心他对自己定的最低价太高了，他几乎不明白别人为什么会掏钱让他办事。在鲁迪格的影响下他已经感到了这一点。“他让我相信我所害怕的事。”利文撒尔想，他拿不准威利斯顿是否能够理解这一点。因为他属于职业世界，具有强烈的敬业精神。像他这样的人无论在哪儿都有一席之地。其他人的言谈神态绝对不能把他变成自己的不共戴天的敌人。他根本用不着担心这一点。

威利斯顿并没有试图证明鲁迪格是对的，真的，可是利文撒尔却觉得，他自己被认为惹事的责任更大，这是显而易见的。如果从鲁迪格的角度看待这件事，再把阿尔比的品性也考虑在内的话，他利文撒尔是受人指使去闹事的，这似乎也可以说得通。哈卡维曾怀疑阿尔比和鲁迪格当初是预谋好的。这种怀疑他当初听起来似乎也蛮有道理，现在对鲁迪格来说也是合乎情理的。只是这种嫌疑对鲁迪格来说一听就是真的，之所以是真的，因为很可能他遇到过这种事。他就是做这种事的那种人。

还有一个需要考虑的问题——他把手从喉咙一直往下摸，摸过从锁骨上面的刮脸线开始长起的胸毛。难道是自己不知不觉或者说无意识地想报复阿尔比？他肯定自己没这种想法。当然，聚会的那天晚上他的确很生气。但自那以后，就没有事了。没有，千真万确，没有啦。威利斯顿说过他相信他。然而，威利斯顿是不是真的相信，他感到纳罕。到底你跟威利斯顿在什么地方是一致的，那很难说。

第十章

礼拜天中午刚过，利文撒尔在十四号街的一家自助餐馆里碰到了哈卡维。

他来这里一方面是吃饭，一方面是躲避热风。玻璃门把尘土飞扬的疾风关在了他身后，他在绿色瓷砖地板上走了几步就停下来，微微张开嘴巴，吸了一口屋里的凉气。盘子摞在旁边的一个架子上，他拿起一个，朝柜台走过去。收款员却把他叫了回来。他忘了从机器里抽一张账单了。她笑了。“礼拜天醉后反应，还是怎么了？”但利文撒尔没有理她。从机器前转过身时，他发现哈卡维站在他面前。

“你今天早上听觉有问题吗？伙计，我喊了你三四声了。”

“你好。哦，收款员也在喊我。我不可能同时把什么都听见。”

“你今天不大清醒，是不是？不管怎样，过去跟我们坐一块儿吧。我一起还有几个人。我姐夫——你认识，朱莉娅的丈夫，戈德斯通——还有他的几个朋友。”

“我认识他们吗？”

“我想认识，”哈卡维说，“希夫卡特是其中之一。”

“那个音乐家？号手？”

“现在不是了。把你要的菜给那女人说说，要不永远没人给上菜。不，他再不干那一行了。他现在在一家很大的好莱坞公司干，佩塞瓦利公司，属于一帮歌剧团经理和能干的农场主，或者什么人来着。你还记得施洛斯伯格吧？”

“我记得?”

“哦，你肯定记得。那个记者。他专门给犹太人的报纸写文章。”

“他写些什么呀?”

“遇到的任何事情，我想。眼下写的是剧坛回忆录——他在剧院干过。我听说也写科学方面的。你知道，我不认识意第绪语。”

“给我来个涂瑞士干酪的黑麦面包。”利文撒尔趴在售饭台上说道。“一个上了年纪的人，是不是? 我是不是在你家碰到过他和另外几个人?”

“对，他儿子三十四岁了，仍然靠他养活。”

“有病吗?”

“没有，正在观望，还没决定选择什么职业。还有几个女儿呢，更不成器。”

“放荡?”

“你的三明治来了。”哈卡维说。那女人把盘子转了一下，“嘎啦”一声就从售饭台上推了过来。哈卡维把利文撒尔引向他的饭桌。那三个人挪动椅子，腾出了地方。

“这是我的一个老朋友，利文撒尔。”

“我想我原先就认识希夫卡特先生，”利文撒尔说，“你好！我和丹同屋住时，咱们见过面。”

“还在打光棍的时候，”哈卡维说道，“戈德斯通——不需要介绍了吧。这是施洛斯伯格先生。”

希夫卡特秃了顶，面色红润，脖子很粗，嘴巴虽小，但嘴唇肉墩墩的。他态度和蔼地说：“是的，我想我也认出你来了。”他一只手圈住眼镜的金丝边。施洛斯伯格把他的名字响亮地重复了几遍，但显然想不起来。他的声音低沉，但有时不大清晰，因为他呼吸粗重。他是个身材伟岸的老头儿，长着矍铄的脑袋，花白的头发，粗笨的肩膀，还有一张宽阔疲软的面孔。眼睛是蓝色的，但小得不成比例，目光也疲乏无力，然而他人却精力充沛。他曾经肯定是个（他的有些言辞使利文撒尔感到像个年轻人）注重感官享受的、雄健有力的、好炫耀的花花公子——他身上的双排扣马甲和尖头皮鞋就是佐证。他系着一条针织领带，已经扯得变了形，领结打得很宽大，不拘一格。利文撒尔感到自己已经被他深深地吸引住了。

“我们刚才在讨论几年前被希夫卡特送到西部去的一个女演员，”戈德斯通说着就把他那又长又瘦、毛烘烘的手贴到后脑勺上，“万达·沃特斯。”

“佩斯瓦利就是造就她们的那个人，”希夫卡特说道，“他是个很棒的演出主持人。”

“可是那姑娘是你挖到的。”

“我还不知道她是你的发现，杰克。”哈卡维说。

“是啊，有一天晚上，我看到她随一个乐队在唱歌。”

“不会吧。”

“在新泽西海岸。我在度假。”

“她挺迷人的。”戈德斯通说。

“你可能不太喜欢她的相貌。”

“怎么会呢？她在屏幕上看上去的确像个辣妹子。”哈卡维说。

“没错，她的眼睛是挺迷人的，但是哪天你在大街上跟她擦肩而过，你也不会留意她的。”

“嗯，我可吃不准，”哈卡维说道，“你见过那么多大美人，在这方面的看法可是专业性的。我还纯着呢。我想你在摄影、画画上挺有成就的，可是还一定有些东西要从头开始吧。你总不能假造出这些出色的性机器吧，是不是？要么这又是那种容易上当的观众了？我看她们挺真实的。”

“有的的确是，如果其余的也把你骗上当了，那正是她们应当达到的目的。”

“挑选那些货肯定需要一种诀窍吧？”戈德斯通说道。

“那并不是瞎猜的。你不可能让你看见的每个姑娘都试镜头吧。可就我本人而言，我对自己送进好莱坞的一些大红大紫的人倒不喜欢。”

“你喜欢哪一个？”戈德斯通问道。

“嗯。”他一面想着一面慢慢地说，“诺拉·胡克。”

“你在开玩笑吧，”施洛斯伯格说道，“一个小仙人掌……又瘦又干……”

“我觉得她还是挺迷人的。要不，莉维亚·霍尔怎么样？”

“这样的发现！”

“她的确不错。我要捧她。”

“哟，火爆美人儿。”老头子脸上的表情太夸张，对于微妙的反讽并不合适。只有希夫卡特没有笑，他张着嘴巴，正要答话。

“笑什么？难道她没有水平吗？”

“有啊！”施洛斯伯格挥手示意叫他把话咽下去，“上帝把她创造成一个女人，我们说三道四算什么呢？不过她并不是一个演员。上周我在一个影片里看到了你的这个火爆美人儿。什么片子来着？她把丈夫毒死了。”

“《母老虎》。”

“十足的蹩脚货！”

“我不理解你的标准是什么。角儿选得好极了，还有谁能演得那么好？”

“木头一块，得了吧。她给丈夫下毒药，眼睁睁地看着他死去。她图谋一笔保险金。他嗓子哑了，竭力恳求她救救他。没有一句台词。她应该作出怎样的面部表情呢？恐惧，厌恶，狠心，冷酷，入迷。”他一时紧闭双眼，扬扬得意，别的几个人都看到了他眼皮上的血管。过了一会儿，他慢慢抬起了眼皮，把脸转过去，做这个动作的时候，双颊微微颤抖了一下。

“嗯，哟，棒极了！”哈卡维笑嘻嘻地喊道。

“这是陈旧的俄罗斯风格，”希夫卡特说道，“现在不行了。”

“不行了？那有什么改进？她怎么表演的？她把腮帮子嘬进去，瞪大了眼睛。一个男人就要死在她的脚下，而她所做的无非是瞪大眼睛而已。”

“我认为她在这部片子里演神了。”希夫卡特说道，“谁也不会赶上她的。”

“她不是个女演员因为她就不是个女人，她之所以不是女人，是因为一个男人在她眼里一文不值。我不知道她究竟是什么东西。不要问我。我曾经看过纳济莫娃[①]在《三姐妹》中的表演。她爱的那个士兵在一次无聊愚蠢的决斗中被人杀死了。人们告诉了她这个消息。她把目光背过观众，人们看见的只是她的脑袋和脖子——多么有力啊！可这个女孩子……”

“臭极了，嗯？”希夫卡特讽刺道。

“不臭，对吗？这就是一部成功之作？这就是你们当今的成功之作。你说过即使在大街上跟这个沃特斯擦肩而过，你也认不出她来。想想！”老头儿说着，使其他的人都感觉到了他的极度吃惊。“认不出一个女演员来，或者说一个男人竟然注意不到一个漂亮的女人。一个女演员必须首先是个女人。这是一贯的标准。她有一张嘴，她身上有肉，她有自己的神态。她低语时会让你流泪，她说出一个字会让你两腿酥软。可是这没有任何区别；不管是在舞台上还是舞台外，你知道她是个女演员。”

他停下来。他们很严肃地思考着他的话。

“喂，”哈卡维开口了，“我父亲过去经常给我讲那个英国女演员莉莉·兰特里[②]，由爱德华七世安排初次觐见女王的故事。那时老维多利

---

① 纳济莫娃（1879—1945），女演员，生于俄国，1905年移居美国。《三姐妹》是俄国作家契诃夫的剧作。

② 兰特里（1853—1929），英国女演员，以其绝代美貌及与后来成为国王爱德华七世的威尔士王子的艳情闻名。

亚还活着，他还是威尔士王子。”

“就是那个人们叫做泽西·莉莉的，是不是?”希夫卡特问。

“我听说过。”戈德斯通站了起来，拿起了利文撒尔的盘子，“有人要咖啡吗?我到售饭台那边去。”

“好喝吗?蒙蒂?”

“是我已故的岳丈最爱喝的。”他迈着大步朝蒸汽桌走去。

“我爸爸是等我到了投票年龄之后才给我讲的这个故事。他把所有精彩的故事都攒起来，等到我成年以后才讲。在那以前……当然，你自己也可以听到各种稀奇古怪的事，大人们也知道。只是不明讲而已。嗯，你们知道，爱德华是个花花公子。爱上兰特里之后，他想让她觐见女王。人们说恋爱中的人希望别人看到他们双双出入公众场合，很自豪地公开他们的恋爱关系，但我想这有时候挺危险的。对，他想让她觐见女王陛下。大家都感到震惊。莉莉应该对那老妇人说些什么呢?在圣詹姆斯宫或者温莎宫或者其他地方接见儿子的情人不会使维多利亚女王气愤吗?觐见之后所有的记者都在外面等着。她出来以后，他们问她：‘莉莉，你对女王陛下说了些什么?’‘我一直担心说出不得体的话，’莉莉说道，‘可是在最后一刻，我突然想起了一句得体的话。我亲了亲她的裙边说道：“我在效劳!”’”①

桌子周围的人相继笑了。戈德斯通端着盘子，用脚把他的椅子拉到一边。

“那是波希米亚国王在百年战争中的座右铭。”哈卡维解释道，他的圆眼睛亮晶晶地看着他们。“普瓦捷战役之后别人在他的头盔上发现的。”

“我怀疑她是否真的亲过女王的裙子，”利文撒尔说道，“那是不是礼节的一部分?”

“屈膝礼。”戈德斯通大笑着，展开他的餐巾比画着。

---

① 原文为德语。

“好了，我是按照我爸讲的给你们讲的，一个字也没变。”

“那老妇人是个德国人，莉莉估计她能听懂自己的话。”施洛斯伯格说道。

“什么？不，那是汉诺威格言。”戈德斯通说。

“那是一笔交易，德国女人做英帝国女王，意大利犹太人做首相。”

“迪斯雷利[①]是意大利人吗？”戈德斯通问道，“难道他不是在英国生的吗？”

“可是他的父亲是。”

“不仅他父亲是。他爷爷也是。他倒是个正儿八经的英国人，如果国籍能代表什么的话。”

“对英国人来说他不是个英国人。”利文撒尔说道。

“不会吧，他们爱戴他。”戈德斯通说道。

“那么是谁说他是约翰牛胸口上的猴子？”[②]

“他自然有敌人了。”

“我认为他们就从来没有接受过他。”利文撒尔大声说道。

“不对！”哈卡维嚷道，“他是英国人的骄傲，也是我们的骄傲。”

“我看不出来，”利文撒尔慢慢地摇了摇头，“维多利亚女王是德国人他们没有反应。可迪斯雷利……”

“他向欧洲人表明，犹太人也能够做国家领袖。”戈德斯通说道。

“利文撒尔完全赞成你，”哈卡维大声说道，“这给你表明了他的立场。”

“犹太人和英帝国？苏伊士和印度以及其他地方？我从来不认为这种做法恰当。”

“赤手空拳来教训世界——这一类东西我都背下了。”哈卡维用吃惊、

---

① 本杰明·迪斯雷利（1804—1881），两度出任英国首相（1868、1874—1880）。

② 说这话的是苏格兰作家托马斯·卡莱尔（1795—1881）。

责备的目光瞪着他。“大英帝国肯定是他的生意。他是英国人，而且是个了不起的英国人。连俾斯麦也佩服他。这个老犹太人，他是个人物！”①

“一个帝国跟一家百货商店的区别这么小吗？”希夫卡特问道，“你可是做生意的。”

“他是不是也开公司了？”戈德斯通说道，“约翰牛公司。我们成了日不落商店了。B. 迪斯雷利，头号买主。”

利文撒尔起初不愿意说话，有那么一瞬间他觉得如果他经不起引诱而打破自己的沉默，那便是一种错误。他刚开始讲话时，也没想到他会对这个问题有那么多话说。可是现在，令他吃惊的是，他居然无法保留自己的想法——当然是他自己的想法，然而他以前从来没有说出来过，所以现在他自己听起来也很古怪。

“你抬举俾斯麦了吧，”他说，“他为什么说他是‘犹太人’②而不说是英国人？因为迪斯雷利会讨价还价，所以俾斯麦就理所当然地认为他是犹太人。”

“不要歪曲俾斯麦关于犹太人的话，”哈卡维提醒他，“说话小心点，小伙子。他减轻了他们的负担。”

“没错。关于造就一个伟大的民族他是有话可说的。可是现在又怎样呢？‘一匹德国公马和一匹犹太母马。’”

“一年一度的肯塔基赛马会，”施洛斯伯格说道，“人人都有利可图。”

“不要为了一个比喻跟一个人过不去，”戈德斯通说道，“他过去是个老骑兵，他只不过用这种办法谈两个人物最突出的品质罢了。”

“谁希罕他的恭维呢？”施洛斯伯格说道，“谁希罕呢？”

“你觉得他的话听起来像恭维吗？”利文撒尔迷惑不解地把手从头顶上举起来。

---

① 原文为德语。

② 原文为德语。

“我看得出来你心里是怎么想的。”戈德斯通答道，“你是因为今天的德国人而责怪他呢。”

“我不是，”利文撒尔嚷道，“可是为什么要因为俾斯麦的一句赞语而乐不可支呢，而且还是个荒谬的赞语？”

“你为什么要故意中伤迪斯雷利呢？”哈卡维问道。

“我并不是中伤他。可是他想领导英国，却不顾自己是犹太人这一事实，可并不是因为他热爱这个帝国。人们嘲笑他的鼻子，他就练拳击；他们嘲笑他那富有诗意的丝绸衣服，他就换上黑衣服；他们挖苦他的书，他却办书展。他终于步入政坛，做了首相。可是他是靠勇气干这一切的。”

“噢，行了。”哈卡维说道。

“靠勇气，”利文撒尔坚持道，“这了不起，我要给你讲讲。可是我并不敬佩。克服一种弱点是挺好的，可这取决于怎样去克服，还取决于你把什么叫弱点……尤利乌斯·恺撒患癫痫症。他练习背着双手骑马，像普通士兵一样睡在光地板上。原因是什么呢？他有病。为什么我们要崇拜这种人呢？别人觉得生死攸关的大事却被他当做一次试验。这种伟大有什么好处呢？”

“唉，你这是向攻击我们的一切说法投降了。”哈卡维用一种训斥的口气说道。

“没有，我认为没有。”利文撒尔说道。他不想再争辩了。他已经说得太多了，所以他渐渐地放低声音，示意他不想再说了。

一个菲律宾侍者助手过来收拾桌子。他是个老头子，看上去很虚弱，手和前臂因为长期在热水里浸泡而发白了。把东西放到小车上后，他弓下背，把车把顶到胸脯上，慢慢地把车推走了。在蒸汽台后面，“咔嚓”一声，一套白字菜单牌扯下去了，又一套送上来装进铁框里。

“我只看过一个演员演迪斯雷利。”戈德斯通说道，“那就是乔治·阿利斯。”

“那家伙天生是演这个角色的料。”希夫卡特附和道。

“我也喜欢他在那个片子里的表演，”施洛斯伯格说道，“你说得对，杰克，他天生是演那个角色的。他那张脸很适合，薄嘴唇，长鼻子。”

“反正她们演的维多利亚女王我都没看上，”戈德斯通说道，“我连一个都没看过。”

“你漏掉了什么？”施洛斯伯格说道，“出色的维多利亚我都没有看见过呢。”

饭馆里的这一小时过得很慢。四面八方摆放着一长排一长排的黑色桌面的桌子，从某个角度看，形状像一块钻石，每一张桌子上面都摆放着糖、盐、胡椒粉以及餐巾盒，形成一种对称的组合。从这一头到那一头，这种物体的对称使得几近空荡的饭厅显出一丝动感。饭厅后面，在一张树林景致的壁画下面，几个工人坐着抽烟，望着外面的阳光和街道。

“我倒是看过几个好样的，”希夫卡特争辩道，“难道你哪一个都不喜欢吗？”

“是的。问题是为什么会出现这么多表演维多利亚的演员。或许是因为她相貌平平。这年头，一个模样儿平常的女王吸引力却很大。任何东西都应该有缺陷，对不对？她为什么会这么受欢迎呢？”他把手向他们伸过去，仿佛在征求一个较好的答案。“她爱阿伯特，她顽固，她是个能干的当家的。这很得人心。”

“我觉得尤尼斯·舍尔巴斯演得挺好的。”哈卡维说道。

“她是个健康、美丽的女士，瞧着她就是一种享受。”施洛斯伯格说道。

“那又怎样？”希夫卡特问道，“她是不是不会演戏？你唯一的想法就是和她签约，施洛斯伯格。”

“为什么不呢？”施洛斯伯格承认道，“只要一动这个念头，我就希望自己现在才三十岁，离死再远一点，而且我的裤子也已经被磨得发亮。谁不会花钱？她肯定能赚不少，这我可以想象到。她财源不绝的部分原因是她中看。可演技呢？我自己演维多利亚也会比她强。”他的确能够，如果他的声音不是这么低沉的话，利文撒尔想道，满怀着敬意，而不是穷开心。

“是的，你穿上裙子肯定会制造轰动。”希夫卡特说道。

“如今这年头儿，谁都会制造轰动的，”施洛斯伯格回答道，“因为观众如此狂热于作乐，等于是一年一度过狂欢节嘛。人人都想入非非。坦率告诉我，杰克，你挖到过出色的女演员没有？”

“我想你是指艺术家，而不是指像沃特斯那种小角儿。”

“我指的就是女演员。”

“那么我说莉维亚·霍尔是一个。”

“你可当真吗？”

“是的，当真。”

“不可能，”希夫卡特说道，“一双筷子。”

希夫卡特那粗壮的脖子一块一块地红了起来，他近乎生气地说：“她并不是一种廉价的走红，并不是所有的人都很难满足，施洛斯伯格，似乎要你满意真不容易啊，或许谁也办不到。”

“你是个尖刻的批评家，马库斯。”戈德斯通说道。

“难道我是信口雌黄吗？”施洛斯伯格说道，“笨蛋！[①]我也是在为你辩护啊。这又不是公众场合。我们之间可以说实话，对不对？实话现在怎么了呀？啥东西都被包装起来了。一旦包装过了，你甚至可以把魔鬼带进家。人们信赖包装，只要你肯包装，他们就要。”

“我并没有说那女人就像艾伦·泰里[②]。我只是说她是个好演员。你

① 原文为德语。

② 艾伦·泰里（1847—1928），英国女演员。

不得不承认，施洛斯伯格，她有一定的才气。”

“有一些吧，或许，但不高。”

“但还是有一些？”

“是的，有一些，”施洛斯伯格漫不经心地承认说。

“终于有些东西让他满意了，谢天谢地！”希夫卡特说道。

“我竭力表扬每一个人，”老头子说道，“我不是个打倒一切的人，也不是个好得在这个世界里待不下去的人。”

没有人反驳他。

“唉，”他说，“我还踌躇什么呢？”他把他们的笑容制止住了，用他那严肃但无神的蓝色目光把他们都镇住了。“我告诉你们，缺乏人性不好，超越人性也不好。什么叫超越人性呢？我们的朋友——”他是指利文撒尔，“前面就在谈这个问题，如果你们还记得，剧中的恺撒想表现得跟神一样。神会生病吗？所以这是一个病态的人关于上帝的概念。塑像的耳朵里会有耳屎吗？当然没有。它也不会出汗，不过假日里也许会滴血。如果我能够说服自己我从来不出汗而且也能够让别人觉得这好像就是真的，那么或许我可以对死亡也作出这种安排。我们知道死亡是怎么回事仅仅因为有人死了。如果我们使自己显得与众不同，是不是就可以长生不死呢？缺乏人性刚好是这种情况的反面。我过会儿再谈这个问题。那么下面我来全面说说。高超的演技就是演出恰如其分的人性。如果你说我是一个尖刻的批评家，那你的意思就是我对不折不扣的人性评价太高。这是我的全部想法。超越人性，对人生有用吗？缺乏人性，也同样没用。”

他停了一下——然而没有让别人插话的意思，然后接着讲了下去。

“《母老虎》中的这个叫莉维亚的姑娘，她的问题在哪儿呢？她犯了谋杀罪。什么是她的感情呢？没有爱，没有恨，没有恐惧，没心没肺。我不好意思说还缺乏什么了。什么都没有！可怜的丈夫。杀死他的不是别的，就是缺乏人性。一片空白。按道理应该是情景非常可怕，观众都不敢正眼看她的脸。我不知道她是因为太漂亮了才缺乏感情，还是因为什么。你一眼就可以看出她根本不理解什么是人性，因为丈夫的死对她毫无影响。一切都被包装起来了，起初这个包装袋还有气，后来就干脆没有气了，于是你把这个包装袋投了保，这样你就可以再娶一个包装袋，再到佛罗里达去过冬。现在有人可能要问我：‘这听起来挺有意思的，你说缺乏人性，超越人性。那么请告诉我什么是人性？’说实在的，我们现在对人的研究非常深入，反反复复地观察人性，我自己就写一些科学方面的文章，你对它观察，掂量，翻过来覆过去，再放到显微镜下，然后你会说：‘这是在嚷嚷什么呀？人什么都不是，人的生命什么都不是。它甚至又臭又不值钱。可是阁下并不喜欢这样，所以他进行了一番改造。用什么呢？用伟大和美。美和伟大？黑和白我知道，这不是我编造出来的。可伟大和美呢？’可是我说：‘你知道什么？不，告诉我，你知道什么？你闭上一只眼看一件东西，看到一种样子，然后闭上另一只眼再看，看到的又是另一种样子。我对伟大和美的把握就像你对黑与白的把握一样。如果我认为人生是一件大事，那它就是一件大事。你比我了解得更多吗？我和你的资格一模一样。为什么要自卑呢？有必要吗？难道有人捏你的脖子吗？要有尊严，明白我的意思了吗？选择尊严。没有人渊博到可以把它打倒。’这些话除了对一个演员之外，还会对谁有意义呢？如果一个演员没有尊严，那么我告诉你们，他犯了一个很大的错误。”

“棒极了！”哈卡维说道。

“阿门，阿门！”希夫卡特大声笑了，他从皮夹子里掏出一张名片扔给他。“来看我吧，我要给你安排一次测试。”

卡片掉到利文撒尔旁边，他似乎是唯一不赞同这个玩笑的人，甚至连施洛斯伯格本人也笑了。阳光透过大大的窗子，照在他们的脑袋上。利文撒尔觉得希夫卡特尽管笑着，却很不以为然地看着他。他还是没有跟上他们笑。他捡起了卡片。其他人都站起来了。

“别忘了你们的帽子，先生们。”哈卡维喊道。

他们站在收款员的那令人目眩的笼子似的收款台前面等待付款，耳朵里充满了收款机节奏分明的哗啦声。

第十一章

“我昨晚见到了威利斯顿。”出来后，利文撒尔对哈卡维提道。

“斯坦他好吗？噢，对了，还有你告诉我的那件事情。”哈卡维也许还想再说几句，可是别人都在等他。“要不，改日你再告诉我你是怎样应付这事的，好吗？”

“没问题。”利文撒尔说。然后，哈卡维、戈德斯通和他的朋友们在第十四大街上向东逛去。他们一伙中哈卡维个头最高。他的黄头发在秃脑门上飘拂着，轻薄如丝。利文撒尔注视着他走去。他不愿承认他有一种被遗弃的感觉。“他不感兴趣，说不定是件好事情，”他想，“我还不知道我是不是能把这事讲清楚。它搞得太复杂了。他会给我提各式各样的建议的，都是些无用的老生常谈。不管怎么样，我还是感到高兴。我认为我并不是真想议论这事。”他茫然无绪，在原地待了一会儿，然后把一大卷周日报纸夹到腋下，走开了。他没有一个明确的目的地，同时还隐隐约约地感到一种恐惧，他害怕自己是这个城市里唯一的一个没有明确目的地的人。

到了下一个街区，他才想起忘了给爱琳娜打电话，他想问清楚菲利普是否已安全到家，再问问米基的情况。他来到一家雪茄烟店，停下来拨了维拉尼家的电话号码。他坐在电话间里，一条腿伸到了门外。没人接。他探出头来，看了看方方正正地镶在花锡纸墙上的钟。两点半了，爱琳娜也许看米基去了。他把电话打到了医院，尽管他非常清楚医院提供的病人情况不可靠。他听到米基正在好转，这正是他希望听到的。这家医院有三千多张病床。怎么能指望那些话务小姐什么都知道呢，她们所知道的无非是每个病人明摆着的事实——就是说活着还是死了。“死”这个字眼离开了他原先的思路，不祥地陪伴他走出了商店。他赶忙要把它驱逐出去，同时，又一转念，觉得他变得多么迷信。他的意思无非是那家医院太大了，突然间他不得不抹掉那个偶然出现的字眼。唉，人生一世，难免得病，不是今天，就是明天。不生病长大的人是没有的。他自己就患过肺炎，还得过一次耳朵感染；马克斯也病倒过——他想不起是什么病了。

他开始琢磨马克斯还要拖多久才打算回家。“或许他害怕被骗回家来，”他想，“再见到他时，我要教训教训他。一辈子就教训这么一次。也该有人把他收拾一顿了。爱琳娜不会的，他因此就习惯由着性儿办事。”马克斯会为自己作些什么辩解呢？说什么头脑简单啦，愚蠢啦，他肯定是这样的。正因为他愚蠢。菲利普现在已经比他父亲有见识了。利文撒尔想象着他弟弟无比激动的脸和语无伦次的谈话。“他给家里人寄些钱，这就算当父亲了。他的责任也就尽完了。那就是为父之道！”他在心里重复说，“那就是他的责任观念。”

穿过黑洞洞的楼梯和门厅，利文撒尔走进了阳光灿烂的起居室。他坐到床沿上，蹬掉鞋子。被单摸上去暖烘烘的。窗帘厚厚的褶层，棕色的门，以及地毯上逐渐融入轻轻的尘雾的艳丽的红花，凡此种种给他一种玄虚与宁静的感觉。纱窗上挂着一根长长的蛛丝，在铁纱的映衬下闪动着红的、蓝的和深蓝色的光；它像是使一切僵化、凝固的暑热中最后一件柔韧多变的东西。利文撒尔坐在那儿看着，肩膀弯下来，一只着袜的脚搭在另一只上面。他满脸倦容，双手似乎要费很大的力气才能松开一样。

不一会儿，他就进了厨房，在哗哗作响的水龙头下面，漫不经心地洗了几个碟子。然后，他回到前屋，解开皮带，拉上窗帘，没注意到腿下还压着那些周日报纸，他就睡着了。

一阵低沉的隆隆声把他吵醒。他起初认为这是从下面地铁里传来的，但是这幢楼房又没有产生相应的震动。他很快就发现这声音是从外面上方传来的。原来是打雷。他向外一望，刚刚下过一场暴雨。纱窗上还满是雨点。天上的乌云与地上淋湿的褐沙石房屋使街道稍稍有些阴暗。在街对面的一间屋子里，一盏双枝绿灯熠熠闪光。一个女人躺在沙发上，一条胳膊弯到眼睛上面。退去的雷声又响了起来，她动了动腿。

利文撒尔再次向街上的落雾和雨水扫了一眼，然后走到电话机前，试拨维拉尼家的号码，仍旧没有人接。显而易见，他们外出到哪儿去了，要玩一整天。他把听筒举到挂钩上方，然后对准挂钩，再放开听筒让它掉回原位。

他将鞋后跟踩下去硬把脚挤进了鞋子，接着就下楼到餐馆去提前吃晚饭。服务员还是那个秃顶、清瘦的家伙。上周他预料到利文撒尔会对那张糟糕的桌子提出抗议，就装出无可奈何的样子。这会儿他自己好像心事重重。他的黑西服看上去潮乎乎的，蝴蝶形的皮领结没有系，而是靠它的松紧带挂在一个扣眼上。他给利文撒尔端来一碟小牛肉片和一瓶啤酒，然后使劲一转身，急匆匆、不声不响地走开——他的鞋底塞满了锯末——去伺候一张长桌子周围的滚球手了，他们的比赛被雨搅了，所以到这儿来喝喝葡萄酒和咖啡。湿木头的味儿非常浓。利文撒尔抓紧时间吃完了饭，很快就出来了。空气比先前更昏暗，也更闷热。他向西拐到十八号街上，看到阿尔比在拐角上等他。在水汪汪的街道上摇曳下降的灰暗中，他看了两次才把阿尔比认出来。

利文撒尔没有停下脚步，最后阿尔比走上前来挡住了他的去路。阿尔比胆怯而笨拙地耷拉着脑袋，仿佛要利文撒尔理解他是不得已而为之。

“干吗?”沉默了一会儿后利文撒尔问道。

“你为什么不停下来？你明明看见我……”

“看见了又怎么样？我又没找你。你这人真可恶，四处跟踪我。”

“你对昨天的事非常生气，是吧？那完全是巧合。”

“噢，当然是。”

“昨天我想跟你谈一谈，碰巧了。你是不会专门找我的。如果我想跟你谈谈，我只好找机会了。”

“是你说的那么回事吗？”

“可是，我想起昨天是星期六——你们那帮人星期六都不上班，我就推迟了。”说这些话似乎很令他高兴。但是，接下来他的表情就变了。他好像意识到自己的这种笑话说得十分蹩脚，因此感到沮丧起来。他阴沉而急切地看着利文撒尔。利文撒尔明白，阿尔比想要他知道引起他表情变化的感情，同时，想要他清楚，由于这些感情又可怕又强烈，所以用来掩饰这些情感的笑话实际上是一种礼貌而已。

“我不过节不休假。”利文撒尔不慌不忙、冷冰冰地说。

“那当然了。”阿尔比又开始嬉笑。片刻之后他又补充道：“至于‘跟踪’嘛，这种说法不妥。我完全有权利见到你。你装模作样就好像我在玩弄什么伎俩似的，而恰恰是你在耍花招。”

“你怎么有这种想法？”

阿尔比抬起一只手。“你假装我对你没有怨恨。那是演戏。”他摸了一下胸脯，然后捂住嘴，清了清嗓子。

“哎呀……跟前还有孩子呢，那样的事再不能发生了。”

“我不知道他跟你在一起。”

“不可能吧！好了，听我说。再说，第一次见面我就跟你说了，我从来不想伤害你。”

“我们对此看法不一。还有第二次呢。”他做了一个说明性的前推动作，手未能够到利文撒尔的肩膀就停住了。“你的花招我是有点难以对付。或许你是想把我吓跑吧？”

“如果我想那样，你的意思是我办不到，嗯？”

“好啦，”阿尔比提议说，“你还不如把我送进医院，这样你就能够把我摆脱一段时间。”他咧嘴讪笑。“你说过你应该扭断我的脖子才是。”

利文撒尔轻蔑地说：“可是，话又说回来……要吓跑你？你是不可能吓跑的，对不？”

“要是一年前我是不会来找你的。但是现在我既然已经这么干了，已经下定了决心，那就不可能了。”

“一年前又有什么不同呢？”利文撒尔问。

“那时我日子还算过得去，我不会想到来接近你的。”他十分严肃地说道。

“那么现在呢？”

“我妻子给我留下一些钱。虽然数量不多，但我尽量省着花。只要钱没花光——哈，如果我仍旧可以勉强过活，你决不会听到我的消息。我再说一遍。但是，也许我没有骨气，要不我是不会走到这样一种境地的。我指的是真正的气节。逃避是不行的，我想，气节就是气节。要么你已经把它搁在这儿，”他抹了一下脖子，“要么是你还没有弄到。告诉你自己应该有气节，并不能使你高兴一些。它就跟别的一切有价值的东西一样。你必须为它做出牺牲。你知道，我出身于一个新英格兰世家。关于气节，我承认自己没有很好地坚持它的标准。不过，要是我生来就满脑子的气节，在纽约，我会更加吃亏的。老兄啊！——纽约。还没有纽约的时候，人们就讲究气节了。晚上，在这一带，在冲天的闪光字母中，你不会看到气节。你将看到另外一些字眼。这一类东西就是被这些环境，被现代生活——吞没了。因此，我很庆幸自己生来就没有继承更多的气节观念。否则我就会与堂吉诃德一比高低了。而对于你，这就完全不同了。对这一套你真是如鱼得水。如果有人伤害你，你就会左右开弓，进行回击。事事得心应手。这里的情况就是这样。形势严峻啊，可我反而欣赏。当然，我熟悉的那种气节不允许这么做。我的气节告诉我别要求索赔，如此等等。不过我的气节观念十分淡薄，这是显而易见的。”

阿尔比以交谈的口气、讲事实的态度，说了上面一席话；尽管如此，利文撒尔还是从中听出了恶意。但是他没有流露出任何情感，也不加以评论。

“我觉得这是一件必须解决的事情。”

“你的钱花光了。”利文撒尔说道，不理睬别的事情，“你为什么不找份工作？”

“我为什么要工作？我能找到什么样的工作呀？我想的，没人给。你认为我会干跑腿的杂活，像个学生娃娃一样？当个听差？再说，我也不急，我有什么好着急的呢？”

“你是不是被列入黑名单了？”利文撒尔无法掩饰对他的关切，“是不是因为这个？”

阿尔比对此没有直接回答。“哎，即便给他倒烟灰缸，鲁迪格也不会要我回去的。”

说完这话，两人一时都哑口无言。不远处，在浅浅的圆灯罩下，路灯灯泡开始在灰蓝色的混浊的空气里闪亮，一下子照见了阿尔比脸上的汗珠。他眼睛下面的黑圈表现出他正受着愤怒与仇恨的煎熬。然而，他似乎没意识到自己已经露了底，所以仍旧平静地说。

“不，我不想工作，”他说，“我妻子被害以后，我过了一段地狱般的生活。我决定暂时离开这个忙碌奔波的名利场。我像一个绅士那样生活着。”

利文撒尔在心里冷嘲热讽地说：“嗬，绅士。还真有点像呢。一个了不起的绅士。”

“那么，你想跟我要什么？”他问阿尔比，“你日子过得像个绅士。我猜想那意味着你每天十一点或十二点起床。我天天七点起床，然后去上班。你在休长假，可你仍旧想让我为你办事。我不知道你想干吗？你想要什么?”

“我总可以叫人帮一点忙嘛，假休得未免太长了点儿。”

“帮什么忙?”

“我不知道是什么忙。我想与你好好谈谈这事。你要是乐意，你是能帮我一把的。你肯定有不少关系。我想脱离老本行了，找点新事干干，来一个彻底的改变。”

“举个例子?”

“你认为你能在银行给我找个事干吗?”

“嗬，你想一竿子插到他们的金库里，存放钱的地方去。”利文撒尔说。

“要不在一家经纪公司?”

“别开玩笑了，”利文撒尔有些严厉地说道，“我可不欣赏你开的这类玩笑。我可不欠你的情。要是有可能，我可以给你帮帮忙。可是一定要记住，这并不意味着我承认了什么。我想你疯了。不过斯坦·威利斯顿认为我该帮帮你，出于对他的尊重，我愿意试试看。”

“什么!”阿尔比惊叫道，“你跟威利斯顿议论我?你给他讲了些什么?”

“噢，你不喜欢我那样做?是啊，我看你不喜欢，”利文撒尔说，“我又没有捏造什么。”

“你告诉他什么啦?”他又问道，情绪十分激动。

“你认为我会对他说什么?你是不是担心我诋毁你的人格?你是不是很在乎自己的声誉?我还以为你已经丧失了荣誉感!”

“你没有权利——没有任何该死的权利!”阿尔比突然恨得咬牙切齿，羞得无地自容，便嚷了起来，这不由使利文撒尔感到烦躁。

“哎，你是个又疯又怪的杂种，”他说，“我到底怎么啦!你来找我时，尽说些废话，不外乎自己穷困潦倒，连自尊心也丧尽了——你甚至会来找我，又是这个，又是那个。我知道那全是骗人的。一会儿你到了山穷水尽、走投无路的地步，一会儿你又成了十足的拜伦勋爵[①]。”

接下来是一阵沉默，阿尔比看上去正在努力控制自己，然后他低声说道：“威利斯顿是我的一位老朋友。我只是偶然对他和菲比有些特殊感情。不过，我估计这实际上并没有多大关系。”他慢慢恢复了笑容，并且将目光从利文撒尔身上移开，开始长时间地凝视着他身后的街道，眼睛亮闪闪的，他说：“我本来还指望你不要再错过一个攻击我的机会。”

“你是不是精神不正常了？”利文撒尔问道，“你脑子是不是乱套了？你这是喝糊涂了，还是怎么了？上帝！每天我都遇到一些新花样。”他抬头仰望着天空，发出一声短促的干笑。“上天作证，这简直无奇不有。据说你到动物园，是要在动物群中看到你自己。世界上动物少人多，所以人就没法挤在动物中间，那还得再添一百万种飞禽走兽呢。新花样真是层出不穷。”

阿尔比正出神地望着越来越微弱的紫灰色的暮色和一团团密集的灯光，似乎也觉得这十分滑稽。

“这个，你又没有抓住我的把柄。”他说。

“你认为没有？”

“我觉得你完全是个怪物。”

“是吗？”

“真该死，就是。嗯，首先你看上去像卡利班[②]。”阿尔比严肃地说，“但那不是我的全部意思。就你个人而言，你仅仅是众人中的一个。人可是形形色色，你是无法看到这一点的。有时我觉得——我这话是认

---

① 拜伦勋爵（1788—1824），英国19世纪浪漫主义诗歌的杰出代表。出身贵族，十岁继承爵位，因此称拜伦勋爵。在他的早期作品中，他渲染一种孤傲自高的“拜伦式英雄”。

② 卡利班：莎士比亚剧作《暴风雨》中的半兽人，一个野蛮的丑怪奴隶。

真的，我觉得自己身陷于埃及式的黑暗中。你知道，摩西[①]当初是用黑暗惩罚埃及人的。所以我经常想到这一点。我刚刚出生的时候，我仍是个小孩子的时候，一切却迥然不同。我们满以为永远是白天。你知道吗？我的一个祖先就是温思罗普总督[②]。温思罗普总督！”他的话音剧烈地颤抖着，其中还夹杂着强忍住的笑声。“论起传统来我是好样的，你肯定会这么说。可是，我还是出生在这种传统当中。于是我努力想象纽约是如何影响我的。这不是很荒谬吗？这实在像是卡利班的子孙在管理一切。你走进地铁，卡利班给你两个五分，换你的一毛。你回家时，他在你出生的那条街上开着一家糖果店。老派人物都绝迹了，街道用的还是他们的名字。然而，他们自己算什么呢？不过是遗老而已。”

“我明白这是怎么回事了，你实际上是个贵族。”利文撒尔说道。

“可能你的感受没有我的深，”阿尔比说，“但是我偶尔进图书馆去浏览一番。上周我在那儿看到了一本关于梭罗[③]和爱默生[④]的书，作者叫利普希茨……”

“那又怎么样呢？”

“那样的一个名字吗？”阿尔比说得十分认真，“毕竟，在我看来，那种出身的人压根儿就无法理解……”

“一派胡言乱语！”利文撒尔吼道，“喂，我还有事要办。我要打个电话。非常重要。告诉我你到底要干什么，痛快一点。”

“我向你保证，我并不想恶意伤人。我只不过是在议论这事……”

“我向你保证，你就是想那么干的，我保证！”利文撒尔怒气冲冲地

---

① 《圣经》中率领希伯来人（当今犹太人的祖先）逃出埃及、摆脱奴役的领袖。由于法老迟迟不让希伯来人离开，并多次反悔，摩西在上帝授意下，使埃及连遭十次灾祸。其中第九大灾是埃及全境天昏地暗，三天三夜漆黑无光。

② 温思罗普总督（1588—1649），1630 年，一群清教徒从英国来到北美的马萨诸塞，后来建立了马萨诸塞殖民地。约翰·温思罗普是该殖民地的第一任总督。

③ 梭罗（1817—1862），美国 19 世纪浪漫主义时期的散文家和诗人，主张回归自然。

④ 爱默生（1803—1882），美国著名哲学家，诗人和散文家。

嚷道，“你到底要什么？也许是想要几块钱去喝威士忌。”

阿尔比哈哈大笑起来。“据说喝酒只不过是另一种疾病，”他说，“就像心脏病和梅毒一样。对一个心脏病患者，你不会这样狠心吧？你应该更富有同情心。人们甚至说犯罪也不过是又一种疾病；如果你的医院多了，那么你对监狱的需求就少了。看看有多少杀人犯没有被处决而是被释放加以治疗。如果他们病了，那不是他们的过错。你为什么不能抱那种态度？”

“为什么？”利文撒尔不由自主地重复说。他不知所措了。

“因为你要指责我，那就是为什么，”阿尔比说，“你不会以为那并不全是我的错。你认为我是罪有应得，这是必然的。你心里从来没有想过——是不是一个人会迫不得已地一败涂地？你会说什么呢？也许他身不由己？不，如果一个人穷困潦倒，一个像我这样的人，那就是他的错。如果他受苦，那就是对他的惩罚。生活本身没有邪恶。你知道什么？那是犹太人的观念。在《圣经》中你随处都可见到。上帝从不出差错，是非曲直的标准掌握在他手中。要是你可以，他也可以。约伯的朋友就是那么来跟他说的。但是我要告诉你一些事。我们真是无缘无故地受罚，无缘无故地遭罪，不容否认的是，邪恶就像阳光一般是实实在在的。请尽管相信我，我知道自己在说些什么。对你来说，整个事情就是我必须自食其果。那样，你就可以保持清白，而且没有必要自找麻烦。我并不是要你为我感到惋惜，而是因为你肯定不明白一个人为什么要喝酒。”

“对，我是不能理解，那又怎么样？你拦住我要干什么，就是为了给我说这些吗？”

“不，你永远不会理解，我来给你讲个所以然。因为你们这些人遇到什么事都是自顾自。你们的心思深藏不露。你们就是这样教养大的。你们把这一套当成自己的事业助理，它安全，听话，决不会让你冒风险，既没有危险，更没有辉煌。从没有任何事情能诱使你化解自己。为什么呢？这有什么好处呢？没有任何好处。”

利文撒尔的表情既困惑又惶恐。他额头紧皱，心跳得叫人难受，支支吾吾地说：“我不明白你怎么能那样说。那只不过是流言蜚语而已。我们有千千万万同胞都惨遭屠杀。那又怎么讲？”

他似乎在等待阿尔比回答，但是后者还没来得及说话，他就转身迅速走开，把阿尔比一个人撇在了路灯下。

第十二章

利文撒尔迈着大步盲然而疾速地往家里走，由于步态异常，他那壮实的身子晃动得很厉害。汗水从他那浓密而没有光泽的头发流到黝黑的皮肤上。他在心里想着他本应该动真格的，砸一通阿尔比的脑袋，而不能这样便宜了他。尽管他不知道他本应该说些什么，但他觉得他回答得很愚蠢；他已经想不起他说了些什么。可是当胸中最初的怒火开始化为心里的伤痛时，他开始觉得，在整个谈话的过程中，他知道应该怎么做，可是他偏偏没有做到，他竟然连这种简单明了、非做不可的事情都做不到。“我应当这么干，”他想，“哪怕这意味着谋害他也罢。”

正在这个时候，街道中央一道黄光忽闪了一下，他吓了一跳，开始小跑起来。一股气流喷到他脸上，一辆公共汽车在他前面行驶，它猛然一换挡，车身向前冲去。他走到了路边，气喘吁吁。他歇了一会儿，然后继续往前走，这时，他的脚步逐渐慢下来，恢复了平常的速度。他的头发痛，眉心的一块地方痛得尤其厉害；那里的皮肤本身就很嫩。他用手指摁着。这地方似乎一直是他目视神往的死点。他觉得他的精神比以往任何时候都要颓丧。他怒火中烧，热血沸腾，这对他伤害不小。在他的印象中，恶感是一种黑黝黝、黏糊糊、咸津津的东西，由疾病、淫欲或者暴怒引起的。他的心跳又快了起来。他向后瞥了一眼，看见几个人正朝相反的方向走去。“叫他最好离我远一点儿。”他嘟囔着。他的头脑清醒了许多，刚才产生的那种谋害的想法消失了。可是他还是后悔没有把阿尔比揍一顿，真希望会再有一次机会。跟这种人何必白费唇舌？揍一顿！他们只吃这一套。两三年前在一家电影院里，玛丽叫一个女人把帽子摘下来，不料那女人掉过头来，骂了一句“犹太讨厌鬼”。管她是女的还是男的，利文撒尔真恨不得一拳砸进她的脑袋瓜子，把她那帽子扯下来。他事后与玛丽争论说有的时候就该这么办。玛丽的回答是“这样做了又能怎么样呢？”其实，她说得对，毫无疑问；她知道保持冷静的好处，但他还是后悔不已。他有时后悔自己竟没有一拳把那顶帽子打飞。要是换了他父亲，他至少会说：“要把钱给我。”①一个极有可能实现的补偿要求。“而我呢？”利文撒尔扪心自问，一双沉思的大眼睛朝上望去，仿佛被什么东西吸引住了似的。云里有一种暗红色，那是从霓虹灯和五马路的钟楼上吸收来的。他的父亲坚信该拿的非拿不可，这倒是很有见地的。有那么多的人都可能羞辱你时，你不能说你能控制自己。至于玛丽，她在回答时一定是想起了前几年在巴尔的摩的那个晚上，他一把把她推倒在地上的情景。也许她想提醒他这件事情。当然，那样做是毫无道理的，但他仍然觉得他应该把那女人的帽子扯下来扔掉。

当他想起自己是怎样站着，只是呆站着，慌了神儿，根本就意识不到在受人侮辱时，他发出了低沉而勉强的笑声。处理这类事情得头脑冷静，完全像莱诺机排版员邓希尔卖给他一张他不想要的剧票那样。但在阿尔比这件事情上，阿尔比假借商量的口气，把他辱骂了一通，搞得他更是不知所措。刚开始的时候，尽管他时不时地开个蹩脚的玩笑，他似乎并无所指。但突然间他就板起脸来，说了一些怪怕人的话。当然，他有病。是他自己引出这个关于疾病的话题的，所以他一定意识到自己在谈什么。可是，难道说他生病，姑且不论是什么病，是使他说这些话的原因吗？那么，是不是他身体健康，他就会有力量忍住不说呢？有些人性情本来就温和，生病时就会变得更和善。利文撒尔烦躁地自言自语：“全世界二十多亿人，就他一个人可怜。他怎么就那么特殊？”

---

① 原文为意第绪语。

努涅斯太太站在褐色沙石门阶上。她和她的丈夫星期天出门刚刚回来。她戴着手套，拎着一个红色漆皮包；头上戴着一顶白色草帽，帽檐上缀着几朵樱桃花。她有一张印度人似的小脸，但她的身段儿不太优美，臀部格外肥大。她穿着一套条纹套装，把全身裹得紧紧的，她耸着肩膀，挺着胸脯，张着嘴巴，好像刚长长吸完了一口气似的。什么东西也逃不过玛丽的眼睛。她有一次这样谈到努涅斯太太的服装，“我不明白她为什么穿套装。她穿丝绸印花裙子可能会更漂亮。”在那之前，利文撒尔很少留意她。这会儿她向他问了一声好，他向她点了点头，这时他记起了这句话，一时间格外思念妻子。

“你是不是淋上了雨？”努涅斯太太问道。

“没有，刮风下雨时我在睡觉呢。”

“我们当时正在前景公园里赏花呢。我哥在那儿的温室里工作。哎呀，太可怕了。一棵树倒了下来。雷击倒的。”

“那一定挺吓人吧。”

“太可怕了。我们都在室内，但我还是被吓坏了。的确吓人，”她长出一口气说道，“你夫人回来了吗？”

“还没有呢。”

她把手套摘了下来，用她那长长的棕色手指头不停地揉弄着。他发现她的手指很长，而且特有劲，恍惚间他觉得有点儿惊奇。

“快回来了吗？”

“恐怕不会的。”

“哎，太糟糕了，太糟糕了。”她用她那种轻快果断的语气说道。利文撒尔经常停在努涅斯的屋门口听他们说话，他们连珠炮式的西班牙语他一句也听不懂，但听起来却很开心。“太糟糕了。”她反复说道。利文撒尔向白草帽底下的那张小脸投去一瞥推测的目光，想知道她的同情中蕴含着什么暗示。他们头顶上突然迸发出一阵音乐声，原来一扇窗户猛然推开了。

“我还得再打一个月左右的光棍。”他说。

“啊，也许你会自得其乐的，难得变化变化嘛。”

“不。”他直截了当地说。

他刚走进门厅，努涅斯先生的狗便向他跑来，跳了起来。他弯下腰将狗抱起，抚摩着它的脑袋。小狗伸出舌头舔他的脸，然后将鼻子塞进他袖子下面的外衣里。

“它对你可着迷了，”努涅斯在门口说，“我想它闻出你要来了。”他在用他妻子的一块印花手帕擦他的眼镜。在他房间里，床边放着一些啤酒罐和报纸。

“这是一只很亲切的狗。我自己也很喜欢狗。”

“烟烟，起来，”努涅斯先生说道，“狗会不会晕呢，利文撒尔先生？有时候我想，当你抚摩它的肚皮时，它们就可能发晕。”

“我不知道。动物会晕吗？会高兴得晕过去吗？”

“有的人会的，”努涅斯先生打趣说，“心脏衰弱的女人有可能。你看看它的背，再看看它的胸部。”他把眼镜戴上，手抓住门边。门厅的红色和他房间的黄色被勾画到黑色的门心板上。他的运动衫敞开着，露出了黑中带红的胸脯，一块圣牌在胸大肌之间的一撮胸毛上晃荡着。

“进来喝杯啤酒吧。”他说。

“不啦，谢谢，我还有点事儿要办。”利文撒尔记起了他还没跟爱琳娜联系上。他进而又想到努涅斯先生一定亲眼目睹了他和阿尔比在门厅里扭打的情景。于是，他不安地瞟了他一眼便上楼去了。

这是他第三次给维拉尼家打电话了，可仍然没有人接，他开始焦急起来。维拉尼有小孩，他们得安顿小孩子们上床睡觉，可现在都过了八点钟了。“也许我最好去看一看爱琳娜和菲尔，”他自言自语道，“反正我今晚没事儿。”他心里暗自认为维拉尼不在家可不是个好兆头。他又出去在门阶上向努涅斯太太点了点头，仿佛是初次和她见面似的。

他发现维拉尼、那老太婆、菲利普以及爱琳娜都坐在客厅里。他们刚从医院回来，因此他猜想米基的病情恶化了。他看起来瘦了许多。尽管维拉尼说话时带着一种乐观的语气，可他还是无法掩饰自己的忧虑。他大声说道："别替他们操心了。他们会设法让他们吃东西的。在医院里不吃东西之类的事情是绝对不会发生的。他们会料理好一切的。他们会照顾小孩子，他们有的是经验。"爱琳娜一言不发，显得很冷漠。显然她在责怪医院没有给小孩喂东西吃。她面色蜡黄，她那黑色的头发、黑乎乎的鼻孔和白刷刷的嘴唇都有点儿异样。他来了她都懒得动一下；她穿着上街穿的衣服而不是那条方格布裙子，下面也没有穿睡袍，这一切的一切使利文撒尔深感不安。

"给他们时间，"维拉尼说道，"他在那儿还没待多久呢。你说呢？"

利文撒尔"嗯"了一声表示赞同，把目光从爱琳娜转移到穿着深色衣服的老太婆身上。她的两只手腕干瘦如柴，青筋突暴，安放在大腿上。他注意到她穿着一双过时的黑鞋子，两个脚脖子露在外面，肿得厉害——也许是在医院长廊里来回走动造成的吧。她的嘴唇薄薄的，下巴凹陷，因而她的下唇与毫无表情的上唇不大相称。她斜侧着身子坐在莫里斯安乐椅上，两只脚交叉着，像是在休息，然而休息却是她好像在抵制的一种举动，因为她把两个肩膀从背后的软垫子上缩回来。她只要一抬起眼皮，那双眼睛便喷射出一种要将人穿透的凶狠，活像一只打斗中的公鸡。利文撒尔禁不住被她那张脸吸引住了。其他人也许还可以改变自己，尽管很难，尽管可能不奏效，但他们可以努力。而这个女人，像她现在这个样子，算是永远没治了。

他抓紧时机小声地跟维拉尼说，也许现在应该把马克斯叫回来了，维拉尼闭上眼睛表示同意。这样看来，事情是很严重的了。早上他再给医生打个电话要一份报告单。丹尼萨特已答应告诉他什么时候该把马克斯叫回来。

他起身到厨房去了一会儿，假装找水喝。其实，他是担心如果他在爱琳娜对面坐得太久，他会控制不住自己；他的脸也许会抽搐，嗓子可能会变哑。最糟的是，他可能会问她为什么她认为该怪罪于他，这样就大错特错了，而且可能非常危险。显然，她认为他应该对这件事负责。他催促她把小孩送到医院去，可是医生也是这么做的。如果她现在就责怪他，那么往后又会怎么样呢？从维拉尼表现出的各种迹象可以断定，这才仅仅是开始，麻烦还在后头。作为父母，他们也得像别人一样承担责任。尤其是马克斯。他为什么迟迟不回家呢？因为他认为他能躲过去吗？只有悬在医院里的米基能躲过去，他才能躲过去。并不是说马克斯在家就能缓解孩子的病情，但不管怎么说，孩子该不至于像被人扔到那家大医院里没人管了吧。就马克斯方面而言，他得承认事实呀。毕竟，你结了婚有了孩子，你就得承担一系列的后果。刚结婚的时候是无法预料到以后会发生些什么事的。也许要你在四十岁的时候对二十岁时的行为负责，是不公平的。但正如施洛斯伯格先生所说，除非你超越人性或是缺乏人性，否则你得为生活付出代价。利文撒尔不同意“缺乏人性”的说法。既然干这种事的人如此之多，那么这种事不合乎人性又是什么呢？而“超越人性”只是对极少数人而言。然而大多数的人都心里害怕——害怕生活，害怕死亡，也许害怕生活胜于害怕死亡。但他们害怕，这是一个事实，当这种害怕心理达到无以复加的程度时，他们便再也不想承受任何压力了。二十岁的时候他们精力充沛，满不在乎，以后，他们觉得自己太软弱，所以就无法对任何事情负责。他们说，“别管我，我就这么一个要求”。他们要么鼓起勇气去做出应有的牺牲，要么干脆拒绝，变得晕头转向——彻头彻尾的晕头转向，灭顶之灾到来前的快乐的晕头转向。也许你可以把拒绝叫做“缺乏人性”；他倒喜欢认为“人性”就是有责任心，虽然这些人有许多缺点——至少在紧要关头总能咬紧牙关挺住。但就大多数人的情况而言，最典型不过的，而且最有资格叫“人性”的还是最后的晕头转向。

他又回到客厅里坐了一会儿。他提出他要走时，爱琳娜看了看他，却连声晚安也没有说。

菲利普眼神呆滞、垂头丧气地坐在大人围成的圈子外边，两只胳膊抱着椅子的靠背。他的衬衣从裤腰两侧拽了出来，鞋也没有系鞋带。

“一定是跟着他们跑了一整天，累了。”利文撒尔心里说。对这孩子他充满了怜爱之情。“睡觉去吧，菲尔。”他说。

“我就去。”

“你昨天玩得痛快吗？”

“是的，棒极了。”

“等到你弟弟出院了，我们就乘船做一次环岛旅游，那可美了。”

菲利普把脸颊贴在椅子最高的横档上，那副样子光说疲乏是解释不了的。利文撒尔抚摩了一下孩子的短发说：“好啦，小家伙。”除此之外，他再也说不出别的什么话了。他感到浑身瘫软，安慰的话无从说起，本来要说安慰的话的那一口气却被他对孩子的同情逼走了。他急忙跑下铺着瓷砖的脏兮兮的楼梯。一辆公共汽车在半个街区远的地方冒了出来，他赶紧跑步穿过街道。尽管他的旁边有空座位，但他还是靠着那根闪亮的金属杆子站着。他几乎听不到刹车和气动门的排气声，他那泪水盈眶的双眼只看见一片模糊无形、斑驳陆离的颜色。菲利普一定注意到他和维拉尼的耳语。但可能在此之前，他就已经开始明白了。他明白，利文撒尔深信这一点。大概连躺在医院里的小米基也勉勉强强地领悟了这一切，因为他就好比一支烛光，在受到各种不同气流的侵袭，也好比那些想保持本色的一切，对喂养或危害它的东西要作出反应。

汽车弯来拐去、开开停停地来到了码头区。海港的气息迎面扑来，拱廊市场闪烁的灯火跃入了利文撒尔的眼帘。他穿过昏暗开阔的船棚来到船头上，他眺望着水面和炫目的星星。他看见红色的、黄色的货物从起重机上垂吊下来，船只在船台和那片灯火辉煌的低洼的硬壳似的岸间移动。

第十三章

接下来的一周对利文撒尔来说，简直苦不堪言。丹尼萨特医生在星期一表现得就不乐观，并且，由于在此以前，丹尼萨特医生已经证明他自己决不是一个危言耸听的人，所以利文撒尔明白他是按他的职业手段预先通知，希望非常渺茫。星期二，丹尼萨特医生说他认为马克斯还是回来的好。利文撒尔冲着电话喊道："你这是什么意思？难道这就是那个？"医生回答说："父亲应该在场。""换句话说，这就是摊牌了？"利文撒尔说。发了电报，利文撒尔当天晚上和第二天晚上都去过医院，竭力避免碰上爱琳娜。米基现在已经失去了知觉，靠静脉注射支撑着。经过一番长途跋涉，利文撒尔又热又脏，弯下腰望着小床。孩子的脸由于发烧而黑青黑青的；注射针用胶布粘在孩子的胳膊上，胶布条宽得大人都能用。输液瓶用一个夹子支在高高的架子上，里面液体的高度似乎没有改变。利文撒尔走到窗户跟前，用食指把窗帘的边向上挑了一两英寸，向下瞅了一眼一石盆一石盆的葡萄树和天竺葵，对这个小小的四合院来说这些石盆花木未免显得太大了点。然后他在床脚边犹豫了片刻走了过去。他跑了两个小时的路，为的就是在米基的房间待十分钟。

利文撒尔不断地告诉自己，"看来就要最后摊牌了"——他感到内疚，因为心中不抱任何希望。"摊牌"这个词本身就是一种回避，而且说出这个词的就是他，而不是医生。但这的确是一个含义丰富的字眼：它的含义不只是米基的危机，或者爱琳娜的危机，或者他自己与阿尔比的纠纷。这一切都包括进去了。譬如说同阿尔比的纠缠总不能没完没了地进行下去吧？但是这种盘踞心头的“摊牌”对利文撒尔意味着一种危机，这种危机将终止他对某种他无权抵抗的东西的抵抗。疾病、疯狂、死亡迫使利文撒尔面对自己的错误。他曾经千方百计，尤其是采用麻木不仁和视而不见的办法，来避免承认自己的错误，并且他仍然不知道这错误到底是什么。但那是由于他做出了不想知道的安排。他煞费苦心地要使自己轻松一点，把调子降低一点，温和一些，睁一只眼，闭一只眼。但不管他抵制的是什么，他越想制服它，它反而越嚣张，而且现在他的抵抗力眼看就到强弩之末的时刻了。现在，他简直就要筋疲力尽了。

星期三，他回到家里时眼看就到半夜了。他甚至在打开门锁之前，就听到了冰箱喘息的声音，仿佛它努力在空房子的空气中维持一种能量似的。他打开起居室和浴室的灯，他在浴室里脱下衣服，换上睡衣裤。他打开药箱，干瞪着双眼，仿佛忘记了他要找什么；事实上，他脑子里一片空白。他的手碰了碰剃须刀，心不在焉地换了刀片，又放回到盒子里红色天鹅绒的凹槽里。他光着脚走到起居室，桌子上搁着纸，他突然想起要给玛丽写封信。他坐了下来，把双腿绞到椅子腿上，写了几个字就停住了笔，想想哪些事应该说，哪些事不应该说。选择的余地很大。他想她？天气仍旧很热？他把笔放下，靠在桌子上，把胸部压在活动桌板边上。屋子里静悄悄的，他一声也不响，一动也不动，他听见外面汽车的马达声和门“砰”地关上的声音。突然，响起一阵持久而撕心裂肺的门铃声。一根手指毫不宽容地死摁着钮窝里的按钮。他赶紧走到门口，喊道：“什么事啊？”他听到有人把他的名字叫了好几遍，他就喊道：“谁呀？”他从楼梯的栏杆扶手上俯身往下一望，看见阿尔比站在下面的平台上，于是，他退进门厅，把门关上。不一会儿，门把手一转，又轻轻地一转，然后就晃动起来。

“哎，哎，你要干什么？你要干什么？”他说。

阿尔比敲起门来。利文撒尔猛地把门拉开，看到阿尔比正把指关节抬起来，准备再敲。

“什么事?”

“我想见你。”阿尔比说。

“哼，你这不是见到我了嘛。”他看样子要把门关上了，阿尔比做出一个苦争的动作，把头急忙向前一伸，盯着利文撒尔，然而并不怀任何敌意。

“这就不公平了，”阿尔比说，“我鼓起勇气来见你。我这么做几乎花了一天的工夫。”

“想编造出什么新花样。”

阿尔比的表情很严肃，常常微笑中显示出的那股疯劲儿不见了。

“最近有一个晚上——上个礼拜——我抽时间考虑了一些事情，”他说，“有些事我想给你说说。”

“我不想再讨论什么事了。我受不了啦。况且，已经到后半夜了。”

“是的，我知道很晚了，”阿尔比承认道，“但是有些重要的话要说。我们跑题了。”

“你倒是跑题了，”利文撒尔加重语气说，“我连题边都没有沾上呢。”

“我猜我知道你指的是什么。但不管我说了些什么，我并没有有意针对个人。你不应该认为……”

“什么？这全是理论，纯属理论?”利文撒尔用讽刺的口气说。

“嗯，一部分是理论，一部分是玩笑，”阿尔比苦苦进行解释，“那是我的老习惯。我知道这不好。”

“对不起，我还是不理解你，或许我也不理解爱默生。这两种情况同时存在。”

“请……”阿尔比沮丧地说。

在天窗阴暗的轮辐和朦胧的窗玻璃下，门厅里一片静寂。

“你完全误解了。”他继续说。

“我应该怎样理解?”

“你应该意识到我并没有完全……”他结结巴巴地说，“我并没有完全控制好。”倾斜的阴影落在他那白惨惨、肉墩墩的脸上，使那张脸显得虚弱不堪。他眼睛下的斑点使利文撒尔想到了苹果皮下的碰伤。“事情从我这儿溜走了。我不打算为自己辩护。但是你不会相信究竟多少……”

“哎呀，现在你几乎什么都能相信。”利文撒尔说，接着又无味地干笑了一声。

阿尔比一本正经地恳求利文撒尔不要坚持这种观点。他眉头一皱，用手指梳理了一下他那淡黄色的、脏兮兮的头发。利文撒尔心里在嘀咕：阿尔比所做的一切都有一种演戏的味道。但是，突然间，他对阿尔比，对他的面孔和身体产生了一种奇怪的、密切的感觉，一种他在动物园中所经历过的亲近感，那时他想象自己站在阿尔比身后，细致入微地审视着阿尔比皮肤上的皱纹，最细小的毛发，连他身上的气味都吸进去了。同样的感觉又产生了，他简直都可以感觉到他身体的重量和他衣服的接触。更有甚者，他那张实实在在的脸，松垂的面颊，坚实的前额和下巴，使他显得与众不同；阿尔比注视他的那种认可的神情使他自己也带上了那种神情。他对这一点确信无疑，然而，他耿耿于怀的是阿尔比恨他，而且，尽管他的判断力被他这种奇怪的亲近感弄得麻痹起来——因为那是一种情感——但还没有离开他。他那健壮潇洒的身子如同纹丝不动的天窗的轮辐一样杵在门口。

“你能让我进去吗？”阿尔比最后说道。

“干什么？”

“我想同你谈谈。”

“我跟你说过，天太晚了。”

“对你是晚了，但对我来说什么时间都一样。你说过你愿意帮助我。”

“现在，我不想去讨论你的将来。走开。”

“是现在，不是将来。”

跟他对抗时，利文撒尔感到莫名其妙的软弱。“我是不是把他对我说的所有事情都忘了，我多蠢啊，那些讨厌的废话？”他问自己。不错，他的伤害感一直就不敏锐，他的自责也没有使它更加敏锐一些。门厅非常气闷，就像米基原来的屋子一样。他渴望舒舒畅畅地呼吸一下空气。他两眼冒火，神情疲惫，那种亲近感似乎已经取代、淡化了其他所有的感情。

“什么，现在？”他说。

“好吧，你进去好了，把灯关上，睡觉去吧，”阿尔比说，“你认为没有什么，可我没地方去了。最近的几个晚上都是这样。我被赶了出来。”

利文撒尔默默地审视着他，然后往边上一让，说道：“好吧，进来吧。”他把阿尔比让在前面，进了起居室，指着一把椅子叫他坐下。他自己则走到窗户跟前，把脑袋伸出去，深深地吸了一口气，同时瞥了一眼红赤赤、黑乎乎、又宽又笨的街道轮廓。他回身坐到吱吱作响的床上。这床有一个礼拜没有整理了，报纸和洗衣店放在他衣领里的月牙形衬领纸板撒了一床。阿尔比架起两腿坐着，把他那污迹斑斑、松松垮垮的裤子扯了一把。阿尔比在某些方面总是显示出绅士风度。他十指交叉抱着一个膝盖。

“现在，咱们接着说吧，你被赶了出来是怎么回事？你在哪里住，是旅馆还是一间屋子？”

“一间带家具的出租房子。房东没收了我的东西。这并不是说我有多少东西。”刹那间，阿尔比的笑容悄悄地溜到了嘴角，接着便消失了。“但总归有一些吧。”

“因为你拖欠了房租？”

“是的。”

“很多吗？”

“我不清楚欠他，或者说欠他们多少。还有一位女房东呢。其实，什么都是她说了算。他们姓潘特。他们是两个德国人。女房东是一个胖老太婆，一嘴龅牙。她的侄子是一个码头工人。他人倒不太坏。全怪那臭老太婆。她一个劲儿地逼他。老年人，尤其是老太婆，是最难对付的家伙。他们一旦得手，人人都得下地狱。”

“得什么手？你在说什么？”

“老而不死呗。熬过了难关。长命百岁，”阿尔比说，“吃不完的苦头啊。出于同样的原因，富人刁难穷人，老兵刁难新兵，都是一个理儿呀。这你自己知道……”

“你欠他们多少钱？十块，二十……”利文撒尔不耐烦地打断了他。

“四五十的可能性更大。跟你说老实话吧，我也心中无数。我时不时地还过一点儿欠账。我不知道。反正没有他们说的那么多，这一点你放心。”

“他们没说？”

“我记不得了。”

“不会吧？”

阿尔比不吱声了。

“你想不想回到那里去，先给他们还一点儿？如果是四十，我手头没那么多，但是如果你给他们一点儿……”

“不，谢谢，整个房子臭气冲天。请原谅，那潘特老太太，脏得我实在受不了。”

“我敢断定你还是一个模范房客呢。”

“反正不是最差的。”

“对不起，我忘了你是一名贵族了。”利文撒尔短笑了一声咕哝着。阿尔比白了他一眼，没有丝毫责备的意味。

“哎，那你一直在哪儿待着呢？”

“幸好天公作美。我睡在外面。露宿。我可以找一家临时收容所或者慈善堂。我想如果天气变糟的话，我可以去那儿。我可以当一阵子出家的人，可是天气却一直都很好。”

“我不知道你怎么会把事情搞得这么糟糕，是不是说的实话？”

“如果我把实话全说出来，听起来就更不像话了，所以我只给你讲一部分。我把它截短了。我想我不应让事情达到这样不可收拾的地步。上个礼拜我一直告诫自己，得赶快想想办法。可是不知道怎么回事，我就是振作不起来，于是，潘特就把我赶了出来，我就成了现在这个样子。”阿尔比把一只手往里一转，做了个自我表现的手势。“我看到饭馆去洗盘子大概是我唯一能够找到的工作。”

“你妻子给你留下了多少钱？”利文撒尔突然问道。

阿尔比脸红了。“这关你什么事？”他说。

“老兄，你当初应当用它做点什么，不应当乱花一通。”

“你不会靠一点儿保险金把全世界玩转吧……”阿尔比犹豫了一下，又接着说了一句，“我没有必要给你解释，是吗？”

“你没有必要给我做任何事情，我也没有必要给你做任何事情。”

阿尔比并不接受这种说法，但是他的不同意仅限于耸一下肩膀。接着，他仔细地打量着利文撒尔。“我有理由做我做过的事，”他说，“我的心态十分古怪，我想脱离那种旋转木马式的活动。现在，你的妻子不在身边。要是她出了事故送了命怎么办？那你就有权问我这样的问题了。”

“你是个白痴！”利文撒尔说。

“我只是说我们不在同一条船上。等到我们同上一条船时再说。”

“千万不能有这种事！”

“当然啦。谁想看见人人遭难呢？可是总会有意外。你应该意识到这一点。”

“喂，”利文撒尔说，“我不是说过嘛，我没有必要给你做任何事情。不过我可以给你几个钱，回你的寄宿公寓或者旅馆去。”

“我回不去了，不可能了。半夜三更，我不能按潘特的门铃。再说，那间屋子他们已经让别人住进去了，所以他们就把我赶了出来。那么还有什么样的旅馆肯接纳我呢？像这个样子？两手空空？除非你说出一个鸡毛店来。”

“唉，”利文撒尔说，“干吗尽绕弯子呢？我看你已经铁了心打算今晚睡在这儿。这一点我完全看得出来。”

“你能给我建议一个去处吗？”

“你刚才不请自来。现在都一点过了，你知道吗？”

阿尔比没有吭声。

“你经过这一番表演，我应该赶你出去才是。如果你真的相信你说的一半事实，你就不应该想跟我同住一屋。你是个卑鄙下流的骗子。”

“哎，你有一整套住处。你可以把我收留下来嘛，”阿尔比平静地笑着说，“我不会给你带来不便的。但是如果你想让我以正确的态度做这件事的话……”令利文撒尔惊骇万状的是，事情发生时，他惊慌失措，说不出一句话来——阿尔比从椅子里窜出来，跪到地上。

利文撒尔喊道：“起来！”

阿尔比慢慢支撑着站了起来。

“看在基督的分上，别再扮演该死的小丑了！你认为这是什么名堂？”

阿尔比显出一副开心的样子，双眼直勾勾地大睁着，他似乎先舔了一下一片嘴唇，又舔了一下另一片。

“我警告你，”利文撒尔说，“我无法忍受你的恶作剧。你开这种玩笑！”他真是到了深恶痛绝的地步。“你知道这不是玩笑，没有任何滑稽可笑的色彩。你这是在想办法玩弄我。你认为你可以把我搞得晕头转向，我就不会知道发生了什么事。”

“你不懂。我只想做恰如其分的事。”

“不错。”利文撒尔粗暴地说，不想再往下听，“我想让你明白这一点——就我个人而言，我让你今晚睡在这儿，还个人情，如此而已。你听明白了吗？”

“哦，你的确有必要给我做些事情。”

“难道我是唯一该这么做的人吗？难道你从来没有给其他任何人帮过忙吗？看起来我好像是唯一的一个。那么我欠你什么了？你已经把我缠苦了。在门厅里，我可以问心无愧地把你推出去，关在门外。”

“处于你的位置——如果我在里面，我就不能说我可以。我不可能那么没有良心的。”

“好了，什么良心！我不想同你谈论我的良心，”利文撒尔说，“天晚了。”

利文撒尔从小橱里取出一些被褥，走进餐室，把它扔在长沙发上。

“还挺软和的。”阿尔比摸着褥垫说。

“现在，你还需要什么——你想洗洗？浴室在那边。”

“我想冲个澡，”阿尔比说，“我已经很长时间没冲澡了。”

利文撒尔给他一条毛巾，并在衣橱里为他找了一件旧浴衣。他穿着皱巴巴的睡衣裤坐在床上，焦躁不安地听着水流冲打浴盆遮帘和流水的声音。不一会儿，阿尔比拎着他的衣服走了出来。阿尔比的黄头发淋湿后又经过梳理使他变了一副样子。利文撒尔望着他的脚感到一种莫名的厌恶。那一双脚背红红的，很粗糙，并且还肿着，脚指头又长又怪，趾甲很厚。

“真奇怪，冲个澡可让人精神了许多。”阿尔比说。

“我要睡觉。”利文撒尔说。他关上了床头的灯。

“晚安，”阿尔比说，“我十分感激你的好客。”

“好了，如果你想喝点什么，冰箱里有牛奶。”

“谢谢，我可以来一杯。”阿尔比去了餐室。利文撒尔盖上被子，拉好枕头。冰箱的门“咔哒”一声打开了，他心想：“他在取牛奶。”等他听见冰箱门关上时，他已经快睡着了。

第十四章

他睡着了，但并没有得到休息。他的心剧烈地跳动着，白天的那些情绪仍充塞在心头。他做了个模模糊糊的梦，在梦里他像个不情愿的旁观者一样远远地待着，然而什么都是他做的。他在一个火车站里，提着一只沉重的箱子挤过人群。人群那拖沓的脚步直冲拱门里悬挂的数以百计的旗帜。他没赶上火车，然而扩音器里通知说同班的第二趟列车三分钟之后离站。大门隐隐约约刚能看见；他是不可能及时赶到那儿的，这时人群往后退过来——准是保卫人员把他们推回来了，他发现自己站在一个地刚铺过、墙刚上过灰泥的走廊里。它看样子一直通向铁道。“也许这是他们才开通的吧，我倒是第一个发现它的。”他想。于是他跑起来，突然碰上了一道障碍，这是一个类似锯木架的活动架子。他把箱子往前一举，把架子推到一旁。两个人拦住了他。“你不能过去，我叫人在这儿干活呢。”其中一个说道。他身穿一套普通西服，头戴一顶浅顶软呢帽，看样子是个承包商。另一个穿着工装裤。“我必须，我非得到铁路那儿去不可。”利文撒尔说道。“上面有个门。这不对公众开放。你难道没看见门上的告示吗？你是从哪个门里进来的？”“我没有从任何门里进来。”利文撒尔生气地说。“情况紧急，火车就要开了。”第二个人看起来是个能体贴人的、富有同情心的人，不过他是个雇员，不能插嘴。“你也不能从来的路上回去。”承包商告诉他，“那上边有个标记。你得从这儿出去。”利文撒尔转过身，有人在他肩头推了一把，把他推进一个小巷子。他泪流满面。有几个人注意到了，但他并不理会他们。

确切地说，他发现自己并没有醒，不过眼看就要醒了，所以他能意识到自己在黑暗里躺着。梦做完了的时候，他有一种如释重负的奇妙感觉。他似乎觉得处于一种极度清醒的状态，他体验到一种罕见的、纯粹的快乐。他相信他知道真相，于是他扬扬得意地对自己说："是的，我肯定知道。早上我会不会知道呢？现在我反正是知道的。"由于他想的事情对于清醒的头脑来说太离奇了，所以如果不是愚蠢透顶的话，是很难接受的。但那是为什么呢？"为什么？"他思量。"上帝呀，我这么懒惰，这么软弱，难道我的灵魂也像我的肉体一样呆笨吗？"他的心痛苦地抽搐着，然而他又感到信心十足，十分高兴。这是怎么回事？他和别人干什么了？不可否认，他跟别人一样，也错了。那也没什么大不了的，人人都会犯错误。不过他感到洞若观火的是，一切的一切无一例外地好像发生在一个灵魂或一个人心里一样，而且仍然——想到这儿他几乎忍不住要讪笑自己了——他仍然怀疑，甚至不仅仅是怀疑，是知道，明天这是维持不住的。"我是坚持不住的。"他想。什么事情会妨碍它的。

他特别清晰地回想起阿尔比眼睛里那明确的认可，他毫不怀疑它就和自己眼睛里的某种东西一模一样。它是从哪儿来的呢？"谈到黑白。"他想。黑白是施洛斯伯格先生的话，他常常回想到它。要么就是真相十分简单，要么就是我们不得不接受我们无法知道它这一事实，如果我们不知道它，就没有任何遵循的依据了。"我们能做的事情是那么多。白白地耗费自己的精力有什么用呢？"利文撒尔心想。不，真相一定是我们能够立即理解的东西，无需介绍也无需解释，不过我们对它司空见惯了，所以总是意识不到它就在我们周围。

他抓紧枕头，翻了个身，又闭上了眼睛，然而他激动得睡不着。他能听到阿尔比的呼吸声，于是起身关上了中间那道门。

他忘了上闹铃，所以醒来晚了。这一天灰暗、闷热。由于睡过了头，他十分着急，便急匆匆地穿上衣服，刮了刮脸。不过洗掉肥皂沫之后，仍然是一副没刮过脸的样子。他往毛巾上洒了点儿粉，擦到下巴上，迅速穿了件套头衬衫。他来不及停下来吃早饭，于是在厨房里拿了只橙子，好在去地铁的路上吃。

他走进餐室，阿尔比正紧紧地裹着被单，趴在那儿。他那粗壮的小腿裸露着，手臂向前伸着，一只手搭在堆衣服的椅子上。利文撒尔拉了拉床垫，阿尔比却没有一点动静。他正打算去摇他，却犹豫了一下，心里又着急又生气，最后认定还是不管他的好。因为如果现在把他弄起来，他就可能花掉半个早晨才能让他离开这个屋子。利文撒尔不知道该拿他怎么办，然而——他看了看表——现在没时间仔细考虑了。他忧心忡忡地上班去了。

他简直要欢迎他那张文稿堆积如山的绿色金属办公桌了。他的窗子所对的宽广的、阴云密布的、灰色的天空仿佛静止不变似的。他周围的那些活动，小姐们出入时大门的摆动，还有长柄风扇的颤动和闪烁都对他有镇定作用。他卖力地工作着。到十一点时，他已经看完了一套校样。于是他进去找比尔德先生商量下一期的一篇重点文章。比尔德的女婿米利肯坐在老头儿的身旁，他没有加入到谈话中来。比尔德提了几个试探性的意见。利文撒尔觉得，这仅仅是为了维护他的权威，因为他想避免立即认可，并不是因为他真的有不同的意见。他的眼罩由于有白点子，所以把他的额头同脸的其余部分分开了，对他的表情也有所遮掩，不过有些迹象还是表明他相当满意。他的嘴巴和下颚都显示出了这一点。“喂，我能不能拿下你这见鬼的工作呢？”利文撒尔想问。他没有这么说，只是显得有点儿漫不经心。然而由于要求证实，他的全身都剧烈地发抖了。“一切顺利。”他说。他们俩谁也没有答话。利文撒尔沉默了将近一分钟，最后总算迫使比尔德点了点头，才大步走了出去。他并没有声称他是必不可少的；话又说回来，他们有时也承认他对他们是有些价值的，尽管不是佩服得五体投地。虽然他总有许许多多的麻烦和分心的事儿，但仍旧能很好地按时完成任务。比尔德认识到他的效率多高，正因为如此，他对费伊先生讲过那句不顺耳的话。“真正让他烦恼的是，”利文撒尔想，“他不得不承认他的生意需要人。他想要一个人、唯一的一个人，一个至关重要的人。一家现代企业可不能这么经营。他将永远是个小土豆。”

回到办公桌旁去时，他碰到了费伊先生。那天费伊先生努力替他辩护，这事儿让利文撒尔想入非非起来，还想得到一点关于发生的那件事的暗示，一点告诫或劝告他的努力。只要一个暗示就够了。在办公室里有一个朋友不会有害处的。再说他还想谢谢费伊替他说话。“最近的哪一天，也许他会讲的。”利文撒尔心想。费伊拦住了他，提起了一个登广告的人，他的一座新厂就要竣工了，应当宣传宣传。他以前提过这件事。这次利文撒尔特别留心，又问了一些细节，在他的拍纸簿上做了笔记，然后说：“这好办。”他满怀期盼地望着费伊，后者还以为他要说些什么，便停下等着，黑眼睛在那开始发灰的短眉毛下面和闪光的镜片后闪着积极探询的光。“好的，”利文撒尔说道，“我会把报道给你写好的。”这样，脑子里留下了一团杂七杂八的印象，但主要的感觉还是费伊将会使他失望，他转身走了。

电话铃声让他想起了生病的侄子和留在家里睡觉的阿尔比，血顿时涌到了脸上。当他把听筒夹在肩头与耳朵之间时，猛然笨拙地扭了下脖子，祈愿这是个业务电话。他一只手神经质地玩弄着缠成一团的电话线。

刚开始，他什么也听不见，于是就想办法给接线员一个信号。不久，她漫不经心地插进来说：“有个叫威利斯顿的人找你。”为了恢复自制力，他一时屏住了呼吸，然后说道：“把他的电话接过来。”这才慢慢地向后靠到皮背椅上，用鞋尖拉开了一只抽屉，把腿搭上去。

“喂。”威利斯顿说。

“喂，斯坦，你还好吧？”

“挺不错。”

“你打电话是为了阿尔比?”利文撒尔非常清楚，这种单刀直入是威利斯顿最不想要的；威利斯顿喜欢绕圈子，不过他为什么要让他这么做呢?

他没有立即回答。

“噢，难道你不是吗?”

“大概是吧。是的，我就是。”威利斯顿说，听起来十分勉强，“我想知道你是不是见到他了。”

“噢，我是见到他了。他来过了。实际上他是昨天夜里露面的，说他被人从寄宿舍里撵出来了。我把他收留下了，他就在我那儿待着呢。”

“撵出来了?”威利斯顿满腹狐疑地说。

“怎么了，你认为我言过其实了?你并没有见到他。只要看他一眼，这话听起来就不是不可能的了。”

“他目的是要干什么?”

“我希望我能告诉你，不过可能他自己也说不上来。如果你想知道的话，我想他大概病了。他准是哪儿不对劲儿。”

威利斯顿似乎在考虑这件事，半天没有作答。随后他才说：“难道他想要什么，他连点线索也不给你吗?”

“线索太多了。我从他身上理不出个头绪来，麻烦就麻烦在这里。”他把腿从抽屉上挪开，身子趴到桌面上，两只手捧着话筒。“你该听听他说话，那样的话你会立刻发现他有些不对头。”

威利斯顿的声音传了过来，还夹着慢悠悠的笑声。“他是想办法要使我镇定下来。”利文撒尔想，同时觉得有点儿泄气，“他认为我牢骚太盛，想要哄我再别发牢骚了。”

“噢，该不会那么糟糕吧?”威利斯顿说。

“糟得够呛！反正你不知道有多糟。我告诉你，你既没有见到他，也没有听到他说什么，他搞什么。我得罪了鲁迪格，这我知道，整个事儿都十分不幸。我并不打算尽力推脱，尽管我想推脱的话，还是可以做到的。但是听着，你根本就不知道他现在是什么样子。也许要做的事情就是给他弄份工作。他接不接受是另一回事，或许他根本不想工作。我没法告诉你。他什么都想要，不过我认为他什么都不想干。他一直在跟我玩把戏儿。”他停了一下向自己咕哝道，“反正我要叫他弄清真相，不管他愿不愿意。”

“噢，喂，那只是耍孩子脾气罢了。”威利斯顿说道。利文撒尔不能肯定这耍孩子脾气指的是他们中间的哪一个。他挖空心思寻找着字眼，虎起脸把这场谈话对付下去。这毫无目的，无非是一个追加来的包袱而已。

“噢，也许你能提出个有用的建议，斯坦。”

“我说过我会尽力而为的。”威利斯顿似乎觉得自己受到了责难。

“毕竟，我应该是他的敌人，你却是他的朋友。”

他没有听清全部的回答，只是听见提到了一个“实际步骤”，于是就以为威利斯顿对于这种谈话方式感到不耐烦了。

“当然我赞成实际的东西。”他答道。不过这话一出口，他就意识到他和威利斯顿比以往跑题跑得更远了，远到不可救药的程度。在电话上，“实际的步骤”就够含糊的了，而当他想办法把它运用到阿尔比身上时，它干脆化为毫不相干的空谈了。对于他自己来说，切实的步骤就是摆脱此人，而这并不是威利斯顿所考虑的。“你在想什么，”他催促道，“你了解他。也许你能说出怎样才能使他满意。”

“他准是有个明确的目标。如果我能跟他谈谈的话，也许可以发现。”

“你怎么跟他谈？他根本不想让你知道他的情况。如果他发现我跟你议论他，他会气疯的。不过，我还是向他建议一下，看看情况如何。”

“那么我等你的信儿吧，”威利斯顿说，“你可不要忘记给我打电话，好吗？”

“我会给你打电话的。”利文撒尔许诺。他挂上电话，把电话机放到他的一些文稿上做镇纸，心不在焉地扫视了一下桌子，随后从椅背上拿起夹克，出去吃午饭了。

他挤在楼上商校的一群姑娘当中，坐电梯下去，基本上没有意识到他在她们光滑的臂膀和光滑的面庞上得到的快乐。随着信号声嗡的一响，小箭头忽地一亮，电梯便在有霉味的升降井中徐徐下降。利文撒尔在街上买了份报纸，在自助餐馆里把它浏览了一遍。午饭后，他朝河走去，穿过路边市场，两边是一袋袋的咖啡豆。烤肉味和煤气味混杂在一起。偶然传来的一条拖船的尖叫和一艘轮船低沉的鸣响穿过卡车的滚碾和拥挤声，以及像龙舌兰的钩刺一样竖立着的轰隆声，划开了白色的天空，就像凸式码头划开了白色的水面一样。

他是第一个回到办公室的人，那地方空无一人。一阵微风拂过桌上的文稿，或者钻过打字机，并把窗户横档上的绿亚麻布窗帘吹得飘飘摇摇。他踱出去在太平梯上抽完他的雪茄，刚刚把它在栏杆上捻灭，抛向空中，这时一台电话响了。他猛地一回身，肩膀撞在了门框上，一时就什么都看不见了——办公室里面似乎一团漆黑。铃声同时从房间的四面八方传过来，粗野地充斥在空中。他觉得恐惧在猛抓自己的心。那震颤的、钻心的铃声的奔腾咆哮比起他的血液流动，快得无法相比。他来到办公桌前。电话是找他的。

“喂？谁找我？”他对接线员叫道。

是维拉尼。

利文撒尔闭上了眼睛。这正是他所预料的。米基死了。他听了一会儿维拉尼的话，随即吼了起来：“我那混账弟弟在哪儿？”

“他昨天夜里来的，”维拉尼说，“他直接去了医院。不过已经太晚了。可怜的孩子。”

利文撒尔放下电话。他控制不住喉部肌肉的颤动。他让身子离开桌边，似乎要站起来，但是由于有了一点比较充分的认识，心情懊丧，他那宽阔的面庞顿时失去了血色，显出一脸的傻气。

过了一会儿，他拿起一本拍纸簿，碳素笔大笔一挥用印刷体写下了比尔德先生的名字，在名字下写道："家中死了人。"然后站起来，走过去放到他的办公桌上。

他气冲冲地走向卫生间，冲洗起脑袋来。他头痛欲裂。在水池上，当他把脸弄湿后，开始哭了起来。他从盒子里抽出一张纸巾，捂住了眼睛。这时他听见有人走了过来，于是转身糊里糊涂地钻进了一间便室。他关上门，背顶在门上，悄悄地费了好大劲儿，才算渐渐地控制住了自己。

第十五章

渡船上没有平日的徐徐清风，只有一股咸丝丝的气流。船头宽阔的边沿下面“扑通”一声，船就起航了。空气白蒙蒙的，下午的太阳显得惨淡无光。一名舱面水手光着背靠着操舵室坐着，脑袋伏在膝盖上，粗大的前臂围抱着双腿。船到了栈台时，他慢吞吞地走下舷梯，取下链条，利文撒尔从他身边跳过去，急匆匆穿过船棚。公共汽车正要离开路边，他追着车跑过去用巴掌拍打着车门。车停了下来，门一折就开了，他挤进去，站到踏板上的几位乘客中间。司机从座位上站起来，尖声怪气地喊了句什么。他的喉咙紧绷绷的，气冲冲的，灰色的衣领被汗水染黑了。没人理会他，耽搁了一会儿，他把换挡杆往下一压，车又开了。利文撒尔喘着粗气。他没有注意到自己脸上汗流如注，手火辣辣地作痛。刚才在船上他就在想，现在还在想，看来非怪罪他不可了。爱琳娜肯定要怪罪他，她母亲必然在旁边挑唆。他坚持要送医院，他请来了专家，他进行了干预。老太太倒无所谓，但他非常惧怕爱琳娜。很可能当丹尼萨特着手治疗时，已经病入膏肓了。在医院里米基至少有一线机会，如果她听了第一位大夫的建议，米基或许还有救。因此如果要怪谁的话，只能怪她了。然而，恰恰是因为会无端怪罪，他才惧怕她。可是他只好硬着头皮去见她了。他现在不能躲着不照面吧。

他在几排门铃中搜寻着，找到了弟弟家的，按响铃，便爬上了楼。房门开着一点缝儿。他推了一下，却吃惊地发觉里面狠狠地抵着。他放开门把手，往后退了一步。心里迅速地闪过一个念头，门背后的人不是小孩子，不是菲利普。马克斯干吗要把他拒之门外呢？难道是爱琳娜？想到抵住门的那股疯劲儿，他身上掠过一股惊骇的热浪。“谁在那儿？”他嗓音嘶哑地问。“谁呀？”他再次走向房门。这次，只一碰，门就开了。爱琳娜的母亲在门道里。他立刻明白是怎么回事了。她正站在门的合叶旁看是谁来了，在狭窄的门厅里她被挤到墙上了。

“你在做什么？”他的语气挺严厉。

她默不作声，她的眼神使他困惑；在恶毒的眼神背后有种疯狂的类似逗趣的成分。

“大家都在哪儿？”

“出去了，就我一个人。”她用粗哑的嗓音说。他以前从未听她讲过英语。这倒使他吃了一惊。至于那种逗趣的成分，他肯定是误解了。是她目光的专注集中使他产生了这种联想。那孩子，毕竟，是她的外孙啊。

“他们去哪儿了？”

要么是她不知道，要么是说不清楚。她发出了几个音。蒸汽正从厨房里飘出来，他在她身后看到了。她在做饭吗？

“他们在哪儿，在小教堂里吗？葬礼定在今天吗？”

她只是耸耸肩膀；她拒绝回答，她又投给他一瞥可怕的怨恨又狂喜的目光，仿佛他是魔鬼似的。

“他们打算回家吃饭，是不是——‘吃饭’？① 什么时候？”

等于浪费时间。她一心想摆脱他。他转身走开，下楼去了。

他敲敲维拉尼家的门，没人应声。他头痛得越加厉害了。他皱了皱眉头，绝望地在门上砸了一拳。这时，他突然想起去房管员那儿打听打听。他在院子里找到了房管员，他正在锅炉房楼梯的阴凉处看报。

“你知道我家的人上哪儿去了吗？”他说，“我是马克斯·利文撒尔

---

① 原文为意大利语。

的哥哥。”

房管员站起身来。他年事已高，动作迟缓。他用弯曲而肿大的指关节撑着自己的重量。

“哦，那孩子是让博尔第殡仪馆安葬的。”

“老岳母在楼上，但她不愿意告诉我。这个博尔第馆在什么地方？”

“过两个街区。出了楼向左拐。就在这个楼这一边。拐角上有个教堂。”他弯下腰收拾盖在他褐色毡拖鞋上的那张摊开的报纸。

太阳转到比较晴朗的那片天空里，阳光耀眼，咄咄逼人。利文撒尔脱掉了夹克。路面的灼热穿透了他的鞋底，他整个脚掌都感觉得到。在一个狭长的、黑乎乎的半岛形的院子里，长着一排扎人的灌木，绿得死气沉沉。墙闪耀着刺目的光，每一样东西——无精打采的灌木丛，纱窗后出现的一张女人的脸，食品店前堆放的瓜——在他看来仿佛都被空气提高为一种新的动力，赋予了另一种性质；各种色彩，血红色斑点的，黑的，绿的，蓝的，就像稳定的阴影底线上方的空气一样颤动着。食品店敞开的门如同一个山洞或是矿井的入口；闪亮的罐头像嵌进去的岩石。他看到了房管员所说的那个教堂时，忽然有种身处异乡的印象——它的笨重、华丽、衰朽，围着栅栏的牧师住宅，花园，还有一座厚厚地涂了铅白漆的小型喷水池，喷出一片轻薄的水帘。

他穿过博尔第殡仪馆的办公室进入休息室，看见菲利普坐在一把藤椅里。他的腿交叉着架在脚凳上，脑袋歪靠在耸起的肩膀上。

“你好，孩子。”利文撒尔心平气和地说。

“哈罗，伯伯。”菲利普说。他显得无精打采。

“听说你爸爸回来了。”

“是的，他回来了。”

通过有饰钉的皮门的椭圆形窗户，利文撒尔看到了一片红色的烛光。他走进小教堂。那里挺凉快。楼里某个地方传来一个大风扇的呼呼声。圣坛上摞着火红的玻璃杯，后面，挂着一幅真人大小的耶稣像。利文撒尔摘掉帽子，走近棺材。男孩面部表情柔和，没有丝毫畏缩或是恐惧的迹象，他的心被深深触动了。他注意到男孩弯弯的鼻子、向后梳的浓密的头发，头发末梢碰到了缎子衣服的皱褶，胸口上方摆得端端正正的小下巴，便认定："他将来肯定长得像马克斯和我。是利文撒尔家的人。"他沉思着，手指抚摩着那根有一个深色长毛绒花饰的光滑的铜栏杆，抬头瞟了一眼。这个小教堂叫他讨厌。爱琳娜不用说是坚持天主教葬礼的，那是她的权利。可是从利文撒尔家的角度来说，孩子也是他们家的一员，经过了多少代人，举行这样的葬礼实在蹊跷。在一种模模糊糊的情感驱使下，他自言自语说："没关系，多谢了；我们自己会搞的……"

他转身离开栏杆，意外地碰见了他弟弟。

一看见他的样子就给利文撒尔一个狠狠的打击。他做好准备见到他时要大发一顿脾气的；他先要劈头盖脸训他一顿。但是现在，他却没有张嘴，而是一眼就看到弟弟的外表，黑沉沉的、痛苦的、浮肿的脸庞，嘴角上的伤疤，那是多年前在哈特福德街道上打架时挨了一刀后留下的。户外工作给他一副饱经风霜的样子；因为缺了几颗牙齿，他的下巴显得长了一些。他的西服——正是劳工们过去在他父亲店里买的那种。一双黑色的新鞋积满了灰尘。

"我没能及时赶来。"他说。

"我听说了，马克斯。"

"接到电报我就动身了。我晚到了十分钟。"

"葬礼什么时候进行？"

"四点。"马克斯示意他往旁边站。在靠墙的走道里，他抓着利文撒尔的手，俯下身，泪水夺眶而出。他低声诉说着，偶尔有一声抽噎或几个含混的词很不协调地迸出来，在四周回荡着。利文撒尔用胳膊使劲扶着他。他听见马克斯说"他被盖上了"，后来渐渐地，经过多次重复，他才弄明白，马克斯进屋时还没有意识到米基已经死了，只发现被单拉过了他的头顶。

“真可怕，”他说，“真可怕。”

他盯着马克斯结实的脊背和晒黑的脖子，后来，当他的目光移过几排磨光的长椅时，看见爱琳娜坐在维拉尼和一名牧师中间。她递给他的目光中含着痛苦和愤怒。虽然光线很弱，这一点可是明白无误的。她的脸色苍白，叫人看了就紧张。“我干了些什么？”他想，惶恐得好像从未预料到这些似的。他害怕让她迎上自己的目光，所以就没有回望她一眼。他把马克斯扶过过道，两个人坐在一起，仍然抓着他的胳膊。假如此时此刻——设想一下最糟的情形——她开始冲他尖叫，指责他，那如何是好？她又一次扭过脸看他，好像脸上闪着白光。她肯定疯了。

她疯了。他不允许自己再使用这个字眼。他拼命把它噎回去，正像一个人为了避免尖声叫嚷而害怕小声讲话一样。

他跟维拉尼和牧师同乘一辆车去墓地，跟在马克斯、爱琳娜、菲利普和维拉尼太太乘坐的轿车后面。太阳晒得正猛，下葬时他抽身离开站在墓穴边上的其他人，躲在一棵树下。开始填土时，他回到汽车那儿去。车停在石粉车道的边上，司机正在脚踏板上等着。炽热的阳光透过刺槐树，使他的制服闪着一种淡淡的黄光。司机一头白发，他一分钟接一分钟，一口气接一口气地忍受着酷热的熬煎，眼睛布满了血丝，长长的嘴唇不耐烦地耷拉下来。过了不久维拉尼和牧师过来了。牧师是个波兰人，身材敦实，面容苍白。他推了一下自己的黑色霍姆堡毡帽，点上烟，深深地吸了一口，把烟雾从两排细小的牙齿间喷出来。他抽出一条手帕，擦了擦脸、脖子和手背。

“你是亲戚吧？”他头一回跟利文撒尔打招呼。

维拉尼替他回答：“他是那人的哥哥，神父。”

“啊，是的，真是不幸。”他的手指几乎没有指甲，指尖弯弯的，捏着烟卷。他急切地凝视着天空，皱起前额上又厚又白的皮肤，发表了一句关于炎热的议论。此时全家人正朝汽车走过来，司机们启动了马达。

“后面坐三个人太热了。”利文撒尔说着就爬进了前座。他想避开牧师。摸着热乎乎的金属把手，他心里默默地说：“再见，孩子。”他通过活动车窗瞅着颗粒很大的黄褐色的泥土和两个穿着靴子用铲子干活的人。偶尔瞥见凯迪拉克后座里的马克斯，他便极力回想爱琳娜，一个劲儿地在心里描绘着去墓地的路途中，她走在马克斯和维拉尼之间的神态，她穿着丧服的丰满的身体，两只手抓着两面扶她的手臂，头猛地扭了一下。可怜的马克斯，他拿她怎么办呢？还有菲利普呢？“过会儿我领着他。”他想。

他没有同弟弟一家人告别。他赶到渡口时太阳已经落了。船在呆滞的港口慢慢行驶着。一艘更大的船“哗哗”地撵上来，利文撒尔瞟了一眼它暗淡的橘黄色的船身，仿佛是水面上一个锅炉的幽灵。桥上的探照灯扫过大船，它一转眼就消失了，驶向大海。然而它那巨大的、向大海驶去的涉水声在热烘烘、黑沉沉的空气里依稀可闻。

出了地铁他没有马上回家。他在公园里停下来。今天晚上真是人山人海。路边上还是那个奋兴乐队。一个女人在唱歌。她的嗓音和风琴伴奏声非常模糊，只有几个音符从那漫无边际无休无止的嗡嗡声中显露出来。他搜寻了许久才在池塘附近找到了一个座位，池里有几个半裸的孩子在泼水嬉戏。树木被令人窒息的灰尘裹住了，透过那层罩布，星星显得非常暗淡，稀稀拉拉的。长椅形成了一个密集的双层人圈，道路上人头攒动。拥挤稠密的人群铺天盖地，利文撒尔心中为之一震，不仅仅是看到这个公园里人山人海，而且还想到亿万人摩肩接踵的情形。他从前读过一个什么故事来着？由于触怒了海神，地狱裂开了，所有的魂灵挤压在一起向外张望。然则这些都是活人，这对光着胳膊的青年男女，这位闲逛的大腹便便的孕妇，这个用长皮带挎着箱子的擦皮鞋的人。

利文撒尔开始考虑，今天发生在斯塔腾岛的事对他父亲来说真是不可思议。过去在哈特福德，老人家经常指着那些门道里的花篮，说有多少外国小孩，意大利的或者爱尔兰的，不幸夭折了。那些家庭的规模之大，生与死的数量之多使他惊愕不已。如果他的在天之灵知道自己的孙子成为其中的一员，被埋葬在一座天主教墓地里，那真是离奇透顶了。像别人一样有花，而且受过洗礼。利文撒尔头一回想到爱琳娜肯定给米基施过洗。而且他的一个儿子是干力气活的，和那些到店里来买短袜、便帽、衬衣的人并无区别。他是不会明白的。

心里难过，身体疲倦，十点钟利文撒尔便动身回家。直到上楼时他才想起阿尔比，便加快了脚步。他转动钥匙，"砰"的一声把门搡到墙上，接着把灯拉开。餐室的长沙发上床单、浴袍、毛巾拧成一堆。地板上有半杯牛奶。

他回到起居室，往床上一挺，打算休息片刻再脱衣服关灯。他哼了一声把手放在脸上，几乎马上就睡着了。

夜里他听见响动便坐起身。灯依然亮着。房间里有人。他蹑手蹑脚地走进黑乎乎的厨房。餐室的门敞开着，他看见阿尔比正站在窗户旁边脱衣服。他穿着衬裤站在那里，正把衬衫拉过头顶。利文撒尔害怕的感觉尽管深入骨髓，却转瞬即逝，只是猛刺了一下而已。他的愤慨也是非常短暂。他回到起居室，脱掉衣服，关掉灯，摸着黑上了床，嘴里咕哝着："或去或留——反正对我都一样。"他处于一种类似于麻木不仁的冷漠境地，躺倒时感到的只有炎热，而不是心里的什么情绪。

第十六章

米利肯先生本来在印刷所负责排版，现在却要代表公司去参加工业会议，所以利文撒尔只好在中午时分到布鲁克林高地的印刷所去替换他。

他在地铁站台上等车，那里的空气灰蒙蒙、死沉沉的，他觉得异常疲惫。他不知道该如何熬过这一天。列车来了，他上了车，无精打采地坐下来，头顶的电风扇慢慢地搅动着热气。他接二连三地想到孩子的死。这么快就了结了，埋掉了。这么快。他不由自主地絮叨着，脑袋随着列车的颠簸摇晃着，列车在河下边行驶了很长一段距离，到了圣乔治饭店下方的终点站。他下了车，换乘电梯来到街面上。

米利肯已经排好了四版，给他留了四版。这种工作进展很慢；他干着干着就昏昏欲睡，所以容易搞错，只得重做，真烦人。快到四点时，他眼看要睡着了。"这是机器的缘故。"他想。印刷机就在楼上，一天到晚不停地运转。他抽空出去转了转。奇怪的是他怎么这么愚钝、疲乏，同时却又这么忧心忡忡。

他走进一家餐馆想喝一杯咖啡。里面的椅子都立到了桌子上，一个一头红发、头如峭壁、长着雀斑、晃着肩膀的伙计正在拖瓷砖地板。女侍者绕来绕去洒着脏水，叫利文撒尔让开点儿。他在柜台边喝完了咖啡，就着长方形的纸巾擦了擦嘴，他懒得叠一下，然后在圣乔治饭店的门厅里逛了一圈，翻了翻杂志，又回到了印刷所。盯着留有空白的版面，他叹了口气，拿起了剪刀。还没等他干完，印刷机就停了下来。六点半，他粘好了最后一张纸条，拿张废纸把手擦干净。

去吃晚饭的路上，他在自己的公寓旁停了一下看了看信箱。玛丽寄了一封短简，说她正在写一封长信，可望一两天内寄出。他感到失望，把短简塞进衬衫口袋里。他没有上楼。在拐角处正好碰上了努涅斯，他身穿劳动布工装裤，戴着草帽，拎着个装满食品的网袋。

“呃，呃，嗨！你好吗，利文撒尔先生？我知道你妻子不在家，你给自己找了个伴儿。”

“你怎么知道的？”利文撒尔问。

“我们这些人是专职监督，楼里的大小事儿都逃不过我们的眼睛。有人说我们爱管闲事，其实不是那么回事儿，你就是不想管也能发现。你身不由己呀。房客们也觉得奇怪。是男巫①，隔着墙我也能看得见。他们还不知道吧，呃？”他得意扬扬地用手指画了个螺旋。“不是的。早上你走后，我听见你的收音机还在响。下午吊斗上了四楼。一会儿又下来了，你猜里面是啥？——空汤盒一个，还有黑麦威士忌瓶子。”

“原来他在干这种事？”利文撒尔想。“整天狂喝滥饮。就是因为这我才叫他住进来的。”他对努涅斯说，“我找了个朋友跟我一块儿住。”

“噢，我才不管你找了谁。”努涅斯意味深长地笑起来，兴冲冲地皱了皱鼻子，额上的青筋凸了出来。

“你以为我找了谁？”

“找谁都无所谓。从吊斗上升的情形来看，拉绳子的不是位女士，我明白。你就别担心啦。”他用骨节粗大、肌肉发达的胳膊甩动着网袋，胳膊上刺着一朵牡丹。利文撒尔继续朝饭馆走。“没钱付房租。”他边念叨边顺着台阶往下走，弯着腰走过遮篷。“但却有钱买酒喝。他能弄钱买酒。哪来的钱呢？”他猛然想起阿尔比从家里偷了什么东西给当掉了，但家里有什么值钱的东西呢？玛丽的海豹皮大衣贮藏起来了。汤匙？

① 原文为西班牙语。

银器根本不值得偷。衣物？但是，当铺老板如果看清了阿尔比的穿着情况，要是再跟他打交道是要冒大风险的。不会，当铺不会不顾忌自己的营业执照。其实利文撒尔并不担心他的衣服。他的那套花呢西服已经封存到橱柜里的防蛀袋里了，其他的都不值得一当。如果赔上那套西服能甩掉阿尔比，那真是太便宜了。阿尔比可鬼着呢，不会想不到这一点的。当然，酒鬼要是嘴馋了，馋到无所顾忌的地步，就会铤而走险的。“但是他想要的并不是这几块钱。”利文撒尔分析着。因为他已经提出给他一些钱。既然能买得起威士忌，阿尔比肯定还有些钱。那他怎么被赶出来了呢？难道是他瞎编的？但又如何解释他那副样子，那套脏得不像样子的衣服、衬衫和长头发呢？利文撒尔初步的推断是，他从房租及其他花销上抠下了一点儿钱来买威士忌。“但是我还是把值钱的东西锁起来为好。”他对自己说。

他吃了一顿很简单的晚饭：一客百里香调得很重的烘牛肉，喝了一杯里面加了不溶解的砂糖的冰茶，然后点燃了一支雪茄。他的心思又从阿尔比转到马克斯一家。他该不该打个电话？现在不行，今天晚上可不行——他忙着为自己找一些动听的借口，一看见借口后面的是自己软弱的影子，就畏缩了。他知道这是软弱，但这也实在不是打电话的时候。以后，当事情安顿下来之后，马克斯很快就会发现——假设爱琳娜在小教堂里最后的一瞥的含义跟他所理解的一样的话，他得负什么责任了。尽管，在那种情况下，那一眼也许并没有什么不同寻常之处。或许——利文撒尔注视着雪茄长长的烟灰上的裂缝——他想象得太离谱了。悲痛，心头承受不了的压力……“恐惧，你知道。”他默不作声地解释着。人们痛哭时扭曲的面容看起来也许像在大笑，如此等等，“好吧，但愿我错了，”他说，“希望如此。要是他能把那个老太婆赶出门外，也许他们能挺过来。”最起码，孩子的死应该把这个家人团结得更加紧密。那老太婆对爱琳娜的影响很坏；特别是在目前，她能把她玩得团团转。为了菲利普，马克斯也该把那个老巫婆扫地出门。在这个时刻，她也许试图以做饭和操持家务为由树立自己在这个家里的权威。马克斯也许倒愿意叫她留下来，他一定得让马克斯认识到这个危险。“赶她走，别叫她得逞！”利文撒尔大声喊了出来。如果马克斯也想依赖她，那么……如果这样一来把他解放了的话，他也许又会到他喜欢的地方去，而把菲利普留给她去照管。不行，一定得把她撵走。他在阴暗角落里的桌子旁坐了一会儿，黑色的眸子里几乎没有流露出充塞在他心里的阴暗的焦虑。

到家里后他在门厅里脱下了夹克。透过窗户向外望去，在飘游的褐色烟霭和低垂的红霞上面的晴空里他看到了那颗昏星。他穿过了窄窄的厨房进了餐室，里面空空如也。他又回到了起居室，一时并没有意识到阿尔比的存在。只是当他在靠窗的椅子里坐下之后才发现阿尔比在桌子和屋角之间坐着，他厉声喊道：“多妙的主意呀！”

他忽地站起身来把台灯打开，双手抖个不停。

“我在欣赏夜景。”

“去你的吧，什么夜景，”利文撒尔咕哝了一句，“醉鬼无赖！”

随后他就保持缄默，决心让阿尔比先开口。电钟迅速地转动着。阿尔比脑袋靠在椅背上，两条腿叉开，腿的重量都压在脚后跟上。双手交叠着搭在胸口上，衣服袖口在手腕上松垂着。过了一会儿他动了一下，叹了口气：“热死了，热得我没有一点劲了。”

“该不是什么别的东西把你搞得没有一点劲了吧？”

“什么——？”

“威士忌，”利文撒尔说，“你应当找点事做。可你在干什么呢？整天坐在这儿喝酒？你来时我满以为你打算找点儿事做，也好给自己找间房子。”

阿尔比把脑袋向前一伸。

“我可不想急着干什么事，”他说着就笑了起来，“无论搞什么交易——你是知道的，你一定凭知觉就能知道——最要不得的事就是着急。在你打定主意之前……如果你满足于蝇头小利……你得仔细盘算盘算。”说完这番话时表现出一种游移不定、快乐而又愚蠢的自我庆幸的神色。他是不是醉了？利文撒尔感到纳闷。

“你，交易？”他轻蔑地问，“你搞了什么交易？”

“噢，我可以搞。我可以有所作为的。”

“再问你个事儿，你是怎么在这儿进进出出的？昨晚我锁了门。我肯定锁了。”

“我希望你别介意。厨房里有几把钥匙，其中一个恰好能用。”

利文撒尔把脸一沉。难道是玛丽忘了带钥匙吗？或者还有一把？“房产经纪人刚开始给了我们两把，”他想道，“还有信箱和地下室贮藏间门上的钥匙。难道有三把楼门钥匙？”

“我拿不准自己还回不回来，”阿尔比说，“可是，只要有回来的可能，我想有把钥匙还是方便得多。昨天我试着给你办公室打电话，可你没在那儿。”

“别来办公室里烦我，”利文撒尔激动地说，“你想要干什么呢？”

“首先，我想征得你的同意拿那把钥匙。另外一件事是我忽然想起来的，也许碰上一次机会比尔德公司还可以给像我这样的人提供一个空缺，我可以申请申请。而你正好能帮我这个忙。”

“比尔德公司？——鬼才相信你是忽然想到的呢！我不相信。”

“真是这样。”阿尔比很快说了一句，但又停了下来。他那两片厚厚的大嘴唇张开着，粗重的喘息声表明他硬忍着不笑出声来；他带着又好笑又好奇的神情望着他。但是，看到他也在瞪着自己，他又说开了，语气更加严肃。“是的，就是这么回事儿，早上吃饭时我突然想到了这个主意。‘为什么利文撒尔不该帮我在他那儿找个事儿做呢？’这很公平，不是吗？我把你介绍给了鲁迪格。我们姑且不管发生了什么事。忘掉它算啦。咱们就把这看做是礼尚往来好了。你替我安排跟比尔德先生见个面——他亲自管雇用人的事吗？这样咱们俩就扯平了。”

“他们不需要人。”

“这件事我自己去打听好了。”

“不管怎么说，他们不会给你你要的那种工作。”

“不过，你别管我要找什么工作。这对你没有什么关系，”他咧开嘴笑着说，“不管我洗盘子或者清垃圾，还是叫人雇去做人饵，都没什么关系。”

“是的，没有什么关系，这倒是实话。”利文撒尔回答道。

“那你为什么还担心他们在你那儿给我提供什么样的工作呢？”

“我不是听你说到一笔交易吗？”利文撒尔说。他走到壁炉台边，从一个罐子里摸了根香烟，然后坐下来，把手伸过窗台去拿放在烟灰缸里的火柴。阿尔比盯着他。

“你知道，当我明白你是怎么想的时，我确实为你难过。”他最后才说。

利文撒尔猛抽了一口烟，香烟粘在了嘴唇上，他扯了下来。

“好了，回答就是一个直截了当的不行。根本不用商量。我已经够烦的了，别再谈这个问题了。”他的镇静只是暂时的，好像水里的影子，一起波浪就搅掉了。

“我明白了。你担心我会转过来，给你干出你在《迪尔周报》对我做下的事。你以为我想去那儿是想让人家解雇你，借此来报复你。可是有没有你的介绍都一样。你不介绍，我照样可以给你惹麻烦。”

“那你就惹去吧。”

“你知道我办得到。”

“那就办去好了！”他被阿尔比的狂妄自大气得直打哆嗦。“你以为工作对我这么宝贵？没有工作我也照样活。把你的坏招都使出来好了。统统见鬼去吧！”

“我相信了威利斯顿的话。他说你还不错，所以我才安排你和鲁迪格见了面。明白吗？我不爱猜疑人。我高兴地说我的性格中就没有猜疑。那时我甚至都不知道你是谁，只在他的聚会上见过你几次。”

“跟你这种人纠缠，我觉得太掉价了，阿尔比。我愿意帮你摆脱困境。我早跟你说过了。不过，至于说你跟我在同一个办公室里工作，叫我天天见你——不行！实际上，那里已经有很多我不喜欢天天见的人了。你能跟他们合得来，我可不行。对于他们我是无法选择的，但对于你我还可以选择，所以这是不可能的。不行！——就此为止吧。我受不了啦。”

阿尔比好像在玩味利文撒尔话里某些令他高兴的东西，他的笑意更深了。

“是呀，”他表示赞同，“你没必要把我放在身边。你说得对。我想你说得确实正确。你可以选择。我真羡慕你，利文撒尔。因为在我的一生中，每当到了紧要关头，我从来也没有选择的余地。我不想叫我的老婆去死。如果我可以选择的话，她是不会离开我的。在《迪尔周报》，我也没有选择叫人背后捅刀子。”

“什么！我给你背后捅刀子了吗？”利文撒尔攥紧了拳头，气愤地问。

“我没有选择叫鲁迪格炒鱿鱼，这样说你满意了吧？不管怎么说，你总是处于独立自主的地位，我却不行。”他已经操起了那种思辨性的严肃认真的语调，这是利文撒尔深恶痛绝的。“现在我相信运气了……还真有运气这种东西，有人走运，有人倒霉。从长远的观点来看，到底谁的境况更好我也搞不清楚。如果总是走运，一切也就显得不真实了。但是，在某些事上，特别是在你有机会作出选择时，它就是一种福气。这并不多见，是不是？对大多数人来说？是呀，不是常事。这很难接受，但我们不得不接受。我们能选择的事情不多。比方说，我们不能选择出生，而且，除非自杀，我们也无法选择什么时候死去。可是，从生到死，如果能有几次选择机会，也就使你觉得没有完全瞎碰。那会让你感到没有枉活一生。世界是个拥挤的所在，如果不是这样那才该死呢。这是一个拥挤不堪的所在。对于死人来说，地方还是够用的。我听说，甚至死人也是层层叠叠地埋着的。他们的地方之所以够用，是因为他们什么都不需要了。但是活人……你需要什么东西吗？有什么你想要的吗？还有成亿的活人需要同一种该死的东西呢。我可不管那是一块三明治或者地铁里的一个座位，还是别的什么。我不完全知道你对此是怎么想的，但我要说，就我自己来说，很难相信我活着有什么必要。我猜你可能不太熟悉天主教的教义问答手册吧。那上面问，‘世界为谁而造？’大概就是这个意思。答案是，‘为人’。是为每一个人吗？是的，为每一个母亲的儿子。为每一个人。你说怪不怪，竟然成了上帝的宝贝，是为他无上的荣耀而创造的，整个神圣的大地都赐给他。拿亚当来说吧。他以名字唤百兽，百兽皆听从他。我希望也能那样做。现在，那样做是很聪明的。因为人人都在重复着说，‘为人人’，而实际上却意味着‘为自己’。‘这个世界是为我而造，离了我可不行，不只是现在，而且是永远。完全是为了我，永远如此。’是不是这个理呀？”

他以一种非常毛躁的炫耀神态提出了这个问题，利文撒尔看到他汗流满面，这才意识到他醉到何种程度了。

“谁想让这些人待在这儿，尤其要永远待在这儿？你打算把他们放哪儿去呢？谁对他们大伙儿有用呢？看看，这个世界为之创造的、我与之分享这个世界的、糟糕透顶的一个个我吧。像爱自己那样爱你的邻居吗？到底谁是我的邻居？我倒想弄清楚。是的，先生，是谁，是什么人？即便我想像恨我自己那样恨他，可他又是谁呀？像我一样吗？要是我像我看到的周围的东西一样的话，上帝保佑我吧。至于永生，当我说多数人都指望着死的时候，我并不是要你来泄露什么秘密……”

利文撒尔突然有一阵冲动，想大笑一场。“别这么大吵大闹的，”他说，“如果这个世界对你太拥挤了，我也没有办法，只有安静下来。”

阿尔比也纵声笑起来，带着直勾勾的眼神，整个脸都鼓了起来。他含混不清地大叫了一句，“炽热的星星冰冷的心，这就是你的世界！”

“别嚷嚷了。够了。你最好还是睡觉去吧。去，睡一下就什么都好了。”

“噢，善良的老利文撒尔！好心的利文撒尔，你这个叫人摸不透的希伯来人……”

“够了，别说了！”利文撒尔打断了他。

阿尔比尽管还在咧着嘴笑，但却顺从了他。他不时地舒一口憋着的气，深深地陷在扶手椅里。

“你真的想帮我一把吗？”他问。

“但首先你不能再耍花招了。”

“噢，我不想见比尔德老头，”阿尔比让他放心，“我不会去那儿打扰你的，如果这就是你的意思的话。”

“你自己也该想想办法。”

“不过你真的想帮忙吗？你知道，为我而动用你的关系吗？”

“看在上帝的面上，我帮不了多大忙。你如果还是像这个样子……”

“对，你说得很对，我也该有自知之明。我得改变一下。我想这样做的，真的。”

“你自己也明白了，是吗？”

“当然了。难道你以为我是个糊涂虫吗？我必须掌握住自己，免得什么都从我手里溜走……我要回到从前弗萝拉活着时的样子，我觉得自己一钱也不值。我知道我现在是什么样子。废物。”兴奋的泪水涌上他的双眼。“我以前也有很多优点。”他挣扎着，摸索着，一半是在狂热的自卑中感到厌恶，但另一半——啊，另一半是你情不自禁地感到难过。“威利斯顿会告诉你的。如果弗萝拉能在这儿说话并且原谅我，她也会告诉你的。我想她会的。她爱我。如果我像这样跟你说话，你会明白我是怎样落到这一步的。要是她还活着，就是失败也不会这样子伤我的心。”

“啊，别——！”

“我仍然会觉得丢脸，但至少不会这么责怪自己。”

“你？你这伪君子，再过一千年你也不会责怪自己的。我了解你这号人。”

“我该受责怪。我知道。亲爱的！”他把手掌按在湿漉漉的额头上，不加掩饰地咧开大嘴哭了起来。

利文撒尔怀着一种哀怜之情瞅着他。他站起来不知道如何是好。

“我想，还是给他弄点儿咖啡喝。”他拿定了主意，赶紧灌了一壶水，擦着火柴，把壶放在煤气灶上。火苗儿从星状的网眼中喷出来。他拿勺子敲了敲罐子，量出了一些咖啡。

当他回到起居室时，阿尔比已经睡着了。他喊道：“快醒醒，我在给你煮咖啡呢。”他拍拍他的手，又晃了晃他。最后他抬起一只眼皮，盯着他的眼睛。“醉倒了。”他说。他带着厌恶的心情想道：“我能让他这样子待在这儿吗？他可能会从椅子里滑下来，在地板上躺一夜的。”一想到要这样子过夜，让阿尔比睡在地板上，还可能会醒来，他就有些害怕了。再说，他也开始觉察到了他身上发出令人恶心的酒味儿。他把阿尔比从椅子上拖起来，把他从起居室里拖走。到了厨房门口，他双手抓着他的手腕子，把他背起来，最后把他背进了餐室，放到长沙发上。

第十七章

劳动节[①]就要到了，下一个工作周缩短了。开印时间已经推后，所有的稿件都必须在星期五准备就绪。比尔德召集了一次编辑会议宣布此事。他谈兴很高，在转椅上转过来转过去，几根红色的地毯线缠到了转椅的脚轮上。他每说一句话总要将手举起，然后再让它慢吞吞地垂下来。由于节日来临，他索性把这个会开得很隆重。他不想耽误大家很长时间。他们手头都有活干，何况，简洁乃是才智的灵魂。不过，今年一直是报社的一个好年头，他要让他所有的职员都知道他对他们埋头苦干、尽职尽责是多么欣赏。有工作才能有体面。这两者密不可分。因此，与其说他是在感谢他们，倒不如说是在夸奖他们。人们不是常说吗，与其闲死，不如忙死。他本人就是个埋头苦干的人。他家与办公室的直线距离有五英里，他总是留给自己充足的时间，即便地铁坏了，他仍然可以徒步在九点以前赶到办公室。如果工作值得一干，为它兢兢业业也是值得的。没有敬业精神的生活——正如莎士比亚所说的——是一块单调、乏味的糟粕[②]。利文撒尔穿着他那件白衬衣，他没有将自己阴沉、倦怠的恼火心情表现在脸上，他心里很清楚，这番话是针对他的。他目不转睛地注视着，带条纹的遮光窗帘投射到因为过节都早已收拾得整整齐齐的写字台玻璃板上的映象，就像一只船帆。

---

① 美国的劳动节在9月的第一个星期一。

② 见《特洛伊罗斯与克瑞西达》第4幕第1场第63行。

"大哲学家。"[①]利文撒尔走出办公室，完全用他父亲的嘲讽重复着他父亲的口头禅。时间是不能浪费的。他的文稿上面的灯还没有完全发出蓝光他就回去工作了。他本来计划今天歇口气儿好把事情仔细考虑一下。不过，忙得不可开交，他倒也不后悔。

米利肯先生，脸色苍白，鼻孔大张着，大步走过办公室，两只手里都拿着校样。费伊先生停下来，提醒利文撒尔说，他的厂商要一面横贯两版的篇幅。

"这是下个礼拜的头一件事，我负责好了，"利文撒尔说，"星期二。"

"呃，听说你家里遇到了不幸——亲人没了，我感到很难过。"费伊先生的嘴唇抿在一起，说话的口气郑重其事，额头上的皮肤皱了起来。"是谁呀？"

"是我弟弟的孩子。"

"噢，一个孩子。"

"是个小男孩。"

"那太不幸了。比尔德对我说起过这件事。"他那严厉的嘴唇给了他一种冰冷得近似痛苦的表情。利文撒尔明白其中的原因。

"还有别的孩子吗？"

"还有一个儿子。"

"那还让人好受些。"

"是的。"利文撒尔说。

他漫不经心地随手干着活，注视了一会儿费伊先生的背影。他至少还是个正派人。比尔德也许会抽空说些什么。米利肯匆匆而过，甚至连点头的时间都没有。这说明人们的品质低下，素质低劣，自私。这对他倒没有什么。就是这个米利肯，他总算回来问了一个有关私人的问题，

---

① 原文为德语。

他也从不听回答，只是装出一副在听的样子。他就像湿沙滩上的一只贝类动物，你对他来说，只是海水的喧嚣。利文撒尔扫了一眼他的办公桌——稿件，一筒彩色铅笔，厚实的墨水台，信件盘。他的纸插上有几张留言，他将这些留言条撕下来。有一个是威利斯顿昨天留的，他要他给他回个电话。利文撒尔把这张纸条放到手心里，抵到胸前，低头看着它，心想："等忙过这阵再给他打电话吧。这事不会很着急，不然他昨天晚上就会从商店或家里跟我联系了。"

中午，接待员打来电话说有个人在接待室找他。

"他叫什么名字？"

"他没说。"

"呃，那就问问他，好吗？"电话那边没有回音。几分钟后，他又给她信号，全没有反应。他走进过道看了看交换台，没有人。他从衣帽钩上取下草帽戴到头上。他首先猜到的是马克斯，但马克斯不会不报姓名的。也许是阿尔比。可他已经答应过不在他工作的时候来烦他，看来说话不算数了。接待室里空无一人。利文撒尔正试图拨开乳白色的玻璃滑窗看一下接线员是不是从另一个门返回了交换台，这时，他听到接线员就在他的身后。她正从办公室的门里走出来。

"呃，你找到他了吗？"

"是的，他在走廊里，但他不肯说出自己的名字，也不愿进来等。"她笑着，一副迷惑不解的样子，她那双小眼睛似乎在问利文撒尔出了什么事。他走进了走廊。

阿尔比在电梯井后面瞅着缆绳和缓缓上升的电梯。他把夹克裹在胳膊上；脸色蜡黄，胡子拉碴的，脏兮兮的衬衣敞开着。他吊儿郎当地站着，一只手搭在胸口上，鞋带也没系。看他那副样子好像是刚从被窝里爬出来，胡乱穿上衣服，一分钟也不耽搁就来见他的。难怪那姑娘笑呢！但是，无论她笑的是阿尔比本人，还是别的什么，都没有使利文撒尔感到不安。门上红球的下半部亮了，电梯平稳地停下来了。他和阿尔比挤到楼上商业学校的女孩们中间。

“好啊。”阿尔比小声说。他们被迫站得很近，利文撒尔简直连胳膊都动不了。“漂亮温柔的小东西。过不了多久，你我都老得注意不到了。”利文撒尔默不作声。“昨天晚上他还在为他老婆掉眼泪。”他这样想着，电梯缓缓地沿着墙沉下去。

阿尔比跟着他穿过门厅，走到街上。

“我想你说过你不来的？”利文撒尔说。

“你会注意到我是在外面等你的。”

“我不想叫你来。这我给你讲过嘛。”

阿尔比的眼睛带着谴责性的嘲弄冲着他闪闪发光。考虑到他经常醉成什么样子，这双眼睛就算相当明亮了，然而他的声音却含混不清。“我答应过不会到这儿来给你添乱。既然我们之间的事情是这个样子，你应该对我有一点点信任才是。”

“什么？”利文撒尔说，“我们之间的什么事情？”

“再说，我看到你们在里面干正事呢，那不是我去的地方。”

“你到底想说什么？快点，我要去吃午饭，马上就得赶回来。”

阿尔比迟迟不开口。利文撒尔心里直纳闷，难道是他毫无准备而临时考虑怎样开口，还是这样玩弄把戏故意显得狼狈不堪？

“我知道你对我有疑心。”他最后说。

“得了，什么事，说吧！”

他用手擦了一下眼睛。鼻根周围显露出一些紧张的皱纹。

“我想要挪动挪动。”

“怎么，你要走吗？”

“不，我没说我要走，呃，当然，一旦能走我就走。这再也清楚不过了。我主要想说……”他沉吟着，“昨晚我是极其认真的；我想自己想点办法，但行动之前，有些事我得……我得收拾一下，让自己看上去体面一点。我不能就这样子见人。”

利文撒尔表示同意。

“我应该理个发。还有这件衬衣，”他把它扯了一下，“我该把西装洗一洗，至少也该熨一熨。我需要点钱。”

“你既然有钱喝威士忌，这件事你不会有什么问题吧?”

阿尔比的神情极其热切，甚至有点令人难以忘怀，尽管他面带病容，闷闷不乐。

“我想你昨晚没醉吧！你用什么买的酒？难道喝的是洗碗水吗?”

“那完全都是弗萝拉留下的最后的一点钱，最后几块钱。也是跟她的最后一点联系，”他一字一板慢慢地说，“还是件看得见摸得着的东西。”

利文撒尔抬起头，用怀疑的目光看着阿尔比。他的目光包含着他认为必要的一切看法。他耸了耸肩，转过脸去。

“我并不指望你认可或者同情。你们这些人，一般来说——当然，这只是一种观察，仅此而已，不要太在意——你们只能容忍与自己相同的情感。可我这是与妻子道别，那并不是感情用事。恰恰相反。用她留下的最后几块钱理个发，买件新衬衣本来是令人伤感的。更有甚者，那应该是虚伪。”他的大嘴唇突然迸出令人厌恶的声音。“虚伪！这几个钱的用处应该跟其他钱是一样的。如果把最后的几个钱跟开头的钱花得不一样，那就是卑鄙和虚伪。”

“换句话说，这都是为了你妻子。”

“不错。我就没有想用其中的每一分钱来抬高我自己。不管它对我有多大伤害，我觉得必须那样做。当然，它的确伤了我的心。”他把手放在胸口上，“但这样一来，至少我是个正正派派的人，我并没有靠她的钱发迹。我并没有变成跟她去世前不一样的人。因此，今天我还能正视自己。”他站着把身子一歪，很不雅观，嘲弄似的噘起嘴巴。“你不会这样做的，利文撒尔。”

“或许我没有必要这样做。”利文撒尔不无厌恶地说。

“说起来容易。这事没有碰到你身上，等碰到你身上再说吧。”

“你说什么?”

“等你妻子出了事你就知道了。”

利文撒尔大为光火。“你少在那儿乱弹什么出事的滥调，暗示一下也不行，你过去就是这样子，见你的鬼，闭嘴!”

“我并不想出任何事情，”阿尔比说，“我只不过想说明你一直比我走运。但你别忘了，运气这东西是把双刃刀，要有思想准备，当你处在我的境地——‘如果’你曾经有过这种经历。那个‘如果’就是一切。”他找回了他喜欢用的调子，变得活跃起来。“‘如果’就像对待兔子一样揪住我们的耳朵任意摆布。但是，‘如果’……你必须正确对待自己，对待你犯的每一个错误，对待你向她犯下的所有罪过，然后你会发现事情并不是那么简单。我想说的就是这些。”

“噢，现在就谈谈我的罪过吧。”

“我并不是说你对你的妻子不忠。我不知道情况怎么样，但那只是无足轻重的事情——你对她不忠或她对你不忠。不管怎么样，我说的十分管用。你别忘了你是一个动物。许许多多无谓的麻烦正是由此产生的。我并不是赞同夫妻间的不忠，你也知道我对婚姻的看法，可你也看到在许多婚姻中，一方往往从另一方获取太多。一个女人如果从一个男人身上获取太多，那么这个男人总想从另一个女人身上得到补偿。女人也是如此。人人都力图创造一种平衡。大自然有时对于人的理想是很残暴的，而人的理想也应该给自然留有足够的回旋余地。然而，我们不是猴子，我们为之生存的不是自然，而是理想，那就会使我们犯错误，甚至罪过。我听说有这么一种情况……”

利文撒尔嚷道：“你认为我要站在这儿听你的情况吗?”

“我还以为你会感兴趣呢。”阿尔比以安抚人的语气说。

“不，我才不会呢。”

“那好吧。”

利文撒尔开始向饭馆走去，阿尔比同他并肩而行。从高架铁路上投来的平行、倾斜的阴影在他们身上一闪而过。窗户和窗户金属框震颤着闪闪发亮。

“你在附近什么地方吃饭？”

“前面不远。”

他们走到一个拐角上。“跟你去也没用，”阿尔比说，“在上地铁前，我已经喝过咖啡了。”

“那么再见。”利文撒尔冷冷地说，几乎连脚也没有停。他瞥了一眼交通灯。阿尔比仍恋恋不舍，还在他的身后走着。

“我想问问你，你能不能借给我五块钱？”

“想要另谋生路？”利文撒尔说着，眼睛望着别处。

“你刚才还主动提出给我一点钱的。”

“你说说我为什么该给你什么。”利文撒尔转过头来对着他。

阿尔比脸上带着一种飘忽不定、迷惑不解的微笑应付这种局面，而利文撒尔此时感到自己情绪更加镇定，信心更加十足了。

“你说说看呀！”他又说了一遍。

“你答应过的事，你又要反悔。”阿尔比垂下自己的目光，不仅在他低垂的眼帘和凸起的眼球上，而且在他的鬓角上都奇怪地忽闪了一下。

“是啊，当然我要反悔，”利文撒尔说，“你是个讲究气节的人。”

“我想借十来块钱。”

“你又增加了。你刚才说是五块，我只能给你五块。但我现在要警告你，你如果再喝得烂醉让我看见……”

“这你别担心。”

“担心？这又不是我的事。”

“我不是个醉鬼。并不是一个真正的酒鬼。”

利文撒尔再懒得问他到底是什么，或者他自己真心认为自己是什么。他只是漫不经心地带着嘲讽的口气说道：“你说你根本无所顾忌时我倒是深信不疑。”他打开钱夹拿出五张一美元的钞票。

“谢谢。”阿尔比说着，把钱折起来装到衬衣口袋里，扣上扣子，“我会一分不少地还给你的。”

“很好。”利文撒尔冷冰冰地回答道。

阿尔比转身走了，利文撒尔想：“如果他喝了一杯——也许他会想只此一杯，下不为例——他还会两杯三杯，进而十杯八杯地喝。这些人总是这样子。”

那天晚上，有封玛丽的信在等着他。他满怀感激之情从邮箱里把信抽出来。阿尔比的暗示比他意识到的更使他心烦。他本来已把它们置之度外了。他为什么一定要替她担忧呢？可是，巧合总是有的，有些事总让人不幸而言中。他把手指伸到信封封口下面，把信封撕开。信很厚。他坐在楼梯上聚精会神、兴头十足地读起信来。信是星期二晚上写的；她刚从她舅舅家吃过晚饭回来。她问及米基的情况——利文撒尔一直迟迟没有写信告诉她这件事——还在信中对她母亲温婉地抱怨了几句。她总是把她当做小孩子对待，这真是又滑稽又奇怪。她早晨煮的咖啡总是不够两人喝，她总觉得自己的女儿仍在喝牛奶，而没有意识到女儿不仅仅是个大人，而且已经不太年轻了。今天早晨就发现了几根白头发，老了！利文撒尔笑了。他的笑隐含着淡淡的担忧。他翻了一页。她因为闲着无聊就买了一些布头给自己做了几件衬裙，从她母亲的旧衬衣上剪了些布条，“等我到家时你会发现它们又耐穿，又好看。”信的其余部分说的都是有关她侄儿的事。他把信放到嘴边，似乎要捂住他的咳嗽，并用嘴唇摩挲着信纸。

如果她还在巴尔的摩的话，他早都去度假了。可是除非坐飞机，他是不可能在星期二之前从查尔斯顿赶回来的。况且在查尔斯顿她的母亲新寡居丧，毫无疑问是很难办的。他得耐心等待，等过几个星期一切都趋于平静时再和玛丽团圆。玛丽会让事情都平静下来的。她有能力使一切恢复常态，对于这一点利文撒尔深信不疑。

一想到跟玛丽的重逢，就使他感到跨进家门更加艰难。在进门前他侧耳倾听。他不想让突如其来的事吓一跳。里面静悄悄的。“就让他醉醺醺地回来吧，”利文撒尔心里嘀咕着，“那才好呢！”

才几天的工夫，屋里已经脏得不成样子了。洗涤槽里堆满了碗碟和脏东西，起居室的地板上报纸扔得到处都是。烟灰缸满得溢出来了，屋里臭气熏天。利文撒尔闷闷不乐地将窗户打开。威尔玛到哪儿去了？她不是每个星期三都来打扫吗？或许玛丽忘了告诉她在她不在时继续来了。利文撒尔决定明天就叫努涅斯太太来打扫房间。他拿起烟灰缸走到卫生间去倒。瓷砖地板很滑。他抓住浴帘以免摔倒，浴帘也是湿的。黑暗中，他的脚碰到了一个湿唧唧的东西，他把烟灰缸放在洗涤池里，弯下身来从地上捡起了他的棉浴袍。他气冲冲地快步走向起居室，把仍在滴水的浴袍在灯下展开。浴袍上有鞋印，口袋周围有淡蓝色的印子，看上去好像墨水点子。他把口袋里的东西掏出来，发现几张从报纸上撕下的广告，有杰克·希夫卡特的商业名片，就是那张开着玩笑打算给施洛斯伯格的，还有两张几星期以前玛丽寄来的明信片，都弄脏了。他气冲冲地把浴袍扔进浴盆。他气得脸都吊下来了，嘴巴大张着。“这……下流货！”他骂出这几个字，几乎听不清骂的是什么，只是感到喉咙里憋得透不过气来，他在拼命挣扎。他猛地把书桌前的椅子拉到一边，哐啷一下把活动写字板放下来，把文件材料一下子从文件架和抽屉里拽出来，然后开始翻寻——似乎由于他变得又麻木又盲目，他也说不上丢了什么东西。他的手指僵硬，不听使唤了，糊里糊涂地把所有的东西全都摊开来：信呀，账单呀，证明书呀，一捆捆已经付讫了的支票呀，旧的银行存折呀，玛丽贴在卡片上收存起来的菜谱呀。他把这些东西又堆到一起，拿起吸墨纸，叭地一下用膝盖将写字板顶起来，然后把吸墨纸连同其他东西统统推到抽屉里。他将抽屉锁上，把钥匙放到表袋里，在床上坐下来。他手里仍拿着从浴袍口袋里掏出来的那几张明信片和剪报。

“我要宰了他！”他一面喊，一面狠狠地将拳头砸在两膝间的床垫上，然后他默不作声，一双大眼睛逼视着，似乎想用一种实实在在的利刃戳开一种内心的茫然。他用手指使劲揉着额头。过了一会儿，他看起玛丽寄给他的明信片来，那些亲密的语句仅仅是写给他的。其中提到的几件私事和缩写词别人是看不懂的，但其余的意思倒是一目了然的。“将这些东西这样子装在身上，留着随时阅读！”他想。他感到羞得火辣辣的，就像把滚烫的水泼在他的脖子和肩膀上一样。“岂不是太下流、太反常、太肮脏了吗！”这使他感到恶心。如果阿尔比是偶然看到了这些明信片的话……那也同样可恨。可是这并非偶然；阿尔比翻了他的东西，他的桌子——希夫卡特的名片证明了这一点，因为利文撒尔肯定他把名片收起来了——偷看他的信件并拿着这明信片来穷开心。或许他也偷看了玛丽最早的来信，也就是那些在婚约解除以后她写的要求和好的信。这些信就放在桌斗里的什么地方。难道他今天所说的有关婚姻之类的话就是由此而发的？也许他并不知情，说这些话只是希望他敏感一点罢了。几乎人人都很敏感。利文撒尔想到结婚前发生的那件事和玛丽的表现，仍然心如刀割。那件事至今他仍没弄明白。她怎么能那样做呢？然而很久以前他下定决心接受事实，不再追究原因了。阿尔比或许已经读了这些信，他觉得这好像是千载难逢的绝好机会：玛丽又不在，为何不留下一点暗示呢？利文撒尔原来的情敌已经死了。这事阿尔比并不知道。两年前他死于心脏病。玛丽的哥哥上次到北方来时带来了这个消息。这在信里是看不出来的。

他心里嘀咕：“阿尔比那样下流的酒鬼总是想知道像玛丽这样的女人的很多事情。”

第十八章

夜色降临了。他没有开床头灯，手里仍然拿着明信片坐着，等待着阿尔比，留心着脚步声，可听到的却只是楼下传来的各种各样的声音，收音机里音乐的轰鸣声透过地板传上来，人们七嘴八舌的说话声，吊斗里绳索的摩擦声；一帮男孩冲过街道，他们的喧闹声盖过了其他一切声音，如同火中蹿起的火星一样清晰。夕阳渐渐西下，绚丽多彩的卷云滚动得越来越快，逐渐变成了灰蓝色，一幢幢楼顶上的红灯亮了，引航警告灯标宛若海岸线上的信号灯。利文撒尔透过玻璃窗凝视着，窗玻璃上的瑕疵使人想到在大海深处当人向水面仰望时海水变浓的情况。空气中有一股咸味。微风徐来，吹拂着窗帘，把地板上的报纸也吹得沙沙直响。

过了一阵子，利文撒尔把手腕抬起来，对着窗子下点点昏黄的光看了看手表。八点多了，他已经坐了一个多小时。他望着街道出神。他原来的怒气已经消了。原先，他想等阿尔比回来好跟他对质，可现在他渐渐地进入了一种懒洋洋的歇息境地，他觉得有些饿了，于是便起身去吃晚饭。等阿尔比根本没有用，他也许正在哪一家酒吧把他最后的五块钱喝光，这样的话，他就是以最快的方式糟蹋自己。他想阿尔比还是不要露面的好，他显然希望让人认真对待。这一点他一旦得逞，他便可随心所欲地摆弄他利文撒尔了。显而易见，这正是他求之不得的事。

餐馆里人坐得满满当当，小酒吧柜台周围挤了一群人。他转移到后头想找张空桌子。“柜台旁边有几位顾客得要我去招呼一下，”那位骨瘦如柴、皮肤黝黑的侍者说，“回头我再给你想个法子。”他两只手里各端着一杯咖啡匆匆离去。利文撒尔拿不定主意是该像其他人一样站在那儿等呢，还是站在厨房门口为好。如果他站到人群中间去，那侍者就不大可能不按顺序，先给他安排一张桌子。他继续朝厨房过道的斜墙走去。从一道拱门向里头望去，他看见一位厨师站在砖灶旁，往下擦胳膊上的面粉，并且用围裙扇着脸凉快凉快。一个迎面走来的人伸出了一只手臂，似乎在无意中挡住了他的去路，利文撒尔把他拨了一把。他连看也不看一眼便说：“劳驾。”一个男人笑着说：“你怎么也不看看呢？”虽然他觉得那人笑着说这句话有点蹊跷，但他只是点了点头，并没有转身，他继续往前走，觉得有人拉住了他的夹克衫。原来是威利斯顿，菲比也跟他在一起。

“嗨，你好啊，”她说，“懒得答理我们了吗？”利文撒尔觉得她在责怪他故意回避他们。

“我的心就不在这儿。”他说着，脸一下子红得像猪肝。

“坐下来吧。就你一个人吗？”

“是的，就我一个人。他们答应给我安排一个桌子的，所以让我……”

“噢，过来，坐这儿。”威利斯顿将一把椅子拉了出来。

利文撒尔还在犹豫，菲比说道：“阿萨，怎么回事嘛？”她说话的口气让人觉得如果再有片刻的勉强便会惹她生气似的。

“哦，玛丽不在家，”他说，“因此就凑合着吃。只是出来随便找点吃的填填肚子罢了，况且你们也快吃完了。”

“坐下来，好吗？”威利斯顿说。

“你的夫人不在家跟这有什么关系呢？我的天啊！”

利文撒尔看着她那张刷白的脸，那浓密的平平的眉毛和那开口一笑便露出来的短小整齐的牙齿。餐馆里的嘈杂声一时打断了他们的谈话。他拉过椅子坐了下来，当那位侍者从他身后走过时，他尽量将身子挤近桌子。他又挣扎着站了起来，脸色焦灼，想引起侍者的注意。他又坐了下来，叫自己不要这么紧张。他们为什么要对他喋喋不休？他一只手贴在前额上看着菜单，只觉得手指头下面一片湿热，便尽力把纷纭的感情理顺。“这是怎么啦，我难道不能跟他们对着干吗？”他在心里问自己。这一挑战使他勇气倍增。当他把菜单合上时，他觉得更加自信了。侍者走了过来。

“有什么特色菜吗？”他问道。

“汤，你想喝豆汤吗？我们今晚有‘卤三十面条’①。”

“我看见有贻贝。”他指着一堆贻贝壳说道。

“好极了。”菲比说。

“一客贻贝。”②侍者在菜单上写了下来。

“再来一杯啤酒，先上汤。”

“马上就来。”

“我一直在打电话想跟你取得联系。”威利斯顿说。

“噢？”利文撒尔把脸转向他，“有什么要紧的事儿吗？”

“还是那事儿。”

“我看到了你的电话留言，本想给你回个电话的，可我一直忙得脱不开身。”

“什么事那么忙？”菲比问道。

利文撒尔琢磨着该如何回答。他不愿谈及自己的家事，不想表现出一副乞求别人同情的模样，再说，他也无法在轻松的闲聊方式中提及米基的死。一想到这样做就让他反感。

“哦，杂七杂八的事儿。”他说道。

“劳动节任务紧，嗯？”威利斯顿说。

---

① 原文为意大利语。

② 原文为意大利语。

“除此之外还有一些私事。主要跟工作有关。”

“周末你打算怎么过呢？”菲比问他，“打算去哪儿吗？我们将应邀到火岛去。”

“不，我哪儿也不去。”

“你要在城里独自一人过三天吗？可怜虫。”

“其实，我并不像你所说的那样独自一人。”利文撒尔瞥了她一眼，心平气和地说，“你们的一位朋友跟我住在一起。”

“我们的朋友？”她惊叫起来。他的这一招让她猝不及防。“你指的是柯比·阿尔比？”

“是的，正是阿尔比。”

“我想问的正是此事，”威利斯顿说，“他现在还住在你家里吗？”

“是的。”

“告诉我，他怎么样？”菲比说，“我不知道那天晚上你来是专为他的事儿。要不然我就不会泡在厨房里了。”

“我没有意识到你对此事竟如此感兴趣。”

“嗯，我现在想知道他究竟怎么样了。”她说。利文撒尔不知道威利斯顿把他的描述跟她说了多少。

“斯坦没有告诉你吗？”

“不，他跟我说了，但我想从你这儿听到更多的消息。”她平时冷静、和蔼的脾气不见了。她眼睛下面泛起一抹淡淡的红潮，他心里评论道：“到露天走走，来一番变化吧。”考虑到威利斯顿有可能会干涉，他没有马上开口。侍者把墨绿色的贻贝端到他面前。他拿起叉子，好像要掂掂它的重量似的，说道：“噢，他在鬼混。”他开始吃起来。

“他是不是为弗萝拉伤心？”

“他妻子？是的，他很伤心。”

“这对他来说确实可怕。我从来没有想到他们会分手。他们一开始倒搞得挺出色。”

“出色？”利文撒尔寻思着。他停顿了一下，好让他们知道这个措辞着实让他吃惊。“她是什么意思？女人在谈论婚姻的时候不外乎都是这样。有什么出色的呢？难道他阿尔比出色？”他满不在乎地做了一个认可的手势。

“如果你想知道为什么我对此事如此感兴趣，那是因为我参加了他们的婚礼。”她说。

“菲比和弗萝拉上学时同住一屋。”

“是吗？”利文撒尔说道，他多少有点儿好奇。他往酒杯里倒了些啤酒。“我在你们家里见过她几次。”

“对，你一定见过。”威利斯顿说。

有一忽儿菲比恢复了常态。“我记得他们原本想请一位歌手到教堂里唱歌的，可为了他的母亲，他们放弃了这个想法。他们不想伤害他母亲的感情。在她唱歌这件事上人们总是迁就她。她在波士顿学习过很多年。那时她大概有六十岁，她也许曾经有过一副好嗓子，但到了这把年纪，她的嗓子当然不行了。不管怎么说，她还是唱了。在她儿子的婚礼上，她一定要唱。没有人能阻止她。可怜的柯比。但老太太人挺好。她给我讲过，她年轻的时候两条腿真漂亮，她对此深感自豪。但在那个年代，她得穿长裙子，这难道不是一件憾事吗？她感叹自己生不逢时。”

“对不起，但我想问一下，”利文撒尔插话说，“从他妻子的角度来看，这该不该是一桩美满的姻缘呢？”

“你这是什么意思？”

“她家的人喜欢他吗？”

“他们对他表示怀疑。不过我认为他很有前途。他聪明、迷人。许多人都是这样认为的。我一直相信他会超过我们所有的朋友的。”

威利斯顿附和着说：“不错，他有头脑，有文化。他读过很多很多书。”

“可是突然就塌台了？我不知道这是谁造成的。”菲比叹了一口气，看了看她丈夫又看了看利文撒尔，她的面庞长长的，十分漂亮，还带着几分忧伤，她的两条水平生长的眉毛很是醒目。

“啊，不该怪她，是吧？”利文撒尔说，“他的妻子？”

“是的……”菲比显得有些窘，“干吗要责怪她呢？她爱他。”

“嗯，如果怪不得她，那剩下的还有谁呢？”利文撒尔问，“她离开了他，是吧？”

“是的，她离开了他。我们不知道怎么会这样。她从未跟我们谈及此事。我们都是局外人。这很令人感到费解，因为他很有魅力。”

“很有魅力！”利文撒尔轻蔑地嘀咕道，“开头搞得挺出色！”这个女人白长了两只眼睛，她能看见什么呢？她让自己看到了什么东西？开端如此美好、前途似锦的事情到头来会有那么糟吗？肯定从一开始就不对劲儿，只要不是视而不见的人，都能看得一清二楚。而菲比偏偏是个视而不见的人。怪不得阿尔比老躲着威利斯顿夫妇，他们对他的评价颇高嘛。

他含蓄地说：“都说能喝酒的人通常会给别人留下好印象。他们一定很讨人喜欢。”

“还在酗酒，嗯？”威利斯顿用低沉的声音问道。

“还在酗酒？”利文撒尔耸了耸肩膀，好像在说，“这不是明知故问吗？”

“不，他过去就是我所说的那种人，甚至在他开始嗜酒前也是如此，不信你可以问斯坦。但你还没告诉我他现在情况如何，他在干什么。”

“他什么也没有干。他也没有告诉我他打算干什么。”

“嗯，叫他过来看看我们，好吗？”她的脸因为内心的愤懑而抽搐起来。

“很乐意帮这个忙。”利文撒尔的语气非常尖刻。威利斯顿在用他短短的手指转动着一只勺子。他话很少，也许是意识到菲比理亏的缘故吧，因此担心他一介入会使局面变得更难堪。利文撒尔掩饰住了厌烦的情绪。他们想见见阿尔比——就他而言，他们完全可以将他要过去——但他们没有说他们想让他跟他们住在一起，只是拜访而已。利文撒尔想知道菲比为什么没有想要问由于什么原因阿尔比跟他而不跟他的朋友住在一起？按理说，他们才是他应该去找的人。但仔细端详着她那张苍白的面庞，他感觉到有些合乎常理的问题她恰恰是不想问的。她不想知道这些事实，她便回避过去。他确信在大体上她是明白这些事理的。她只是想坚持认为阿尔比应该受到照顾。有可能正如他不想见到她一样，她也不想看到他处在目前的这种境地。她大概了解这种情况吧。哦，她当然知道，但她想让他变成从前的他。"亲爱的女士，"利文撒尔心里抗议道，"我并不强求你以我的方式来看待事情，不过只是看一眼。这就足够了，看一眼吧！"可是，退一步，他又想到威利斯顿夫妇对自己不薄；他欠着他们的情。——尽管威利斯顿为他所做的一切，比起他被暗示该为阿尔比做的真是微不足道。

威利斯顿动怒了，至少在利文撒尔看来是这样的。"亲爱的，我想柯比目前还不想见我们。"他说，"要不然他早就过来了。"

"他没去看你们，真是太遗憾了。"利文撒尔说道。他情不自禁地话中带刺，菲比立刻把他的话接了过去。

"阿萨，我不懂你这话是什么意思。"她说。

"你应该见见他。根据你说的那种情况来看，我想你会认不出他来。我看见的已不再是原来的那个他了。"

"嗯，这也许不能怪我。"她舒了一口气不说了。红潮又在她的眼睛下面浮起来。

"我想他变了。"威利斯顿慢条斯理地说。

"请相信我，他并不是菲比所说的那种人。我老实告诉你。"利文撒尔越来越觉得自己受了冤枉，为了核实这种想法，他紧紧咬住这一点不放。

"你应该宽厚一点。"菲比说道。

一听这话，他眼睛一瞪，几乎要发作起来，她的脸唰地一下红了。他把碟子推到一边，小声嘀咕道：“我总不能改变我自己来适应你吧。”

“什么？”威利斯顿说道。

“我说我不能，就是不能！”

“我想菲比并不当真。是吧，菲比？我想阿萨搞错了。”

“我看你是误解我了。”她不情愿地说道。

“嗯，可还不就是一回事嘛。”

“我的意思无非是柯比曾经很有前途，除此之外我再也没别的意思。”

他的情况她知道些什么？利文撒尔愤愤地想道，可是他默不作声。

“我给你打电话，是因为我想知道我是不是能给他一些钱，帮他渡过目前的难关，”威利斯顿说道，“我目前还想不出该给他找一份怎样的工作，但他得买些必需的东西。我想他也许需要一点钱。”

“说得对。”利文撒尔说。

“我想给你十来块钱。你不必告诉他这钱是怎么来的。他可能不会接受我的钱。”

“我会转交给他的，”利文撒尔说道，“你的心肠真好。”

威利斯顿夫妇起身告辞。利文撒尔在密密麻麻的酒瓶子上方柜台的蓝镜子里望着他们。菲比停下来，拉了拉她的帽子，而斯坦则站在一旁等着。他们一起走上了楼梯，从遮篷底下走了过去。

第十九章

从门厅里他看见努涅斯太太跷着二郎腿坐在一张长沙发上，正在往头顶绾刚刚洗过的头发。她的下巴抵在胸前，嘴里咬着几根发卡，棕色和白色方格相间的衬衫上还别着几根。他轻轻地敲了敲门，她把头发从眼前撩了过去，但是没有改变姿势，也没有盖住她那吊着不对称的袜带的双腿。

“我不想打搅你，”他一边说一边盯着那两条腿，“我想屋子里太脏了。你能指点一下给我找个清洁女工吗？我们的清洁女工已经好长时间没来了。”

“清洁工？我不认识。如果只是整理整理，我愿意给你干。重活我可不干。”

“没有重活，我只是想让屋子稍微显得整齐一点。”

“没问题，我给你往整齐里收拾。”

“那就太感谢你了。我实在受不了啦。”

灯光下看到的起居室让他感到很恶心。如果让菲比看见了这种样子，对她倒有好处。他有些后悔没有邀请威利斯顿夫妇跟他一起来。他开始把地板上的报纸往一起收拾，把干净床单铺到床上，并且摊开了一套睡衣裤。在洗澡间他浸泡冲洗了那件浴衣，并用刷子和肥皂粉把上面的墨水印子洗刷干净。然后他拿到屋顶凉台上，拧干了水，搭在一条绳子上。微风中有一股秋天临近的气息。利文撒尔踩着卵石和柏油走向低矮的挡墙。东边，两边河岸上的灯光在河中央合成一条长长的缝。假期一过，夏季马上就要结束。随着秋天的来临，万物都会改变；利文撒尔对此深信不疑，真有点莫名其妙。天空阴暗。他远眺了一阵子，又返回到楼梯上来，在黑暗中他小心翼翼地提防着绳子和电线。他顺手摸了一下浴衣，在微风中衣服干得很快。

站在楼梯平台上，他听见有人来了，便朝下一望，原来是阿尔比。上楼梯时阿尔比的手在楼梯扶手上一抓一松很有规律，在最后一个拐弯处他看见了利文撒尔，便停住脚步，抬起头来，似乎在打量利文撒尔。下面的灯光掠过他的面庞，一直照射到眉毛和眼睛上，使他的脸上显出一种赤裸裸的怨恨表情，很有可能是偶然的。利文撒尔心里顿时感到不安。然而他立刻想起来阿尔比必须回答他几个问题。首先，他是不是喝醉了？然而他已经很明白，他能够感觉到他没有醉。

"嗯？"他说道。

上了楼梯平台之后，阿尔比很勉强地朝他点了一下头。他的头发修剪过了，鬓角剃过了，留下一道白边，十分招眼。他的脸亮晃晃的。他穿了一件新衬衣，系了条黑领带，拎了一个纸袋子。当看见利文撒尔在审视他时，便说："这是我在二号街上的一家廉价商店里买的。"

"我没问你。"

"我得给你报账。"他一本正经地说。利文撒尔注意听着，想从他的答话里找出一种挑衅的语气来，没有。他满腹狐疑地望着他。

"我今天没喝酒。"阿尔比说。

"进来吧，我想搞清楚几件事。"

"什么事？"

"这儿不能说，进屋再说。"

阿尔比缩了回去。"出什么事了？"他问道。

利文撒尔一把抓住他的上衣把他往前拽，阿尔比反抗。于是利文撒尔用双手抓住他，显出一副横下心来的架势，虎着脸，怒火又一次被点燃了。利文撒尔把他扯进屋子里，一脚把门踹上。利文撒尔把他扭了一圈。阿尔比极力想重新挣脱，但利文撒尔喊道："你到底认为我要忍受什么呢？"

"你在说啥？"

"你得回答我。你休想滑过去。"

阿尔比把他的衣服从利文撒尔手里扯出，忽地转过身来。"什么意思？"他莫名其妙地问道，发出了一声短促、颤抖的笑声，"你下定决心要把我狠狠揍一顿吗？"

"你认为我要忍受到什么程度！"利文撒尔气喘吁吁，"你认为你事事都能得逞吗？"

"不要昏头昏脑的。"他的笑声刹住了，板起面孔盯着他。"毕竟，我希望你能公正对待我。我寄人篱下，你当然比我有优势……不管怎么样，你应该告诉我这究竟是怎么回事。"

"就是这么回事。"利文撒尔猛然把那几张卡片掏了出来，"像一个该死的贼和敲诈者一样翻我的桌子。就是这么回事。"

"噢，就为了这个？"他随手向那几张卡伸过去。

利文撒尔声嘶力竭地喊道："就这个？难道这个不重要吗？先前你到处跟踪我，盯我的梢。我收留了你，你那双脏手却乱动我的东西，我的私事，我的信件。"

"行了，唉，不是这么回事。我没有碰过你的信件。我对你的事并不感兴趣。"

"我在哪儿发现这些东西的！"利文撒尔把卡片甩到地上，"就在你穿的我那件浴衣里。"

"我也是在那儿发现的。我不愿意面临这种指控时为自己辩护。这是诬陷。这种事却往往给人带来麻烦。"

"这不是你的吗？"利文撒尔从分类广告中挑出了一张剪报。

"噢，我知道那个口袋里装的是啥，可是，在我穿浴衣的时候，那些东西就装在里面。或许你反对我穿那件浴衣。很抱歉，我……"

利文撒尔坚决不想让人改变自己的看法。“你的意思是你没有翻我的桌子?”

阿尔比做了一个真诚、坦率的否认动作。

“这个你怎么讲?这是你从哪里搞到的?”利文撒尔指着希夫卡特的名片。

“我从地上捡到的。嗯,这个我承认……如果我真的干了什么错事,那就是拿了这张名片。它就扔在你的床附近的地上。我没有权利拿它,或许你需要它,我应该问问你的,可是当时我没有想到这一点。我对它挺感兴趣的。事实上,我是想把它和我一直在思考但又总是忘记的一件事联系起来。”

“你在撒谎。”

阿尔比默不作声,他定定地站着,盯着他。

“我没有把这些明信片装在浴衣口袋里,”利文撒尔说,“而且希夫卡特的这张名片是放在桌子里的。”

阿尔比很简单地答道:“如果不是你装进去的,那肯定就有第三者了。反正我没装。”

“但是你看了!”他暴跳如雷地说,不过他又想沉稳下来。

“是的,我看了。”阿尔比垂下了眼睛,似乎是为了宽容他。

“你他妈的见鬼去吧!”利文撒尔又痛苦又气愤地吼道,“你看的不止这些。其他的呢!”

“没有别的。”

“肯定有!”

“没有,就这些。我随便看了看,这也是难免的。这又不是有意的。既然我从口袋里把它们掏出来了,我就不得不看看都是些什么东西。这事主要得怪你妻子。她应该把这些东西装在信封里——这一类的东西。我是决不会从信封里往外抽信的。可是我看了之后才意识到那是什么东西。这也不是什么大不了的,是不是?你的明信片有什么特别的?做妻子的都会给丈夫写那种信，做丈夫的也给妻子写那样的话，而且像我这样一个已经结过婚的老头子……这跟年轻人，譬如说一个年轻姑娘拿到那些东西可不一样。即使那样，我不知道是否每个人都是天真的。最后，我想这东西对你妻子来说没有什么大不了的。这是能在明信片上写的那种事。如果她很在意，她是会写在信里的。”

“我还是认为你在撒谎。”

“唉，如果你这么想，我也没法改变你的想法。可是我确实没有撒谎。既然你不信任我，你为什么不把书桌锁上呢？”

“现在锁上了。”

“你早就应该锁上了。没有人愿意受这种斥责。尽管锁着吧。如果你有确凿的证据证明有人在乱动你个人的东西，那你有权发发脾气。这样做不大好，可是那样指控人也不好。如果我真的翻了你的书桌而又断然否认，我为什么要把这些卡片装在身上呢？”

“为什么？我怎么知道！”

“难道像一例精神病？是你，而不是我搞错了人。”

利文撒尔不知道还应该说些什么。或许是他错了。除了谈论年轻女孩子的时候，阿尔比的话都有道理，即使他的胡话说的是女孩子，但经过充分的解释，也许仍然不是风马牛不相及的。况且，那理过的头发，那衬衫和领带，以及他没有喝酒这一事实，都使情况有所不同。主要是他理了发，这使他给人耳目一新的感觉。他的脸庞显得更加结实。利文撒尔一时没有什么强烈的感觉，他只是对阿尔比有点好奇。他坐在桌子旁边。阿尔比陷在扶手椅里，伸开双腿。

沉默了一会儿之后他说：“你看了今天早上的报纸没有？”

“嗯，有什么消息？”

“有一条我想你可能已经看见了。是有关鲁迪格的。其实是关于鲁迪格的儿子的，但是他也被提到了。他儿子是军人，昨天被提升了，升为陆军少校。”

“那又怎么样?”

“我碰巧看到了。我在理发店里看报时，看到了那小伙子的照片。他在公司里干过一段时间。他倒是个很平常的小伙子。不错……我不能批评他。只不过是一个大学生，很平常，没有任何惊人之处。这不关我的事，也就是说，不会给我带来什么好处，也不会带来什么坏处。但是我总是对事情的进展方式感兴趣。现在一些无权无势的小子在部队一待就是二十年，先在这个驻地补缺，而后又另换一处，因为没钱结婚，所以与当地的女孩子同居。也许最终可以混个小军衔，被晋升为少尉什么的。你不能说这是一件与权势无关的事情。”

“可能有关吧。”利文撒尔漫不经心地说道。

“对了。我跟他不对劲儿并不是因为他碰巧是他爸的儿子。他为什么不应该利用老头子的地位呢?除此之外老头子对他还有啥用处呢?”他猛笑一声，突然改变了话题，“注意到我理发了吗?”

“我看见了。”

“我也没有喝酒。出乎你的意料，是不是?”

“坚持下去，让我感到吃惊吧!”

“不，你认为我会重新醉倒。”

“有可能。”

“我给你说过我并不是陷得很深。”

“听到这话让我很高兴。”

“真的吗?”他兴高采烈，突然因激动而停顿了一下。

“当然了。”利文撒尔说道。他感到胸膛里有一阵会心的笑声要冒上来，但他憋了回去。“你想要什么。一篮玫瑰花?”

“为什么不呢?”

“一枚勋章?”利文撒尔笑了起来。

“是的，一枚勋章。”他急促地咳嗽起来，“我应该有一枚。”

“你应该得到一枚。”

"唉，实话说吧，那东西对我没有诱惑力。我没有必要费劲去戒掉一种瘾，挺麻烦的。"

阿尔比往前倾了倾，把手搭在利文撒尔坐的椅子的扶手上，有片刻工夫两个人对视着，利文撒尔感到自己奇怪地受到一种感情的吸引。这种感情压迫着他，令人反感。他不知道应该怎么对待这种感情，而他又喜欢这种感情。发觉自己如此善变，使他隐隐感到有些不安，然而此时此刻这似乎并不是什么严重错误。

"我边上是用推子推的，"阿尔比把手指尖放到头上，"我养成了这个习惯，我听说这样比较卫生。因为虮子。这种东西你是不可能了解的，是不是？"

利文撒尔耸了耸肩。

"哦，如果你头发里有了虮子，像你的那种头发……你的头发让我很吃惊。不管啥时候看见你，我都要仔细观察一下。有时候你可能会怀疑有些人的头发是不是真的，你想搞清楚他是不是戴着假发。可是你的头发，我常常竭力想象长了你那种头发会是怎么一种情况。是不是很难梳？"

"什么意思，是不是很硬？"

"我是说，会不会纠结成一团。那样肯定会把梳子齿挂断的。喂，让我摸一下吧，行不行？"

"别犯傻了，这是头发。头发是什么？"他说道。

"不，这不是一般的头发。"

"啊，滚出去。"利文撒尔说着就把脖子往后一缩。

阿尔比站了起来。"只是满足一下好奇心呗。"他笑着说。他的指头拨弄着利文撒尔的头发，利文撒尔发现他处于别人的拨弄之下，觉得无法干任何事了。但是他很快就推开了他的手，大声喊道："放下来！"

"真令人吃惊。就像动物的毛发。你的体质肯定好极了。"

利文撒尔猛地把他的椅子推开，皱起了额头，感到不知所措，开始生气了。接着他大声喊道："坐下，你这个疯子！"阿尔比回到他自己的位子上去。他身子弓到前面坐着，姿势很不雅观，两手压在大腿下面，下巴歪向一边，跟那天晚上他在公园里第一次面对利文撒尔时的姿势一模一样。泛白的修剪过的鬓角和刮光的脸使得他的蓝眼睛格外显眼。

有一会儿，没人说话。利文撒尔竭力想使自己的感情平静下来，并且决定怎样恢复由于他刚才的疯狂行为而失去的地盘。

"要把各种东西正确地混合起来是很难的。"阿尔比突然开始说话了。

"你这话用意何在？"利文撒尔说道。

"噢，我是想说说刚才在我一时冲动时你喊我疯子这件事。谁也不能保证他就有那种正确的混合。给你举个例子吧。最近，几个礼拜之前，地铁的铁轨上有一个人。我不知道他是怎么到那儿去的，但他就是站在铁轨上，一趟列车开过来把他夹到墙上，他因流血过多死了。来了一个警察，他不准任何人碰那个人，只等救护车。这是因为他接受过处理事故的指示。这就把一件事搞过火了——谨慎行事。人的冲动应该是抢救那人，可是国家的政策是遵守规则。救护车来了，那人被拖了出来，立刻死了。我不是医生，我不知道他是否还有一线生机。可是万一他可能被抢救过来呢？这就是我说的混合的意思。"

"他喊救命了吗？是哪条线啊？"利文撒尔痛苦地皱了一下眉头说道。

"东线。唉，肯定嘛，一个人展开四肢平贴在墙上。他的喊声充满了整个隧道。人山人海！列车被堵住了，车站里挤得水泄不通。人群不停地涌过来。他们应该把警察推出去，把那个人拖走。可是人人只是站在那里听他的。这些人是真正的骑墙派。"

"骑墙派？"

"他们不相信上帝，也不相信魔鬼。他们自以为他们只相信自己，可是他们却并不是那样。"

“他给我说这些是什么意思?”利文撒尔想,“他想影响我的感情吗?或许他自己也不大清楚。”

阿尔比笑了。“你应当看看当我很清醒地出现在你面前时你那副吃惊的样子。我会叫你更加吃惊的,你要知道。”

“用什么办法?”

“今天早上你跟我开玩笑说什么这是一个新的起点。你不愿意认真对待我。”

“那你自己是不是信呢?”

“你别担心,”他信心十足地说,“我知道我心里的具体情况。我要让你知道这一点。没有一个活人不是这样。这件事无非是‘认识自己’!人人都知道,但是没有人愿意承认。问题就在这里。有的游泳者可以长时间闭气——希腊潜水采海绵的人——这很有意思。但是我们闭目塞听的办法也是一种绝技,因为眼睛天生就是睁开的。”

“没错,你又来了。不喝威士忌你也会这样,我还以为都是威士忌造成的。”

“对,”阿尔比喊道,“现在让我给你解释一件事。这是一个基督教的观点,可是我不明白你为什么不能理解。‘悔罪!’那是从旷野里出来的施洗者约翰①。改变自己,重新做人。这是他当时说的话。你必须重新做人,因为你能够办得到,一旦时机到了,你一定会的。在那个‘悔罪’后面还有另外一件事,那就是我们知道悔什么罪。怎样悔罪?”他那没有一丝笑容的面孔迫使利文撒尔予以注意。“我知道。大家都知道。但是你必须用更大的恐惧消除承认的恐惧。我听说医生现在对病人采用电震法。电震把病人的病痛完全扯出来了,所以不可等闲视之。你看,你必须掌握自己,这样你就不至于坚持走老路。当你到了那个阶

① 据《圣经·新约·路加福音》记载,约翰幼年隐居旷野,成年时到约旦河畔,劝人悔罪,为人施礼,宣讲弥赛亚即将到来。

段——”他把双手十指交叉捏到一起，手腕上的筋暴了起来，“你必须得经过很长时间才能做好不再逃避的准备。在此期间，痛苦着实可怕。”他盲目地眨了几次眼，似乎想把眼睛里的渣子挤出来。“我们太固执了，所以我们不得不遭受这种打击。当我们无法承受下次失败而又幸免于死亡时，我们就会改变。有的人永远也不会改变。他们坚持阵地直到最后失败，像动物一样地死去。有的人却有足够的力气及早地改变。然而悔罪意味着从现在做起，从此刻一直坚持到永远，要当机立断。”

“那你的此刻已经来了？”

“是的。”

“我不知道你在欺骗谁，我，还是你自己。”

“每一个字都是真心的——真——心的！”阿尔比说着低下头，盯着他。他踌躇着，大嘴仍然张着，人中很长的上嘴唇微微动了一下。

“得了！”利文撒尔突然大笑起来。

“嗯，我想我要想办法给你解释清楚的。”他在椅子上轻轻转了一下，把半边肩膀靠在垫子上，慢慢揉着他伸出去的那条腿的一侧，“我不相信宗教之类的东西，可是我知道我没必要下一年还保持着上一年的样子。我一直处在一个极端，我也能够转向另一个极端。我的前途是无限的。即便我可能会错过变得光彩夺目的机会。可是我知道这一想法是真实的。”

“我们看看你明年是什么样子。”

“你一定还是老样子，我知道。你们这种人……”他摇了摇头，面颊蹭着衣领。

“如果你又要来那一套，那你马上给我走人。”利文撒尔威胁着准备站起来。

“好了，好了，咱们不说这个了。一个人只有在谈论与自己有重大关系的事时才希望别人能相信他，”阿尔比说道，“我以为人可以再生这种说法并不是无稽之谈——我会接受改日再进天国的邀请的，可是如果我这么干腻了，我会变成一个新人。我所说的无非是这个意思。”他在椅子里直起身来，默不作声，把两只大手轻轻地合在一起。利文撒尔从他的嘴的曲线看出他是扬扬自得的。事实上他的手的姿势意味着鼓掌而不是休息。他身后的那块影子偶尔会随着他脑袋的轻轻晃动而扩大。带着绿色纹绸灯罩的灯在光滑的桌面上投下了另外一个更加柔和的光圈。从街上传来了一阵低沉的声音，涌起了一股气流把窗帘分开，接着又合到一起。

此时此刻利文撒尔感到阿尔比的存在，与他相关的一切就像一块巨大的累人的重物，他疲惫无奈地看着他，手指一动不动地贴在大腿上。一定会出事的，会出他无法预料的事。不管是什么事，他都感到太糊涂，太疲惫，无法应付。他已经疲于奔命了。他那虚弱的老毛病，他的神经紧张还从来没有这么严重过；他的精力不能长期集中去解决任何难题，只好坐等时机让什么事引起他的注意，他思维迟钝，思绪飘忽不定。哪怕只看在菲利普的面上他也应该考虑一下斯塔腾岛上出现的情况，而且他至少应该给马克斯打一次电话。在小教堂里马克斯对他很亲近，再没有他可以亲近的人。现在他肯定已经认定他根本没有一个可以去亲近的人。可是利文撒尔迟迟不打电话是因为他没法清理自己的思绪，没法集中思想，他也缺乏精力继续这种努力。然而那些火花，米基一生的明亮的火花，爱琳娜那明达事理的火花，思想和勇气的火花，甚至像玛丽那样自信的勇气的火花——这些火花争先恐后，飞腾，淹没，熄灭，这是怎么回事嘛？那么思考有什么作用呢？他那张专注的黑脸耷拉在胸前，脸颊圆圆的，干枯的头发翘得高高的。他深深地不均匀地吸了一口气，把手从大腿上抬起来，做了一个驱除混乱和绝望的手势。“上帝会帮我渡过难关。”这种想法飘过他的脑海，他也没有停下来问问他自己这话究竟是什么意思。

“关于我捡到的这张卡片，”阿尔比说道，“这张商业名片，这个人是个电影经纪人之类的人物吧？我想说说我捡它的原因。我想你认识他。”

“有一点儿。”

“他是干什么的？他的职业是什么？”

“我想他是搜罗人才的。”

“他有影响吗？我是说，他是不是……”阿尔比刹住了这个话头，似乎这个问题表明他一贯天真无知，不谙世故。

“他是什么？”

“嗯……核心人物。”他撇了撇嘴，眼睛瞪得很大，直勾勾的，一本正经，“我得出了一个结论，如果你想在这年头过活，你必须结交有权势的人。想要跟他们作对根本没用。”

“谁给你说希夫卡特是个有权势的人？”

阿尔比拒绝回答。他耸起了肩膀，不屑一顾地望着别处。

“谁？”利文撒尔又说了一遍。

“那么我们就谈谈他能帮我的事，暂且不要考虑别的事情。”

“你想当演员吗？”

“我不会成为一个好演员吗？”

“你？”

“很可笑吗？”

一丝微笑闪过利文撒尔背光的面庞。“我听说你妈自认为是个歌手，”他说，“你就认为你是个演员了。”

“啊，你听说过我妈？谁给你说过她的情况，菲比？”

“是的。她在你的婚礼上唱过歌，是不是？”

“引起了轰动，”阿尔比用一种闪烁不定的口气说道，停了一会儿，“不，我当然不想当演员。可是我想凭着我办杂志的经验，我也可以从事电影工作。我曾经听说过一个人——一个相识的相识，他打一点电影脚本初稿，查找查找故事，做做故事摘要，如果我有机会干那种活——嗯，或许你的朋友会告诉我怎么干那活。”

“他不是我特别要好的朋友。你听说这事有多久了?”

“我不记得了。嗯，几年之前吧。”

“那你怎么知道你现在还能得到那份工作呢?你为什么不到你的那个相识那儿去打听一下呢?你为什么还要这样子呢?问问他去。”

阿尔比马上回答道:“我不能去。我不知道从哪儿能找到他，也不知道怎样动手查找他。再说，他又不欠我什么，利文撒尔。我为什么要去找他呢?”

“为什么?那么，为什么要找我呢?这是一个道理嘛。”

他的回答大大地激怒了阿尔比。

“为什么?有充足的理由，世界上最充足的理由!”他把拳头紧握在胸前，大有忍无可忍、就要大打出手的架势，使利文撒尔感到震惊。“我在给你提供一个公平办事的机会，让你干正事的机会，利文撒尔。我想让你干点正事。不要把别人扯进去。这只是我们俩之间的事。”

“别发疯了。”

“只是你我。只是我们俩之间。”

“我从来没有……从来没有……”利文撒尔结结巴巴地说道。

“我日子混不下去了。鬼混已跟我无缘了。我吃过苦头后总算明白过来了，这苦头是一个人付出了几年的光阴换来的。”他低下了头，盯着他先不往下讲。他的太阳穴明显地跳动着，眼睛里出现一种使利文撒尔感到震惊的闪光;他的经历中还没有出现过类似的东西。“哎，”阿尔比用低沉而又坚定的声音说道，“你知道当我说我希望被介绍给希夫卡特时意味着我准备合作。我打算和解。我打算投降。如果他帮我的忙。你明白吗?”

“不，我不明白，”利文撒尔说道，“我仍然两眼墨黑，而且只要你一个劲儿地讲和解，我就不会帮你任何忙。”

“听着，”阿尔比说道，“我知道你想和解，我也是。当我说我想合作时我知道我在说什么。世界已经易主了。我就像一个印第安人看着原先野牛出没的草原上驶过一列火车。唉，既然野牛消失了，我想从马背上跳下来上火车，当一名列车员。我并没有要求成为一家公司的股东。我知道那是不可能的。许多原先可能的事情现在都是不可能的了。年轻时，我的脑子里已经构想好了我的一生。我设想自己出身于名门望族，构想了那种生活的情景。我有各种各样的期望，然而成事在天。骗人没用。”

利文撒尔抬起眼睛，望着天花板，似乎在问：“你听懂了吗？我可没有。”

有人敲门。

第二十章

原来是马克斯。他站在利文撒尔面前，胳膊下夹着一卷报纸，衬衫领口敞开，露出黑毵毵的胸毛；他那柔软的衬衫衣领翻在外衣领子上面，跟那天去游玩时的菲利普是一副打扮。衣服就是他在葬礼上穿的那件双排扣上装。门开了以后他在楼梯平台上看上去犹豫不决，利文撒尔声音粗哑地喊道："马克斯！看在上天的分上，进来。"

"你们一家子都在？"马克斯声音嘶哑地问道，仍在犹豫。

利文撒尔觉得，他弟弟的举止就好像是要进一个陌生人的屋子。他以前从未来过这儿。

"呃，我在家，这还用说。那天我没有机会告诉你。玛丽不在城里。快跟我进来。"他领着马克斯跨进门槛，拐到起居室，想到他新出现的困境就感到忧心忡忡。他不知道，阿尔比会有什么反应，当他得知马克斯是谁的时候他会说些什么。他已经好奇地向前探出身子。利文撒尔一时间愣住了，既不能开口说话，也不能向前走动。马克斯向房间里扫了一眼，看到阿尔比，他抱歉地说道："哟，你忙着呢。我过会儿再来。"

"我不忙，"利文撒尔小声说，"跟我来。"

"我应该先打个电话。"

但是利文撒尔已经抓住他的胳膊，拉着他走了进来。

"这位是我弟弟马克斯。这位是柯比·阿尔比。"

"你弟弟？我不知道你还有个弟弟。"

"就这一个。"

马克斯默不作声，神情忧郁，目光向下，或许是部分地承认他们之间的疏远与自己有关。

"我不明白什么东西让我觉得你是个独生子，跟我一样。"阿尔比又健谈又机灵，利文撒尔不知道他在准备说些什么，因此以冷淡的表情来掩饰内心的恐惧。他拿过来一把椅子，让马克斯坐下。他的鞋上满是尘土，鞋尖往里歪着。他的脸低下来，半边脸和粗壮的脖子形成了一个平面，从鼻梁一直到厚厚的垫肩。

"我以前经常盼望自己也有个兄弟。"阿尔比说。

"马克斯，家里的情况怎么样？"利文撒尔问。

"噢，"马克斯说，"你知道……"利文撒尔等着他把这句话说完，可是他却不了了之。

阿尔比似乎笑眯眯地在心里评论他们哥儿俩的外貌。利文撒尔偷偷地用脑袋指了指门。阿尔比以询问的目光皱起了眉头。他的整个神态在说："我为什么该出去？"利文撒尔弯下身子靠近他，咕咕哝哝地说："我想跟我弟弟谈谈。"

"发生什么事啦？"阿尔比大声问道。

利文撒尔又用脑袋做了同样的表示，表情严厉。

然而马克斯已经听见了。"你问我发生了什么事，是吗？"他问。

阿尔比看着利文撒尔，耸了耸肩承认自己多嘴。他没有回答。

"我猜肯定从我的神色上就表现出来了。"马克斯说。

"我们家最近刚死过人。"利文撒尔说。

"我的小儿子。"

阿尔比的脸上掠过一种利文撒尔无法解释的表情，他冷冷地皱了一下额头。"噢，听到这事我很难过，什么时候？"

"四天前。"

"你没有向我提过这事。"阿尔比对利文撒尔说道。

“没有。”利文撒尔盯着他的弟弟，有气无力地回答。

阿尔比迅速连人带座椅往前一挪。“唔，就是那个……那天我见到的男孩吗？”

“不，不是跟我在一起的那孩子。他指的是菲尔。”利文撒尔向马克斯解释说，“前不久我带他去看过一回电影，我们碰到了阿尔比先生。”

“哦，菲尔，但愿他平安无事。你见到的是我的另一个儿子。”

“噢，我明白了，两个孩子……”

“你要走了吗？”利文撒尔从旁问道。

“你把这事给我跟希夫卡特定一下好吗？”

利文撒尔紧紧抓住他的胳膊。“你走不走？”

“你说过你要帮助我的。”

“这事我们以后再说。”利文撒尔急得发火了，“别以为你能阻止我。”

“我不想妨碍你的正经事。”马克斯说。

“什么正经事！什么事情也没有。”

阿尔比站了起来，利文撒尔跟着他走进门厅。

“我还要回来听你的答复。”阿尔比说。他一个劲儿盯着利文撒尔的脸，好像他在上面看见了什么新奇的东西似的。“我真感到吃惊。你遇上这种事——你的侄子。我与你同住一屋，你对此竟然只字不提。”

“我为什么要给你说这事？”没等阿尔比回答，他已经把门关上了。

“他是谁？”利文撒尔回来后，马克斯问道，“一个朋友吗？”

“不，一个常客而已。”

“他长得有些独特……”马克斯克制了自己，然后说道，“但愿我没有干扰你的事情。”

“哦，没有的事。我正要给你去个电话，马克斯。不过我想我还是等一会儿的好。”

“我还真希望你来个电话，因为你对此很关心，又参加了葬礼，还干了其他一些事情。”

马克斯跟他说话时畏首畏尾，又有点儿郑重其事，他揣摩着，客气得有些出奇，几乎是一个陌生人才有的那种客气。他显得顺服、疲惫，在利文撒尔看来，显然痛苦不堪，然而他正努力寻找一种恰如其分的语气，一种不太随便的语气。利文撒尔感到内疚，血一下子涌到他的心头。他想对马克斯说说这种感觉。他不知道该怎么开口，他担心还会制造一个更大的难堪局面。既然他们从孩提起就从未在一起待过一个小时，他们应该怎么交谈呢？并且他还推测，是这套公寓房子，他的软椅子和精美的小地毯与斯塔腾岛的劣质家具之间的反差，使得马克斯显得毕恭毕敬，因为他那些家具分期付款还没有交到一半，就显得破破烂烂的了。

“情况怎么样？”他问道。他想马克斯会说起爱琳娜的。实际上，他确信马克斯上这儿来的主要目的就是谈她的情况。

“我想还算不错。”

“菲尔好吗？”

“还好，一个孩子走了，另一个就难过极了。”

“他会好起来的。”

马克斯对此没说什么，因而利文撒尔开始认为他的内心正在为是否提一下爱琳娜而斗争，到最后一刻仍矛盾不已，拿不定主意。

“是的，孩子们会好起来的。”利文撒尔重复道。

“我想问问你，”马克斯说，“我想结清有关那位专家医生的账务。他说第一次出诊时你给了他十块钱。”说着，他的手伸进了外衣里面。

“哦，不用。”

但是马克斯已经半举着钱包，打开了。他取出一张十元的钞票放在桌子上的台灯旁边。

“没有这个必要。”

“我想还给你。谢谢。”

“现在他着手接管家里的事了。”利文撒尔暗自议论道。他原先对马克斯的火气又开始复燃。他有些冷淡地说：“你太客气了。”

“并不仅仅是钱的问题，”马克斯说，“还有别的呢。”

利文撒尔的脾气又上来了。

“因为尽了一点你应该在这儿尽的责任。”

马克斯抬起他那张皮肤粗糙、颌骨宽大的脸，沉吟着。他高高的鼻梁上满是雀斑。“是的，”他说，“我本该待在这儿。”他一副百依百顺的样子，似乎在自己身上找不到一点可以用来对抗的东西。

利文撒尔禁不住问了下一个问题。

“爱琳娜说了些什么？”

“关于什么？”

“关于我？”

马克斯面露惊异之色。

“她会说什么？她说的无非是她很纳闷你为什么葬礼以后不到家里去，但她不多说话。她大部分时间都躺在床上，哭个不停。”

利文撒尔已经侧身向前靠了靠。灯光照进他的头发，照射到肩膀上。

“她是不是给你带来了许多烦恼，马克斯？”

“烦恼？你得考虑考虑。这是件难受的事情，她一直哭，那是很自然的。”

“你对我不妨直言相告。”

马克斯更加吃惊了。

“有什么没对你直言相告的呢？”

“如果你不知道，那么我也不知道。但是如果你愿意，现在就是一个把它说出来的机会。我明白我们的关系不怎么亲密，可是你有没有其他可以谈心的人？或许你有朋友。我在葬礼上可没有见多少。”

马克斯没有把握地说：“我不明白你的意思，确切地讲。”

“我问爱琳娜是不是叫你很烦恼。”

血黑沉沉地涌到马克斯的脸上，好在那修剃不善的胡子像一副面具给遮住了。他的眼中露出恐惧和迷惑的神色。他很勉强地、开始用一双指甲乌黑的手做一个表示否定的动作；但没有完成，索性放弃了。

“她慢慢镇静下来了。”

“她说什么啦？”

“什么事情都说。”马克斯说这话时显然很费劲，仍然在回避一种直接的回答。

但是利文撒尔并不需要直接的回答。他可以想象出在那间可怕的屋子里，爱琳娜躺在米基曾睡过的那张黄铜床上，又哭又闹，而马克斯就像现在一样，坐在一旁无可奈何地听着。他有什么法子呢？并且菲利普也得乖乖儿地听着。想到这些他非常难受。但是这孩子怎样才能得到保护呢？他只好边听边长见识。利文撒尔相信，正如他对马克斯所讲的，孩子们会挺过来的。他们出生时就受到伤害，但长一长就好了，因为他们的骨头很柔韧。后来又遭到伤害，又恢复过来。她是他的母亲，因此就让他瞅着听着去吧。难道那不是个残酷的场面吗？他对这孩子满怀爱心，但是心地温柔是没有用的。在严厉的情形下要讲温柔？并不是说温柔应受到指责，而是因为有些时候它仅仅是软弱的代名词而已。温柔？天地万物中只有人类才拥有，而人还有一半的严厉。

“你给她找医生了没有？”他问。

“你为什么认为她需要医生？”

“别忘了妈妈！”

马克斯大吃一惊。“你在说什么？”他突然无名火起地说。

“我并没有因为你不愿提起这事而责怪你。”

“你为什么要把妈妈扯进来？难道她让你想起妈妈啦？”

利文撒尔犹豫不决。“偶尔，是这样的……但是你承认你们之间有些矛盾。”

“你希望听到什么？她又哭又闹。的确她又哭又闹。毕竟，那是一个孩子。这叫人吃不消，但是她会好起来的。她已经好多了。”

“马克斯，我想你不明白。人们很容易狂热起来。我看他们现在就不像过去那般坚强，情况一严峻，他们很快就屈服了。这种情况越来越多。人人都感受到了。我自己往往就有这样的感触。爱琳娜对孩子和医院就表现得很古怪，她叫嚷的就是这个，对不对？医院？”他越来越对自己没有把握，“并且，我想……”

“我也经常怀念妈，还想念哈特福特的一切。并不只有你一个人。”

“是吗？”利文撒尔说。他以搜索的目光看着他。

“另外你也冤枉了爱琳娜。”

“你以为我不想公正些，是吗？”

“我与她最大的矛盾是我想把家搬到南方去。我以前一直在加尔维斯顿寻找一个住处，就因为这事我耽搁了很长时间。我找到了一个地方，并且已支付了押金。我要把他们都带到南方去。”

“那好。这是你所能做的最好的事情。带菲利普离开纽约。这儿不是培养他的地方。”

“但是我说不动爱琳娜。”

“为什么？”

“也许是刚举行过葬礼，我就谈论这事。她说她不想去。”

“告诉我，是不是那个老太婆经常来——她的母亲？”

“哦，她一直就在我家进进出出的。”

“看在上帝的分上，把她撵出去！”

他的激愤使马克斯大为惊讶。

“她跟这事毫无关系。”

“别让她拿权。你要提防着她。”

马克斯第一次露出了笑容。

“她不会伤害我的。”

“我敢打赌准是她让爱琳娜别去。你怎么知道她给她说了些什么？她们所说的你又听不懂。”

马克斯的脸色变了，他的神情严肃起来，嘴角耷拉下来。“我懂一点，”他说，“我想你认为我该娶个犹太姑娘。”

“你从未听我说过，”利文撒尔斩钉截铁地说，“从来没有。”

“没有。”

“你也永远不会听到的。我说的是她母亲而不是爱琳娜。几年前你亲口告诉我那个老太婆怨恨你。她会千方百计伤害你的。也许你已经习惯那个老妖婆，已不再注意她那副德性。但是我观察过她。她认为孩子的死是上帝的惩罚，因为爱琳娜嫁给了你。这一点我看得明明白白。”

马克斯吃了一惊，于是他的嘴唇变硬了，在他天生的黑皮肤和后来增添的黑沉沉的烦恼下面，隐藏着一种被淹没了的愤怒火焰。“这是什么话！”他说，“我这一辈子从未听见过这么奇怪的事情。刚开始你对爱琳娜有看法，现在呢，却又不满那位老太婆。”

“你出门在外，”利文撒尔说，“你不清楚她的所作所为。她可是个害人精。”

“唉，你肯定已经变成一个怀疑一切的人。”马克斯的脸色开始温和起来，他叹了口气。

“她可是满腔怨恨。”利文撒尔仍在坚持。

“我才不信呢。她是一位并无害处的老太婆而已。”

如果他错怪了爱琳娜，利文撒尔心想，如果他言过其实，曲解了她在小教堂里的最后一瞥目光，这个失误是可怕的，也是具有破坏性的；导致这个失误的他自身的糊涂则更加可怕。最终，当他镇静一些、坚强一些的时候，他得来一次自查。眼下这是不可能的。但是他确信，他对那个老太婆的看法是正确的。“你必须甩掉你的丈母娘，马克斯！”他以粗暴的态度认真地说。

“哎，你在说些什么?”他很不耐烦地说，“她只不过是个老寡妇，年老古怪。爱琳娜是她的独生女儿，我不能叫她走开。这周她在帮忙，给我们管家做饭。我知道她不喜欢我。那又有什么呢?一个无用的老太婆。有时候我看着她时，不由得感到难过。不，我们要去加尔维斯顿。菲尔今年秋天就开始在那里上学。他想去，爱琳娜也会去的。我能说服她，她想离开纽约，只是脑子里还是一团乱麻，但她会去的。我得回去工作，并且我们也不愿再两地分居了。我不明白你为什么对老太婆如此惴惴不安。如果她是我面临的最坏的人……”他夹克衫的大褶像苏格兰褶裥短裙一般几乎抵到他的双手所搭的膝盖上。他的手指长得怪模怪样的，该细的地方反而很粗；指节处的皱纹好像是压扁了的螺丝的螺纹。“你不了解身处困境时的爱琳娜，”他接着说，“她在事情发生之前往往紧张得一塌糊涂，但是一旦事情真的发生，她通常比我更坚强。大萧条时期我卧病不起，她就出去挨家挨户叫卖东西。”

“我从未听说你还卧过病。”

“嗯，真有其事。当时我们靠接受救济为生，她有个兄弟，是一个胡作非为的家伙。他在阿斯托里亚搞一种非法买卖，想把我也拉进去。我眼看就要捞到一点钱了，可她说不行，并且坚决反对，那就只好‘不行’了，我们就继续靠救济过活。换一个女人，就会说：‘去吧。’”

“我明白了。”

“后来情况有所好转，我们认为可以再要一个孩子。米基生来就不如菲尔那般健康。当时我们肯定做了一些错事。可是你又能怎么办呢?你也知道，这又不像《圣经》中的上帝，他可以给亚当之类的人吹一口气就行了。我想我告诉过你，我到医院时问了一位护士他在哪间病房。我进去时，发现他躺在那儿，已经盖起来了。我拉开被单，看了他一眼。”

“那群白痴!”利文撒尔大声嚷道，“不派人在那儿守着。”

马克斯向下挥了挥手，就算原谅了她们。“护士不一定都知道。那家医院太大了。”接着他又说，“我要去南方，打算从头开始。我已交了押金，还做了一些其他的工作。但是说实话，我没有寄太多的希望。我觉得自己都快要累垮了。”

利文撒尔感到心一沉。“快累垮了？”他说，“我年龄比你大都没说那样的话。”

马克斯没有回答。他粗大的躯干穿着双排扣夹克衫显得很难看。

“我曾经也有过这类感受，”利文撒尔接着说，“那是一种忽来忽去的感觉。”他弟弟将自己粗糙黝黑的脸凑近他，他的话音消失了。

他们默默地坐着，最后马克斯身子一动，站了起来。利文撒尔陪他向地铁走去。浓雾笼罩着大街。在十字旋转门口，马克斯往狭孔里塞了两枚五分镍币，他扭过头说：“你不要跟我一起等了。”

可是利文撒尔向前挤了进去。他们站在站台边上，直到传来列车进站的刹车声。

“如果有用得着我的地方……”利文撒尔说。

“多谢。”

“我说话算数。”

“谢谢你。”他伸出手来。利文撒尔笨拙地张开双臂拥抱他。他们感到了列车的震动，首车的花脸在尘雾中把光束向他们射来，一个个车窗一晃而过。马克斯也拥抱了他。“有事给我打电话。”利文撒尔咬着马克斯的耳朵声音嘶哑地说。他们周围的车门旁边，人们挤作一团。当列车启动的时候，他看到马克斯抓紧一条带子，弓着身子，越过其他乘客的头顶向外张望。

利文撒尔抽出一条手绢，擦了擦汗。他开始费劲地爬那段很长的钢筋混凝土楼梯，张开嘴巴以帮助呼吸。爬到半路时，他停了一会儿，紧贴着墙给别人让路，看样子空气不足，使他快要发疯了。由于心脏扩张，他感到头晕眼花。

然后他继续向上爬。浓雾已变成一场细雨。在楼梯口他看到一把撑开的伞扔在那里，活像一只陷于寒流中的蝙蝠。旋转门的铁条快速转动着，叮当作响。他扣上外衣，竖直衣领，看了看街上川流不息的汽车射出的耀眼光芒，然后抬头望着远处高耸的路灯，它们在无边的黑暗中摇曳不定。

第二十一章

周六的邮件中有哈卡维夫人寄来的一张请柬，邀请他当晚参加为她孙女七岁生日而举行的晚会。大雾弥漫，利文撒尔在外面的台阶上碰见了邮差，邮差把请柬交给了他。没有收到玛丽的东西，他为此暗暗高兴，因为事实上，他觉得他这是在悄悄溜走，留下阿尔比占着房子好了。表面上他是出去喝咖啡的。他起床后感到屋里挺冷，窗户湿淋淋的，像锡一样灰暗。阿尔比还在餐室里呼呼大睡，两条光胳膊搂着窄窄的床垫，双腿叉开，形象很不雅观。他的衣服放在地板上，室内空气令人窒息。利文撒尔本来已经走进厨房，把咖啡热上了，可当他想象自己坐在阴森森的起居室喝咖啡的情景时，不禁做了个怪相，便关掉煤气，下楼到希腊餐馆吃早饭去了。但他没有早饭后回来的打算。

关于哈卡维夫人的邀请，他几乎是无意识地、以一种隐晦曲折的方式作出了安排。起初他拿不定主意是不是去参加聚会。他应不应该在米基刚死就去呢？不过最后还是决定，跟人们接触接触毕竟是件好事，便坐车到住宅区给小姑娘买了件礼物。中午他发现自己就在图书馆附近，便花了几个小时浏览了一些商业报纸，看看别人在搞些什么。临近傍晚，他从时报广场一家放映新闻短片的影院出来时才意识到，在他为了打发百无聊赖的一天而苦心筹划的每件事情背后，都是他不情愿又没办法对付阿尔比。他原本是有意沿着百老汇走的，现在似乎有种东西妨碍了他坚定的步伐，他游移不定，便放慢了脚步。

“好吧，我把他打发到希夫卡特那里去，”利文撒尔打定主意，“我管它呢？就这么干，如果这样还不行的话，我们再说。只是希夫卡特会怎么想呢？”但是他已经失去了希夫卡特的好感，希夫卡特曾在餐厅里怒目瞪视着他，因为他没有对他的笑话发笑。“贸然登门比由我出面介绍更为妥当。既然他如此迷信门路关系，让他自己去想办法吧。”

晚饭前他回家换了件干净衬衣。阿尔比出去了。屋子里又脏又乱，真叫利文撒尔作呕。垃圾堆在厨房的地板上，桌子上还有残汤剩饭。“他待在鸡毛店里都比待在这儿表现好。他就是要做给我看呢。”利文撒尔寻思着。他将厨房打扫干净。拿着畚箕弯下腰时，他感到面部的皮肤奇异地绷紧了。他把扫帚扔到墙角，洗了洗手，然后就离开了。

哈卡维夫人在门厅里迎接他，她说：“听说你侄子的事，我非常难过。”搞得利文撒尔十分狼狈。因为刚刚在电梯里他还一直在想着米基呢。“丹尼萨特医生告诉了我。我相信他也尽了全力。”

利文撒尔含含糊糊地说他也这么想。由于他心慌意乱，所以比平常更加深切地意识到同哈卡维家的一员见面时的紧张感觉。他喜欢他们，他们待人亲切，但他从来未能和他们形成一种令人满意的平衡。哈卡维夫人的言谈举止活像她的儿子，快乐活泼，反复无常，然而她的活泼里潜藏着一种持久的忧郁，它偶尔冒出来，使他惊讶不已。

“总有一天科学会征服死亡，”她说，“上星期天的《时报》有这方面的专题讨论。”

利文撒尔竭力振作起来回答说：“我希望……”

“噢，看起来很明确。然后将不得不控制人口的规模。不过科学也能计算出来的。智能足以解决一切问题。这个人发现了一种东西能使组织长生不死。看来我们的有生之年是没有多大指望了。那是子孙后代的事。尽管如此，我们还必须充分利用它。记得班廷先生[①]的父亲在发现胰岛素的前一年死于糖尿病。而这位博戈英列茨先生由于心脏功能衰竭不能利用他自己的血清最终死去了。阿萨，那孩子多大了？”

“三岁半，四岁……”

她的怪异似乎消失了。只见她转动了一下眼珠，带着一种亲切的突发的意味和他的视线相遇了。

“是那个住在昆斯区的弟弟？”

“斯塔腾岛。”

“阿萨，有时候我觉得自己这把年纪还活着，而孩子们中途夭折真是罪过。”

他无言以对。

“但是我可没有夺走任何人的寿数。”她说着，又恢复了她的古怪。那古怪的神情在她绿眼圈围着的眼角上闪动着。

“妈妈。”朱莉娅喊道。

“男人都在餐室里，阿萨。餐具柜里有各种酒。”她的脸泛起了红晕，转过身，她穿着肩部有装饰的蓝色晚礼服，臀部显得很宽。

客人们他一个也不认识，他们正在玩皮纳克尔牌[②]。他感到失望。他原来希望能见到施洛斯伯格或者希夫卡特。

“来一把？”哈卡维说。

“不，我不玩。还有别人来吗？丹？”

“我们期待着再来几个人。”哈卡维说。他全神贯注地玩他的牌。

利文撒尔给自己斟上一杯葡萄酒，取了块钻石形的撒着白糖的饼干。忽然他想起了买的礼物，便把酒一饮而尽，从口袋里拽出礼包，走进厨房。炉灶上方烟雾腾腾。朱莉娅正从油里捞出一滤罗炸土豆，她一

① 班廷爵士（1893—1941），加拿大医师。1921年与另外两名科学家共同发现胰岛素，1923年获诺贝尔医学奖。

② 皮纳克尔牌：一种纸牌游戏，48张牌，供两人或四人玩。

边扭过脸躲着喷溅的油星，一边紧张地嚷嚷着："妈妈，妈妈，别让丽比过来。"

"走开，宝贝。朱莉娅，别急着捞土豆，还没有熟呢。"

利文撒尔拿着礼包走上前去。

"我给小姑娘买了点东西。"

"噢，你想得真周到，"哈卡维夫人说，"你自己还有那么多不顺心的事。"

利文撒尔没有反应。

"给，"他说，"生日快乐。"

包装纸上贴着一个金色的封印，丽比迅速地瞄了他一眼，接着便动手摘掉了它。

"连一声'谢谢，利文撒尔叔叔'也没说。"朱莉娅面露愠色。

"朱莉娅，孩子只是怕羞，紧张而已。"

"说谢谢，你这小家伙。"

小姑娘跑进了门厅，利文撒尔回到餐室。他又喝了一杯甜酒，然后又是一杯。

"进来坐坐。"戈德斯通招呼道。

他摇了摇头，懒洋洋地靠着餐具柜用胳膊肘撑着自己，细细地呷着酒。这是第四杯了，他开始感到一种沉重的、令人酥软的、混沌沌的暖意。他觉得格外地心明眼亮，真是能明察秋毫，能捕捉住一举一动，仿佛醍醐灌顶一般清醒。红色的皮垫上纸牌噼噼啪啪地响着，他转而注视起那些洗牌的、发牌的、摆弄钱的手，各式各样的骨节和手指。哈卡维的双手白皙，指头尖尖的，模样挺普通。他旁边那个人的手则青筋暴起，毛发密布，大拇指朝后翻着，黑乎乎的，也许是被铅染黑的吧——他可能是位油漆匠。他的手掌通红，粗笨的手纹纵横交错。"操劳的手啊。"利文撒尔思忖着。然而这双手玩弄硬币却相当柔软灵活，又是数，又是掷，手法娴熟，轻松自如。

离开餐具柜，他随意走进昏暗的起居室，点了一支雪茄。他感到心脏和大脑里的血液汇成了一种浓烈的混合物，基本上令人愉快，也有点难受。不过，些微的苦恼也是愉快的组成部分。他呷了口酒，舔了一下杯底，又把酒杯在手腕上擦了擦免得留下圆印子，然后把它搁在一张小桌子上。门厅里传来哈卡维夫人的声音。“子孙后代！”他咧开嘴笑了。“我的主啊！”他有些站不稳，四肢沉重，就坐下了。

过了一阵，他看见哈卡维进了屋，显然在找他。他待在角落里喊了一声。

“嘿，这儿！”

“噢，藏起来了，在悄悄地抽雪茄。房子给挤得满满的，妈妈和朱莉娅开始上菜了。”利文撒尔听见餐室的镶木地板上有椅子刮擦的声音。

“喂，你估计希夫卡特今晚会来吗？”

“我想他没有受到邀请。你找他干吗？”

“你说那天我是不是给他留了个坏印象？”

“我知道你留给我的印象确实不佳。我从来没有见过这种犹太心理的表现。你对迪斯雷利的态度令我吃惊。”

“不，我不是那个意思。他跟你说了什么没有？”

“什么也没有说。难道你老毛病又犯了——担心人们是否喜欢你？”

“我想跟他打听些事……看看他会怎么说。他会不会帮我解决一个人的问题。”

“是帮谁的忙呢？”

“谁都没关系，对吗？”利文撒尔说。

“是，没关系。你不一定非得告诉我不可。”他的口气已经有一丝恼怒了。

“是谁都无关紧要的。”

“我愿意对你有所帮助，但是我可不和你耍花招。尤其当你有点醉意的时候。我看见你喝酒了。”

“啊，你帮忙的机会多的是。”利文撒尔说。

“那么，肯定是那个没名堂的家伙在纠缠你了，”哈卡维说着，突然扑哧一声，仿佛发现了一件可笑的事，“是那个家伙，对吧？”

利文撒尔闷闷地点了点头。

“有什么秘密吗？”

“没有秘密。”利文撒尔嘟囔了一句。

“为什么你必须帮他？他想要什么？我不明白希夫卡特怎么会牵扯进去？”

“唉，丹，这个阿尔比对电影剧本感上了兴趣，他发现希夫卡特是电影界的，由于他曾经向《迪尔周报》介绍过我，他要求我在希夫卡特那儿为他做同样的事。主要是这个缘故我才干的。”

“你知道希夫卡特并不搞电影剧本。他打交道的是演员，物色人才。”

“阿尔比以为他没准儿在哪儿有关系。我不这么看，但是他问起我，所以我想……唉，实话告诉你吧，丹，我不知道该怎么想。我有我的顾虑。但他确实让我和鲁迪格见了一次面，所以我想，‘算了，让他也去见希夫卡特吧，我干吗为希夫卡特负责呢？我表示我的良苦用心就还了这份人情’，如此等等。就是这么回事情。”

“我不相信。依我看他把你搞得团团转了。”

哈卡维夫人种的一株植物立在利文撒尔背后。他闭上眼睛往后靠时感到一片叶子轻轻地擦了他的头发。

“他怎么叫你上了这个当呢？”哈卡维说，“他从哪儿知道希夫卡特的？”

“他碰巧在房子里看到了一张希夫卡特的名片。”

“所以他缠着不走。你一定助长了他的气焰。记得我们曾经得出结论他是个疯子。”

“那是你的结论！”利文撒尔莫名其妙地激动起来，他挥了一下手臂，“结论是你的，那是你说的。你拿他和你的姑妈比较。”

“哟，今晚你的脾气真够躁的。我俩都得出了同一个结论呀。”

“不，不是！”利文撒尔拒绝听他讲下去，“我坚决否认。坚决否认！”

“如果你没说，我又是打哪儿知道的？真不明白。我还没见过那人呢。反正那有什么关系呢？那也值得争吵吗？我发现你有点糊涂了。当然，你喝了一点儿酒，或许这可以说明一点你那可笑的行为的原因。是的，非常可笑。我向来认为你不懂得爱惜自己。我看得出这个人在要挟你。他缠着你，你一谈起他就激动，你准备打发他去见希夫卡特……”

“只要能甩掉他，把他打发到哪里去我都愿意。”利文撒尔说。

“瞧瞧，除非你陷得很深，否则你不会说那种话的。我看得出你隐瞒了事实，即便没心计的人也不难看出的。我除了提醒你认真对待以外，再帮不了什么忙。你不再是小孩子了。”

“丹，你认识希夫卡特。这件事非办不可。告诉我……”他抓住了哈卡维的手。

“你自己看着办吧。”

“是的，我会办的，但是我想要你……”

“我们最好进去。他们肯定在等我们。明天你的脑袋瓜清醒一些了我们再谈，如果你愿意对我开诚布公的话。”

客人们，全部是男性，已经脱掉了他们的外套在高背椅上落座了。在厨房门口正同哈卡维夫人讲话的那个人，是施洛斯伯格先生，他刚刚到，还穿着褐色的轻便大衣。利文撒尔道了声晚上好。施洛斯伯格回答说：“你好啊？”可是他似乎记不得他是谁了。“几周以前在十四号大街。”利文撒尔说。

“他记性不好。”哈卡维悄悄地说。他把利文撒尔拉到餐具柜前的一排椅子里面。

在桌子对面，利文撒尔认出了他看打牌时观察的那双通红的手的主人。他叫卡普兰，他的脸就和手一样，红通通的，而且布满了皱纹。他有双锐利的蓝色的斜眼，好像——利文撒尔心想——他企图戳破苍天，结果却弄歪了自己的眼睛。他刚刚举起一杯白兰地说："敬大家一杯。"

"干杯，"有人说，"明年万事如意。"

利文撒尔听见朱莉娅说："去年我们筹办了一次儿童聚会。实在是伤脑筋。这回我们决定邀请大人。"

"现在可以吃了吗？"戈德斯通问道。

"应该先上蛋糕，"哈卡维夫人说，她向众人解释道，"面包房的一些人不太小心。一些糖霜粘在蜡纸上剥掉了。我们尽力修补了一下。"

朱莉娅把插着七支蜡烛的蛋糕放在餐桌上。丽比盯着火苗站着，她的眼睛同她姥姥和舅舅的眼睛非常相像。

"吹呀，孩子，"哈卡维说，"一次吹灭，最幸运了。"

但是丽比伸出手想捏一滴熔蜡。

"丽比，亲爱的……"她爸爸在旁边催促。

"大伙儿等着呢，"朱莉娅不耐烦地嚷着，"你是不是宁愿被倒挂在衣橱里面？"

孩子低头面朝着蜡烛的光圈。利文撒尔看见蜡烛明亮的影像映在她的眼睛里和白皙的额头上。她吹了口气，桌面上飘起带着蜡味的白烟。客人们鼓掌欢呼起来。

"可爱的小宝贝。"哈卡维对利文撒尔说。利文撒尔点点头，眼睛仍旧呆呆地瞅着蜡烛。朱莉娅和孩子的外婆吻了吻她。

晚宴开始了。利文撒尔的衣服，尤其是他的衬衫，紧绷绷的硌得他生痛，他解开衣领，向哈卡维抱怨说："它割人的脖子。"但是哈卡维同一位坐在戈德斯通和朱莉娅之间的本杰明先生恢复了那天晚上早些时候就开始的一场争论。利文撒尔先前在门厅里注意过本杰明，他穿的鞋有一只是特制的，脚步格外沉重。他的肤色像个印度人，一头短短的花白鬈发，布满褐色雀斑的嘴唇带着一丝嘲讽；在他相距很远的黑眼睛里有一个黄斑。本杰明在推销人寿保险，而哈卡维却对保险公司进行了猛烈地抨击。“卡多佐[①]的调查里面都有，还有必要再多说吗？取之于客户的钱又用来坑害客户。”“我想不明白，哈卡维，”本杰明先生说，“都是生意，为什么偏偏要诋毁这种呢？你应当统统反对才是。应当反对政府。你是个外行，哈卡维，外行。我留心听了你引证的专家的论据。你必须为法规为秩序付出代价。那是一种约束。人需要约束。和某些东西相比这是一种轻微的约束。”“嗬，我的老兄，你可是反动得够呛。”哈卡维说。“所有的银行和生意你都反对吗？”本杰明先生问道。“见鬼，当然反对。”哈卡维提高了嗓门。“那让我们听听你设想的是种什么制度？”本杰明先生的尖刻几乎抹去了他的笑容。

“别吵了，丹，看在上帝的分上。”戈德斯通说。

“我会让你慢慢接受它的，”本杰明说，“难道你不想赡养你的亲人？我们别再争论最完美的体制了。现有的体制还运行着呢。”

“它不可能长远。你根本不知道什么时候一切都将在一夜之间荡然无存。”“但在此期间……”哈卡维夫人打断他的话：“丹尼尔，你太耸人听闻了。我不乐意听你这样说话。”“妈妈，我说的是千真万确的事实。从前就有过一些大机构和人物，他们自以为会万世永存呢。”“你指的是英萨尔[②]？”他左首的那个人说。“我指的是罗马、波斯、中华大帝国！”

本杰明先生耸了耸肩。“今天我们必须生存，”他说，“如果你有个

---

① 卡多佐（1870—1938），美国法学家，曾任美国最高法院法官，罗斯福新政期间为自由派代言人。

② 英萨尔（1859—1938），美国公用事业巨头，1892 年成为芝加哥爱迪生公司总经理，他的企业在上世纪三十年代大萧条时崩溃。

儿子，哈卡维，你就会让他上大学。谁会去等待着弥赛亚[1]呢？在欧洲老家流传着一个小城镇的故事。那城镇在一座山谷里，非常偏僻，所以犹太人担心弥赛亚来的时候找不到他们，于是就建了一座高塔，还雇了城里的一名乞丐整天守在里面。乞丐的一个朋友碰到了他，便问道：‘你觉得这活儿怎么样？巴鲁克。’他回答说：‘工钱倒不高，不过我认为它是种稳定的工作。’”餐桌旁一阵哄笑。“对你来说，倒有一点儿寓意！”本杰明突然加重了语气说。利文撒尔觉得自己开始露出了笑容。“确实！”卡普兰喊了一声，把手搭在本杰明的肩膀上。哈卡维夫人红着脸抬了抬兴味盎然的眉毛，用手绢掩住了嘴。

“无论如何，”哈卡维说，“我认为按你们那种方式吓唬老百姓不对。”“噢，何以见得？”哈卡维拧起眉毛。“我知道保险公司的老爷们是如何工作的，”他说，“你去拜访一位潜在的主顾。他就在那儿，坐在办公桌或是柜台后面，身体状况还挺好，你可以说。他有他的痛苦和烦恼，但总体上诸事如意。突然你在那儿开口说：‘你考虑过家庭的未来吗？’也对，人人都难免一死，但你的手段不光明正大，恰恰击中了要害。他独自在夜里常常思考这类问题。我们大都如此，但现在你在大白天里暗算他。他被你吓得够呛以后就会说：‘我该怎么办呢？’而你已经准备好了合同和自来水笔。”“得了，丹。”戈德斯通以遏制的口吻说。本杰明黑里带黄的眼睛瞥了他一眼，仿佛在说他不需要辩护人。“那又怎么样，”他说，“我施人以方便。难道他们不该准备？”

“啊，死神！”有人远远地在餐桌那头吟诵道，“最意想不到的时候你来了。”[2]“对，是这么回事。”本杰明鞋跟一蹭挺起身子指指点点地说。“没错儿。”“我的天哪，”哈卡维夫人说，“生日晚会上讲这个叫人发毛。桌上摆着美味佳肴呢。我们不能找点轻松的话题谈谈吗？”“葬礼

---

① 弥赛亚：犹太人所盼望的“复国救主”。

② 见 15 世纪道德剧《人人》第 119 行。

上的烤肉饼就搬上结婚的喜筵。”①“这首诗究竟从哪儿冒出来了?”戈德斯通说。“是布林伯格。他父亲死了,他才能上大学。”戈德斯通笑了。“严肃点,那边儿的,”他说,“我的表兄弟们。”无意间碰上了利文撒尔的目光他就解释了一句。“我母亲的寿衣是她自己缝制的。”卡普兰说着就抬起斜睨的亮闪闪蓝眼睛看看他们。“是啊,那是种风俗,”本杰明说,“老一辈人过去都是这么做的。也是个好风俗,你意下如何,施洛斯伯格先生?”“对此有许多说法,”施洛斯伯格回答说,“那时候他们至少知道自己的位置,知道自己是谁。如今他们不知道自己是谁,但他们不甘心投降。我最近参加的一个葬礼上,他们用纸草掩盖坟上的土。”“所以,你是站在本杰明一方喽?”哈卡维说。“不,不完全是,”老头儿说,“当然,本杰明的买卖就是吓唬人。”“那么,你是站在我的一方喽?”施洛斯伯格先生有点烦躁。“那不是个人感情的问题,”他说,“你什么都用不着提醒。他们没有忘记。只是他们太忙太精明所以就死不了。这很容易理解。现在我坐在这里,我的思想可以周游世界。有什么能够限制我的思想吗?但片刻之后我可能会死去,就在此地。所以我是有限制的,但我必须完完全全地是我自己。死去的是某一个人,是吧?一开始我就是某一个人。我不是三个、四个人。我生一次,也只能死一次。你想成为两个人吗?超越人性?或许那是因为你不知道如何做一个人。人人都在忙碌。每个人都要把自己变成整整一个公司去做买卖。所以一个股东在乘电梯,另一个在房顶上用望远镜看东西,一个在吃糖,一个在电影院欣赏漂亮脸蛋儿。谁留下来了呢?一个公司怎么会死呢?一个股东难免一死,可公司却活着,继续吃,继续乘电梯,继续欣赏漂亮脸蛋儿。但那是入情入理的,坟墓里的纸草把所有的草做成纸……”“施洛斯伯格总有新说头。”卡普兰说。他一扬眉毛,结果斜眼奇怪地变了样。“他心里有什么,嘴上就说什么。”

---

① 见沙士比亚戏剧《哈姆雷特》第1幕第2场第180—181行。

“真的，”朱莉娅插嘴说，“妈妈说得对，这个生日晚会尽说些什么呀？”

“永远不会不合时宜的。”本杰明说。

“不合时宜？”坐在桌子下首的布林伯格说，“那取决于你的口味。我听说有个水性杨花的法国女郎为了她的主顾，戴上了新娘的面纱。”

“萨米！”哈卡维夫人厉声斥责道。随着一阵哄笑喧闹，又滋生出一场新的对话，而利文撒尔却没有听。趁哈卡维不留神，他又给自己倒了一杯酒。

第二十二章

利文撒尔在哈卡维的长沙发上过了一夜。他还没有完全醒来就开始感到头疼，后来睁开双眼，他甚至感到阴天灰暗的光线也太强烈了，于是把脸转向沙发垫，把被子扯过了肩头。他穿着贴身内衣，光着脚，不过没脱掉裤子。皮带有点儿紧，他便松了松，然后抽出手，揉了揉前额的皮肤。他的目光越过沙发的扶手，凝视着那古色古香的家具，那蕨草，那老式灯上环形打褶的绸罩，还有那地毯上的龙、花和眼睛。他认识这块地毯。那是老哈卡维从一个在黑色星期五[①]自杀了的经纪人的财产中搞到的。

时不时地吹来一阵大风，把窗户"砰"地关上，每当起风时，挂帘子的落地窗便有点儿晃动。气在管子里咝咝作响，暖气片里有一种秋天的气息。利文撒尔的鼻子发干。马海毛扎着他的面颊。他的姿势没有改变。他把眼睛闭上，竭力想打个盹儿，忘掉头痛的难受。

他听到落地窗后有一声响动，便大声说道："进来！"然而没有人进来，他便推开了被子。表带松了，手表滑到手腕的里侧了。时间已经很晚了，他不由地皱了一下眉头——已经快一点半了。他坐起来，向前弓着身子，那贴身内衣软塌塌地挂在他那肥硕的胸脯上。他想要去够鞋袜，不过他的手仍然放在膝上，因为突然之间他连动一下的劲儿都没有了，他吓得大气也不敢出一声。他有一种奇怪的感觉，觉得浑身上下

---

① 指 1929 年 10 月 25 日股票市场暴跌。

没有一个部位不是压着整个世界的全部重量，它压着他的肉体，压着他的灵魂。向上挤压他的胸膛，向下挤压他的胃肠。他凝神思索，嘴唇翕动，像就要说话的样子，然而他只是从鼻腔里痛苦地喷出了一股气。此时他感到，这样打破他一向在起床时不假思索进行的习惯性的活动，尽管令人痛苦，但却是一个发现重大情况的暗藏的契机。他要尽力抓住这个机会。于是他使出全身的力气静下心来，首先初步肯定这世界压迫他，穿透他。他不能超越这个世界，尽管他在努力奋斗。他莫名其妙地激动起来。他坐成一堆，姿势照旧，他那张脏脸对着轻轻地顶着灰暗的玻璃的蕨草。他的鼻孔抽搐了一下。脑海里突然觉得他就像一个矿井里的人，闻得见烟，觉得出热，却总是看不到火焰。随后那种钳制和那种难以捉摸的机会一起消失了。他在地毯上踱着步，双腿直打哆嗦。他走到窗前，听到风在呼啸，它摇撼着六层楼下面那一片楔形公园里的树木，撕扯着屋顶的电线，吹开云层下冒着的烟，把它像石蜡上的油烟一样驱散。

他穿上衣服，觉得轻松了些。衬衣袖口脏了，他把它从下面卷了上去，转换了一下袖口链扣。他把领带塞进口袋，打算洗一下再用。他撤去沙发上的东西，把单子和绸被叠起来，放到一把椅子上。他打开落地窗以后，本来以为会在门厅碰到哈卡维夫人或家里的一个人，然而，他不知道为什么房子里静悄悄的。哈卡维黑乎乎的房间门开着，床上是空的。利文撒尔打开灯，看见裤子整整齐齐地从梳妆台的顶层抽屉上吊下来，背带盘在地上。一本摊开的杂志盖在灯上。

哈卡维独自坐在厨房里。胳膊肘旁，面包片烘烤机在咔哒咔哒作响，电炉上热着一壶咖啡。他在睡衣外面套了件灯芯绒的夹克衫，是件有腰带的夹克，上面还钉着大皮扣子。他的一双光脚交叉着架在一把椅子上。绿拖鞋掉在地板上。

“早上好，”哈卡维一副顽皮相，“你这个享乐虫。”

“早上好。家里的人呢？”

“到老希夫卡特家吃生日晚餐去了。”

“你怎么不去?”

“我要有机会睡个大懒觉，去长岛干吗?他们九点就走了。”

“我希望你不是因为我才待在这儿的。”

“你?才不是呢，我想睡觉。如果假日还早早起床，那假日就要人的命了。”他摸了摸金绿色的夹克，“我喜欢吃一顿晚晚的、静静的早餐。这是单身汉的习惯。只要不结婚，我就要坚持享这种清福。”

厨房的灯光从瓷砖和白色冰箱上反射过来，利文撒尔觉得太刺眼了，便稍稍避开了一点。

“你觉得怎么样，不太舒服?”

“头痛。”

“你不习惯喝酒。”

“是的。”利文撒尔说。这句玩笑话惹恼了他。

“昨天夜里，你眼睛特亮。”

他怒目瞪视着他。“亮了又怎么样?”

“不怎么样。你明白我并不是在责怪你，只是喝得有点儿过量。你也许有十足的理由。”

“你的阿司匹林在哪儿?”

“在洗澡间，我给你取去。”哈卡维要站起来。

“待着吧，我找得到。”

“来杯咖啡。这对你好处更大。”他把脚从椅子上放下来。这双脚又长又白，脚趾细得像手指头。

利文撒尔给自己倒了杯清咖啡。咖啡很苦，又在他舌头上沾了一些渣，不过他觉得这让他好受了些。

哈卡维叹了口气。“我自个儿也有点儿不舒服。不过不是因为喝酒，是激动、争论之类的事造成的。妈妈她七点就起床，把什么都收拾好了。她劲头多足呀!她的母亲——你觉得又是一堆乏火。她活到了九十四岁。你记得她吗？在乔瑞尔门街？”

“记不得了。”利文撒尔想再次捕捉到打断他穿衣服的那种感受，但发现那感受荡然无存了。

“我是另一种类型的人，”哈卡维说，“磨破剑鞘的剑，但是有的老人……比如说施洛斯伯格吧，他还在养着他的家，他那个不争气的儿子，还有几个女儿。这老家伙有时候好说大话，不过你还不得不承认这人的好处。他的情况就是‘碰碰我，你就算碰了一个男人’，而如今你是无法经常肯定你碰的是什么玩意儿。我时不时地要和他做做对，因为我喜欢精彩的辩论。那些不肯辩论的人我信不过。”

渐渐地哈卡维的举止产生了一番变化。他没精打采地坐在椅子里，两个脚后跟叉得开开地登在油地毡上，手臂搭在椅背上；他的一双长着发白的汗毛的手上布满青筋。在明净的眼圈下面，他的眼皮好像突然发红了，发炎了。但他又开始说起来，神经兮兮地把脑袋闪开，就好像他已经把一种反对意见搁置一旁似的。

“为什么你不把昨晚谈的事儿和盘托出呢？”他说。

“有什么可和盘托出的？”

“这就让我摸不着头脑了，我一直在考虑它。按照你所说的有关他的事，你应当安排这个……”

利文撒尔没有把脸从杯子上抬起来。“昨天我们盘算过了。我给你讲过《迪尔周报》的事。”

“他准是咬住了你的尾巴。”

利文撒尔沉吟着：“这不过是他好奇，为什么我要满足他的好奇心呢？那个星期天他本来是能够帮我解决难题的，可他和戈德斯通以及他的朋友们一起走掉了。而现在，因为他心里痒，想知道，我就应该说了。”他决心不让他称心，然而，杯碟在他手中抖了一下，于是他把它抵到胸口上，低下头，直到下巴底下，下颏一带出现了皱纹。他思索着自己的软弱，他变得多么软弱呀，甚至连哈卡维也能让他发抖。

“你怎么对他改变看法的？你说过他是个疯子。”

“不，是你说的。”

“那也是根据你提供的情况。你告诉我的事就是我所有判断的依据。看起来好像他确实在你身上做了工作，骗取了你的信任。”

利文撒尔硬忍着不予回答。他一直低着头，显出一副难耐的神情。

哈卡维坚持道：“难道他不是吗？”

利文撒尔擦嘴的时候把嘴唇紧绷在牙齿上。“我准是想上当。”他说。

“那我就没办法了。你来跟我谈起他的时候，你气得恨不得要绞死他。他指控你的罪行，为他妻子遇到的问题和没遇到的问题而责怪你。现在你倒要把他介绍到希夫卡特那儿去。除非是我弄错了，否则你准是在糊弄我来帮你。当你向我问起希夫卡特的时候，我简直不能相信自己的耳朵。像那样一个人会给他留下什么印象呢？为什么你让他旋在跟前？你不是告诉我他在你家捡到了希夫卡特的名片吗？况且，你也知道希夫卡特帮不了他什么忙。”

“那倒也是。”

“那他从哪儿知道希夫卡特能帮他的？”

虽然利文撒尔知道自己犯了个错误，但他还是说，而且从某种程度上违心地说：“我想他相信那完全是个犹太人组织，希夫卡特能够替他走走后门……犹太人对犹太人总能起作用。”

“不！”哈卡维叫道，“不！”他的双手挥向自己的脑袋。“你在想方设法为他办事！不管怎么样，你是不是自觉自愿？伙计，你知道这让我怎么想你？你脑子是不是正常？”

他的厌恶使利文撒尔大为震惊。

“你瞧，丹，这事我不想再往下谈了。不要逼我。我向你打听打听希夫卡特。你却告诉我你怎么想的……咱们就此打住。”

“可他是怎么做的？”哈卡维声如洪钟，“他抓住你的什么把柄了？这是不是敲诈？你是不是做了什么？”

“没有，什么也没有……我一直有许多烦心事。你听说了吧，我的家庭。还有玛丽走了，这对我也是件痛苦事。我的神经不太好。我觉得自己一直在努力甩掉什么东西。你对我也帮助不大。就让我单独用我的办法来解决这件事儿吧。”这事太麻烦，他又一下子说不清；要求又过高，就像是在恳求。他的手不再像以前那么稳当，他放下咖啡，把一些洒到了碟子里。

“你们之间到底是怎么回事？他是怎么摆布你的？开始你来抱怨他，接着我得知他的话就像‘长老议定书’[①]，可你却事事有理。”他怒不可遏地捶着金属桌子，脸和拉长的喉头都在冒火。“对犹太人起作用！”他吼道。

利文撒尔默默地责备着自己。“这真是个错误。我不该说的，怎么就说漏了呢？我甚至也不敢肯定阿尔比就是这个意思。”

他对哈卡维说：“别发火嘛。我明白这似乎很糟糕，但你不了解实际情况。我会比你作出更好的判断。”他压低了声音以便控制。

“实际情况？你在让这个人给你干什么？你发疯了？”

“别犯傻，丹，”他叫道，“我知道你是好意，可你失去了自制。在你说这种话之前请想想我的母亲。你知道我母亲的事。我推心置腹地跟你谈过她的事。你心里还是不明白它的意思。”

这让哈卡维一时哑口无言。他看起来有点儿不高兴。其实，他是在清嗓子。他打量了他一会儿，接着说：“那好，你是个特权人物。你是唯一的一个母亲发疯死掉的活人。”他立即换了另外一种语调，使劲拍了一下手。“推心置腹，什么实际情况？有关希夫卡特的这件事简直是一派胡言，根本不值得一谈。但是你呢，你准是精神恍惚。告诉我，发生了什么事，瞧你这副样子！”

---

① “锡安长老议定书”，俄国警察们伪造的欺骗性文件，用意是“揭露”犹太人要颠覆基督教文明，建立一个世界国家的图谋。此文件 1902 年在俄国公布，1920 年他被译成多国语言。

“怎么啦？”

“你看起来像个魔鬼。”

“我吗？嘿，我告诉过你。首先是孩子的死。”

“昨晚你喝醉的时候，倒还老实。你承认你想把那个人的脖子拧掉。别用孩子做挡箭牌了。那不好。那不老实。醒醒吧！生命是什么？新陈代谢？那是臭虫的生命。天哪，不！生命是什么？意识，就是这个。这正是你所缺少的。看在上帝分上，把你自己推一推，摇一摇吧。这是件危险的事，阿萨，这件事。”

利文撒尔茫然不解地望着哈卡维。

“哎，如果我明白我就不是人，”他最后说，“首先，我来找你，是你告诉我威利斯顿的事的……”

“还有呢？”

可是利文撒尔不肯往下讲。

“还有呢？下面是什么？”哈卡维往前坐了坐说。

停顿了一会儿利文撒尔才说：“喂，我要找阿司匹林。”他站了起来。

“好吧，你不需要我的帮助。我也不能硬要你接受它。上帝保佑你。你本来是有机会卸掉身上的包袱，得到一些建议的。你有多少个朋友？”他把一片面包放进烘烤机，把拉杆压下去。

在哈卡维夫人的药物橱里，利文撒尔从那些洗剂瓶、香水瓶和粉盒中间找到了阿司匹林，就着水龙头喝了口水把一片吞了下去。他往水池里注满了温吞吞的水，把袖子往上一抹；淡绿色给他一种愉快的感觉。他把手浸进去，然后扫了一眼带着粗粗的镀镍喷头的浴盆。衣橱敞着门，散发出一种干巴巴的肥皂香。利文撒尔拿了条毛巾，放下金属塞。“我要洗个澡，如果你不介意的话。”他冲着哈卡维喊道。

“洗去吧。”

水龙头的水哗哗地流着，利文撒尔关上门，开始脱衣服。房子里变得热起来。冒着热气的水在轰鸣着，他坐在浴盆边上往自己那黑乎乎、毛烘烘的身体上涂皂沫，显得精力充沛，全神贯注。不知什么原因，水龙头的喧嚣声反而使他感到轻松。他一边躺下任水冲击，一边对自己说，好像在自我庆幸："他从我这儿什么也没得到。"他抹了一把胸膛，把胸毛上的泡沫捋掉。"如果让我自己管自己的事，我会过得很好的。"他想。他关了凉水龙头，热水龙头还继续流着，水是绿的，里面带点儿白色影子和一线蒸汽。

他不知道马克斯在爱琳娜身上取得了什么成功。他当然关心他，不过他主要担心的是菲利普。如果事实证明马克斯关于爱琳娜的看法是错的，那么他将不遗余力地去救菲利普。他暂且不去考虑自己。最终，他还是得考虑的——倘若马克斯对爱琳娜看法是对的，而他是错了的话。像这样一个错误的根由是不能忽视的，得深挖细查出来才行。不过要等他有力量行动时再挖，现在不行。从他手中的一块肥皂中融下的一圈肥皂沫在水面上扩散开来。

他揩干身体时，心跳得很快，然而，他的头痛却快要消失了。他感到神清气爽，几乎有点快活。他走进厨房，哈卡维已经摆好盘子，正在炒鸡蛋。

直到早餐快吃完的时候，他才感到一阵畏缩，一股生疼的电流穿过他那煎熬过度的神经。他不能再跟阿尔比这样耗下去了。够了，得结束了。他天天都盼着听到玛丽要回来的消息。如果她在这种局面结束之前回来会怎么办呢？他挥去了这种恐惧，如同从脸上挥去一只纠缠的昆虫一样。阿尔比也许会想，因为他昨天没在家过夜——他会想什么呢，他害怕他吗？这会使他有信心提出新的要求。他可以把他介绍给希夫卡特。不仅如此，不，他必须从那房子里滚出去。"够了！"他暗暗地下了决心，"够了，够了！"他"当啷"一声丢下叉子。哈卡维投去一瞥询问的目光，他看起来像平常一样不紧不慢的，多少显得有点儿郁郁不乐，但却镇定自若。他重新拿起叉子，碰了碰他的食物，可是他一口也咽不下去。

第二十三章

四点半，他动身回家。风已经小了，天空冷清清的，很快就暗了下来。小公园里，飘落的树叶像生锈的炮弹皮，在小路上沙沙地翻滚，踩在脚下喀嚓作响。树上摇曳的叶子像破布似的已经不大有绿意了。一股潮湿的暖气散发着石头的气息，从地铁里升腾起来。透过格子板，利文撒尔瞥见路基上死气沉沉的灯光和同步延伸、显得灰白刺目的铁轨。门窗关闭的褐砂石房屋显出一派秋色，被脚磨光了的下水道钢盖，也是同样的面目，发出刺目的光。夏天似乎过早地结束了，天气阴冷。那些出城度假的人大概会在海滩上架起火来，这都是些没有挤上火车及时回城的人。

利文撒尔在他房子对面的人行道上停住了脚步。楼里所有的窗户都黑着。门厅里的小红灯似乎嵌进了扇形窗，把它血红的颜色射进各个角落，一直照到磨得亮晃晃的、有花饰的后面楼梯扶手的顶端上。努涅斯太太的葡萄藤，密密地向上伸展着，在绷紧的绳子上结成一团摇曳着。"他出去了。"利文撒尔自言自语道。他被惹怒了，仿佛阿尔比是为了折磨他才离开似的。不过，事实上，现在先回家倒是对他有利，因为直到目前为止，他还没有想好该怎样对付阿尔比。这会儿，他一边上楼梯，一边时不时地用手触摸着挂满灰尘的凹面墙，心想："我该怎么办？"然而，他心乱如麻，根本想不出什么办法来。他突然对楼梯平台的数目萌生了兴趣，便风风火火往上爬，直到他发现一个灭火斗，沙子里埋着一些香烟头，他心里纳闷，这地方为什么不像以前那么眼熟了。上到四楼时，他把背靠在墙上，在两个口袋里找钥匙。他掏出一把零钱和钥匙，然后在微弱的灯光下把钥匙挑出来。他觉得房子里好像有动静。也有可能阿比尔一直在睡觉，现在刚刚起床。怪不得窗户黑着。他敲了门，把耳朵贴在门扇上。他确信自己听见了脚步声。

在锁头里转动钥匙的时候，他心神不定。门开了几英寸的一条缝，接着就撞在什么东西上面，“嘎啦”一声卡住了。他把手从门缝里塞进去，摸到了门链。难道房子里有贼？他正准备跑下去叫努涅斯来或者打电话报警，这时听见阿尔比说：“是你吗？”

“挂上链子干什么？”他问道。

“以后再给你解释。”

“不行，你马上就给我解释。”

但是链子仍旧原封不动地挂在那儿。利文撒尔竭力按捺住自己，可是，不一会儿，他就用拳头把门砸得直忽闪，他在门外等待着，盯着门上旧式瓷漆上黑色的裂纹。接着，他又猛砸起门来，一边怒气冲冲地喊着：“喂！开门！”停手以后，他听见一个低低的声音，透过门缝一瞧，他看见阿尔比的脸，或者勿宁说是阿尔比脸上的一部分，他的鼻子，他那肥厚的嘴唇，还有带着一丝流连不去的恍惚神态的一只眼睛和眼睛下面那熟悉的斑点。

“快开门！”他对阿尔比说。

“不行，”阿尔比小声说，“过会儿再来好不好？给我十五分钟的时间。”

“我一分钟也不给你。”

“那就十分钟吧。和气些。”

利文撒尔朝门冲去，忽地一转身，侧着身子压低肩膀撞着门，脚趾蹴在瓷砖地上。他紧紧抓住两边的门框使劲推。这时，他听见里面有两个人的声音。他再次拼命一冲。门链断了，他一下子撞到门厅的墙上。站稳了脚后，他冲进了客厅。阿尔比赤条条的，模样寒碜极了，站在一个正手忙脚乱地穿衣服的女人身边。他在一旁帮她的忙，从床边椅子上的一堆衣物中拿起长袜和内衣递给她。她已经穿上了裙子，可是，自腰以上，一丝不挂。她把他拿着长袜的手拨开。她弯下腰把一根手指戳在鞋后跟旁边，把一只脚硬往一只鞋里挤。她的头发遮住了脸。不过，利文撒尔觉得自己还是认出她来了。努涅斯太太！真是努涅斯太太？这吓得他毛骨悚然，刚要发出的尖叫也给噎回去了。

她对着灯光，弯下腰去——只有床灯亮着，小小的光圈照在七扭八歪的床单和小地毯上；她把衬衣的右边翻了出来。她那双惊恐的眼睛冲着他闪烁，她把一只胳膊往袖子里塞时，一对乳房沉甸甸地垂了下来。这时，阿尔比赶紧跑到门口，关上了门。他回来穿上衬衣，就是那件他在二马路上买的新衬衣。硬撅撅的领圈和脖子不搭界。然后，他往上蹬裤子，穿上一条腿后换另一条腿，险些儿栽倒。他喘着粗气，朝下看着；扣扣子的时候，轻声轻气地对利文撒尔说："起码也该到别的房间待一会儿，等她走了再说。"

"你也出去。"

他垂下了脑袋，利文撒尔从他的表情里判断不出他是在恳求他，还是在命令他。他又愤怒又轻蔑地看了他一眼，就向厨房走去。那女人转过身来，他把她看得清清楚楚。她在梳理头发，胳膊肘迅速地在头上移来移去。她是个陌生人，不是努涅斯太太，只不过是一个女人罢了。他感到如释重负，但同时又想起了他的猜疑，感到一阵剧痛。她是个大块头女人，臀部肥大，肩膀很高，衬衣上的竖条子使她的双肩看上去方方的。她高高的个头，黑黑的头发，相像之处仅此而已。她的两只眼睛形状不规则，一只大，一只小。她正是用那只更有神的大一点的眼睛回了他一眼。她的笑容很不稳定，有点愤愤然。他在她身边逗留了一会儿，把她在闷热的房间里散发出的强烈的脂粉味或者香水味吸了进去。她把一个白色的梳子别到头发里，然后就从他身边走开了。

他"砰"地关上了厨房门，摸黑站在颤动的冰箱旁，等待着，听着低低的说话声。他并不一定要听清楚他们谈些什么。脚步声响了起来，是女人走路的声音，她朝着门口走去。他缩了回去，主要是因为她的缘故，为了不伤害她。这不能怪罪她，或许阿尔比没有告诉她这房子是别人的。他脸皮真厚，真是厚颜无耻！利文撒尔感到深恶痛绝，几乎叫喊起来。他龇牙咧嘴，把一张脸扭曲得狰狞可怕。真是龌龊透顶！冰箱轻轻地颤抖着，但总算恢复正常，运转起来，杂乱无章、没完没了地运转着，运转着。他的眼睛正好平视着冰箱的白色冠顶；他能看见里面蓝色的闪光。房子里再唯一能看见的东西就是煤气炉灶黑黑的孔眼和蜘蛛网似的铁条里的常燃小火，也是蓝色的，一种更深的蓝色。

那女人的目光仍印在他的脑海里。她的香味仍然滞留着，那气味似乎充斥在房间里不肯散去。门厅里还有说话的声音。利文撒尔走进餐室。长沙发上皱巴巴的床单和灰得几乎发黑的枕头上扔着报纸、内衣裤和短袜。在窗帘之间的窗台上，他发现了一杯咖啡，里面漂浮着一粒一粒的霉菌，还有食物的残渣。

外门关上了，他大步走进了客厅。

“喂，”他一出厨房门阿尔比就说道，“我以为你出城度周末去了呢。昨晚你没回来。我以为……”

“你以为你应该从街上捡来一只野鸡。”

“不……等等。”他发出一声急促的、有点儿喘不过气来的笑声。“我知道我有一种堕落的天性，可我从不装腔作势。何必那么激动呢？你可以等我几分钟嘛。”他以抚慰的语气说着，表现出一种滑稽的懊恼。他脸色灰黄，双唇发干。笑容隐隐地固守在嘴角，那是一种自夸的微笑。

利文撒尔的脸一下子通红起来。“竟然在我的床上！”

“噢，长沙发太窄了。没有地方接纳一位女士……我想稍微宽展一些……”他说话的口气没有一点儿自信，调笑的时候声音颤抖着，“我看没有什么值得大惊小怪的。”

“哦，你看没有！把你的野鸡搁到我睡觉的地方，你感到很刺激。”

他的深恶痛绝使阿尔比的笑容显得有点异样，微笑变成了嘲笑，一种黄乎乎、热辣辣的色调蒙上了他充血的眼睛。利文撒尔听到他咕哝了一声：“吹毛求疵。”

“你这个伪君子！我还以为你忘不了你妻子呢。”

“别提我妻子！”阿尔比喊道。

“为什么，你不是一直在为她伤心流泪吗？”

“我说你别提她！你不懂的事就别管。”

“我不懂什么？”

“这种事你就是不懂，毫无疑问！”阿尔比厉声厉气地说。他面红耳赤，颧骨好像被打上了火印似的。但他克制住了自己，慢慢地，脸上的颜色消褪了，只留下几块难治的斑点。他似乎硬使自己做了一个撤退的手势。“我的意思是，”他说，“她已经死了。她跟这事又有什么关系呢？很自然，我也有需求，和其他人完全一样。”

“那么她跟其他的事情又有什么关系呢？你这个油嘴子，你用她玩弄了我的感情。好吧，我在乎什么？见鬼去吧。可是，你把这地方弄得像猪窝，我简直都无法进来，你还不满意，你还非把这个女人领到我床上不可。”

“这有什么叫你心神不安的呢？如果不在床上，还有什么地方……”他又一次显出好笑的样子，眨了眨他那双充血的眼睛。“你干什么呢？或许你另有办法，更为斯文，别开生面？你们这种人不是口口声声地说你们同其他人一样吗？你们这么说，恰恰表明你们高人一头。我知道。”

“到餐室里拿上你的东西，给我走。我不想再让你待下去。”

“你根本不在乎那个女人。你只是利用她挑起事端，违背你对我的许诺。唉，我认为，冷嘲热讽这类东西我是见全了。上帝作证，你可真能教训人！我还从没遇见过一个能够比得上你的人。我想世界上总算有了一个实例，来说明人们可以想象得到的一切，不管多伟大，还是多可憎。你当然同其他的人不一样。”他目空一切地看着他，两眼炯炯有神，一副得意扬扬的样子。“你多么关心我妻子呀！但你的本能告诉我你该往哪儿戳，如同昆虫知道在哪儿能找到最多的汁液一样。”

“你这个卑鄙的骗子！”利文撒尔声音沙哑地喊道，“你这个丑杂种，大骗子！我这么说是因为你满嘴谎言，眼睛里是假惺惺的眼泪，嘴里不住地念叨着你妻子的名字。可怜的女人，她可算是跟你过了一种好日子，像你这样一个从狂欢节里跑出的怪物，你信口开河，想起什么说什么。依我看，你甚至不通人情，怪不得她离开你呢。”

“真有意思，你竟然偏袒起她来了。她跟我一模一样。对这你怎么看？我们一模一样。”他喊道。

“喂，滚出去！滚！那女人离开时，我就叫你走开。”

“那么你的许诺呢？”

利文撒尔把他朝门推过去。阿尔比向后退了几步，抓起一个笨重的玻璃烟灰缸，气势汹汹地要用烟缸砸他，喊道：“别碰我！”利文撒尔朝他冲了过去，把烟缸打落在地。他抓住他的胳膊，把他拧过身去，搡进了门厅。

“松手。我走。”他气急败坏地说。

利文撒尔猛地一把把门拉开，撞到了阿尔比的脸上。当利文撒尔把他往楼梯平台上搡的时候，他并不反抗，头也不回地下了楼梯。

利文撒尔气急败坏地栽进椅子里，用力拽着衣领。汗水流进了他的眼睛，一阵疼痛从他的肩膀上延伸下去，直刺胸膛。他忽然想道：“或许他仍在附近闲荡。最好瞧瞧。”他挣扎着站起身来，走到楼梯上。抓着铁栏杆，他朝通风井里望去。里面静悄悄的。他一边往屋子里走，一边想道：“他连跟我对打的勇气也没有。他实际上是恨我。他的块头大，他会杀了我的。”他不知道阿尔比是不是被打在脸上的门撞晕了。那声音仍在他耳边回响。

他停下来，查看了一下门链。U形铁钉只是松动了，可以再砸进去，但一节链环却裂开了。他把断裂的一半扔掉。客厅小地毯的纹沟上有一道长长的、弯弯曲曲的烟灰。他用袖子擦了一下汗，注视着房子，心里感到又是愤懑，又是欣喜，他模模糊糊地感到，这种杂乱动荡是为他的解脱必须付出的一部分代价。

暖气片哧哧作响，房子里热得让人难以忍受。他抬起窗户，弯下腰，把脑袋探出去。他立即听见第三大街地铁列车飞奔而过的巨响压住了街道上持续不断的、潮水般的喧嚣。人们在人行道上一股一股的灯光之间走动着。那是从对着铺地毯的地板和形形色色的家具的窗户里透出来的光；人们穿过凸出到剧院前面的玻璃笼般的光圈，走进阴影里，那些只不过是汇入更深的阴影的支流，再远一点，就注入了灯火辉煌、充满沉闷吼声的巨大洞穴。“他是不是在附近什么地方？”利文撒尔问自己。他认为阿尔比不见得就在附近。当然，他清楚，今晚以后，他对这儿再也不抱希望了。但是，他原先究竟希望干什么仍然是个谜。向希夫卡特去引荐的主意完全失去了意义；那是一个随机应变的要求，逢场作戏而已。他能看出这一点，这使利文撒尔感到相隔很长时间以后他又要变成他自己了。

微风很快就把他吹凉了。他把头缩了进来，打了个冷战，坐了下来，把窗台上的粗砂从手掌上拍打掉。他感到喉咙生痛，肋部死沉死沉的。他坐下来，稍稍休息了一下，很快就觉得好多了。他站起身，开始没头没绪地收拾起房子来，工作进展得缓慢而散乱。

他把床上的亚麻织品剥了下来，扔进了洗衣篮。然后，他就毫不费力地把下水道的碎屑清理掉，然后把肥皂粉洒到厨房洗涤槽里的碟子上，打开热水冲，直冲得泡沫翻腾，把碟子淹没为止。他铺上干净的床单，笨拙地晃悠着枕头，塞到枕套里去，又把床从墙边拉开，把毯子折进去。在餐室里，他卷起长沙发上的床垫，使劲打开那扇不常开的窗户。在一把椅子上，他发现一个男子服饰用品商店的有光纸袋，上面有一个第二大街的地址。里面装着阿尔比的旧衬衣和几件别的东西，他没有细看。他把纸袋，连同短袜、内衣和阿尔比堆积起来的报纸一起扔进了垃圾吊斗里。接着，他走进浴室，取下抹布，打开喷头，冲洗浴盆，使劲擦洗。可只擦了几下，他就住了手，把抹布重新放到洗涤槽下的管子上。

他正想把椅子往原来的位置上挪，这时看见地毯上有一把梳子。这同那女人别在头发上的那把梳子肯定是一对。仔细地瞧着那把梳子，他忍不住吸了吸它的气味。这是一把白色的梳子，白色的骨质梳子，梳齿的边缘参差不齐，已经变暗了，成了黄色。梳子后面饰有一块钻石形的玻璃片，另一面的玻璃片已经从框子里掉出来了。他并没把那把梳子端详许久，随手把它扔进了废纸篓。他想起了几星期前在街角上看到的吵架的两个女人，甚至想到她或许就是她们中的一个。她或许是，这很可能。可不管怎么样，阿尔比是在哪儿捡到她的呢？或许是在附近的小旅馆里。

正当他在小地毯上扫烟灰的时候，一阵微风吹进了房间。它把外面的冷清带进了屋子。然而梳子的气味，连同当晚发生的事情的片段和随后的情形，如同一阵愁云一样时不时地袭上心头。听见撞门的声音，随后跳下床去——还有一张床，可把她吓得够呛。就算她比别的女人更能忍受粗暴（许多女人会因恐怖或耻辱叫喊起来），让她遭受这种惊吓，他感到十分难过。他发现自己因为她的缘故而对整个事件感到懊悔，简直希望当时该听阿尔比的话走开。他可以以后再跟他算账。她的一些印象利文撒尔仍感到历历在目——裙子里笨重的身段，蹲伏在那儿把脚往鞋子里挤的样子，他从那双模样古怪的眼睛里看到的神情。现在，他感到那种眼神里蕴含的与其说是恐惧，不如说是有趣，并且他也可以看出怎样用一点儿超然的态度，她就可能看出这件事的可笑。他开始回想阿尔比是如何在提裤子的时候绊了一下，怎样滑稽可笑地伸长了胳膊给那女人递长袜。那种场面下作、讨厌，又可笑。他咧开嘴，眼睛又大又亮；扑哧一声笑了起来，在地板上挥舞着扫帚。“袜子！那双该死的袜子！一丝不挂站在那儿递袜子！”他突然咳嗽了一声。就是在他大笑和咳嗽的时候，他脸上的表情仍然丰富得反常。是啊，他瞪着他们俩，不应该让自己离开那幅画。与此同时阿尔比在冒火，可又在竭力保持镇静。那女人肯定明白他不敢说出他的感觉。或许他一直在向她吹牛，撒谎，因此他的尴尬和处境使她觉得好笑。

可是，当他在床上坐了一会儿后，那件事所有的喜剧色彩都被一把扯走，撕得粉碎。他理解错了那女人的表情，他在试图把那表情转化为某种他能够忍受的东西。实情大概有天渊之别。一开始，他用她的眼睛观察发生了的事情，最后只好用他自己的眼睛观察，这样他力图把她拉到自己这一边，然而，事实上，她却更接近阿尔比。他们俩，阿尔比和那女人，都从他要迷失、闷死、了结的一个生活深处向他走来，或者游来。那儿有恐怖，有罪恶，还有他自己避之唯恐不及的一切。在东区的一家旅馆当店员的那些日子，他曾硬着头皮极力接近这些事物。那时，他正眼看见过这些事物，从那以后，他的眼角斜瞄过这类事的更多情况。为什么不说心，却说眼？带着可怕的痛苦和畏惧，承受沉重的打击捕捉这些事物的却是他的心。那么，既然这恐惧和痛苦是如此强烈，又是什么吸引了他呢？

他拾起扫帚，重新开始扫地。他一边弯下颤抖的双腿拂去烟灰，一边在想：“或许我做得不对。当时我不知道是怎么一回事，现在我还不清楚，迟早得摊牌的。我该怎么对付他？他恨我，他恨不得杀了我。他没有这样做是因为他是一个十足的胆小鬼。怪不得他不动手，却总是在要那些花招，对他自己，他也同样要了那么多花招，原因是他恨自己没有足够的胆量，但是，通过装傻，他可以回避他自己的感情。——那一套做法，那种劲头，下跪，所有那些言谈，那就是干这些事的原因。我必须得想法对付他。我想我把这件事处理得太糟糕了。可是，事情已经结束了，这是关键……”

椅子不像玛丽摆得那么整齐，床也铺得不够平整。一道烟灰还留在地毯上，然而，开始拨乱反正了，忙碌能使他心平气和。他打开一听菜汤罐头，搁在炉子上。他趁热菜汤的当儿，洗着碟子，几周以来他头一回仅仅为了听到一个声音才打开了收音机。电话铃响了，是马克斯的电话，他说，他是在十四号街的一个杂货店里打电话，他不想第二次贸然来访。也算是一件好事，利文撒尔想，他不用再去应门铃了。

十分钟后，马克斯来的时候，他正好喝完汤。爱琳娜最终同意离开纽约了。那是他带来的消息。他刚从宾夕法尼亚车站过来，他在那儿已经预订好了车票。维拉尼的兄弟，布雷克街的一个旧货商，要把家具买下来。

“我们在那儿买新的要多花一倍的钱。”他说。

“啊，你不想要这些东西了。”

“那又有什么办法呢？运费太高，只有这么办了。”接着，他冲着利文撒尔笑了笑。“那么……？”他说。

“你是说我误解了爱琳娜。”

“当然，以及那位老太太。”

“噢。唉，你那天晚上来时，我正好心情很糟，马克斯。我并不总是那个样子的。我希望我没有使你伤心。”

从马克斯眼角辐射出来的皱纹加深了。“噢，你把那老太婆说得神乎其神，我倒觉得很过瘾。”他说。

“我很高兴你最终使爱琳娜回心转意了。这样做只会有好处。尤其是，我为菲尔感到高兴。你们安置好以后，我们就去看你们。”

“当然欢迎你们来啦。什么时候都行。她是不是快回来了？”

利文撒尔发现马克斯没有提玛丽的名字。同爱琳娜一样，他或许不知道她叫什么。

“玛丽？我让她尽快回家。今晚我就给她打电话。”

“你的收音机声音真大。在撵鬼吗？”

他们同时笑了起来。

“她不在的时候，我真不知道自己如何是好。”

马克斯给自己倒了一杯水，谢绝坐下来喝咖啡。“需要操心的事儿太多。”他说。他把帽子往下拉了拉。他的连鬓胡子很长，没有认真修剪，一直长到耳朵根上。

“我去送你，”利文撒尔说，“你什么时候走？”

“星期五四点钟在纳齐兹普林斯东站。”

“到时候我去送你。”

和妻子通过话之后，利文撒尔兴奋不已，准备上床睡觉。他在房子里一边来回走动，一边脱衣服，走到放在书桌上的她的相片前时停了下来，隔着玻璃他用大拇指抚摸着她的脸。在拱形的胸脯下他感到一种强烈的、明显的搏动，比他心脏的实际的、渺茫的、快乐的速度要慢得多。他的腿兴奋得快要化了。玛丽大概正在打点行李，因为她答应明天早晨乘最早的一班火车离开。从她说话的口气里，利文撒尔意识到她一直在等待着他打这个电话。当他问道：“你能快点儿回来吗？”她回答说：“明天。”语气的急切使他吃惊。如果劳动节的拥挤不会把她耽搁太久的话，她可望于星期二一大早回来。可同时，他得收拾好房子；她必须看到这房子同她离开的时候一模一样。半小时前，他认为这房子还过得去。现在看上去却脏得可怕。他急匆匆地在睡衣上套了一件外衣，准备下楼去找努涅斯太太。但最后他想起努涅斯家里有电话，于是，又转过身来。像往常一样，他责骂着自己；最简便、明智的办法总是临了才想起来。他在玛丽的那个按字母顺序排列的号码簿里找到了号码，拨通了电话。不一会儿，就听见她的送气的西班牙语“喂”。事情很快就安排好了，早上她就上来。挂上电话，他为自己对她的猜疑而默默地向她道歉。可是现在，他没有悔过的心境，甚至连思考的心境都没有。

他锁上了前门。他应该在电话里告诉努涅斯门链断了，而且因为阿尔比那儿还有一把钥匙，应该把锁换掉。他没有记住号码，又拿起那号码簿，然后又决定明儿一早再说。还必须作一系列解释。链子为什么断了？为什么要把好好儿的一把锁卸掉？他必须有一定时间，在电话上，他一时编不出理由来。

他上了床，把枕头靠在墙上，坐在那里，膝上放着一本杂志。他并没有看，也不想看；他的眼前什么东西也不能成形。他焦躁不安地一页一页翻着，听见暖气片里水汽没完没了的呵欠声和房子下面地铁里断断续续的震动声。最后，他扔下杂志，把脸伏在枕头上。他难受地呻吟起来，一动不动地躺着，他简直无法忍受。他眼前反复出现车站站台，隧道中的车厢，在拥挤的旅客中辨认玛丽的脸——她的帽子，淡色的头发，最后是她的整个面孔。他拥抱她，亲吻她，问道："一路可好？"这样说可以吗？他在努力挑选一种最佳方式。接着，他又一次地想象自己在站台上奔跑。这是难以忍受的。他决心要睡觉，便关上了灯。但一关上灯，他又起来——房子没有全黑下来，浴室的灯还亮着。他把书桌前那把笨重的椅子拉到门口。把椅背紧紧地固定在门上的球形把手下边后，他又回到床上。"看在上帝的分上，"他咕哝着，"让我休息一夜吧。"窗户上有苍白的光；月亮已经升起。他站在床上，拉上窗帘，然后倒了下来。他拉上毯子蒙住头，很快就睡着了。

起初，他睡得很沉，可是，不一会儿，他又开始翻腾起来。他太热了，他甩开半截毯子；他的两条腿动着，仿佛不愿意松弛下来似的，有一两次，他差点儿就要跳起来去打开灯。但是，他硬把头埋进了枕头，一会儿就进入了梦乡。

在寥廓、蔚蓝的夏天，他走在海滨的人行道上。大海在他的右边闪烁跳跃着，海滩上黑压压的一片，挤满了游泳的人。他的左边是一个公共游乐场，有不少卖票的小房子，他看见圆圆的黄色和红色的小汽车在飞驰，撞到了一起。他走进一个旅馆似的地方——人们坐在环形游廊上眺望海湾，实际上却是一家百货商店。他到这儿是给玛丽买胭脂的。女售货员在她自己的脸上展示着色彩的浓淡差异，展示一次都要用一条脏毛巾擦去，然后又弯下腰，对着柜台上的圆镜子再抹。他们身边有一大片空落落的闪光的玻璃和金属。这能干什么？利文撒尔心里直纳闷儿。他确信自己已经看过了一个有各种颜色的色图，没有必要再这么做了。不过，他还是看着她把胭脂涂到她轮廓分明的脸上，没有去打扰她。从一开始，那条毛巾的气味就让他感到十分熟悉。他煞费苦心地要把它辨认出来，结果把自己弄到半睡半醒的状态，突然意识到那气味是从他的床上散发出来的。他瞪大了双眼，没有刮的下巴在枕头上磨得沙沙响。难道那女人的气味渗进了枕套和褥子上的棉布？他抬起头，感到一阵气闷，看到浴室令人目眩的墙壁，张着大口的衣服篮子，鳞状篮条上的黑色的鳍边。他想他可以听见管子里的蒸汽声，可是，房子却并不热。他哆嗦着，打开了灯。他几乎吓得心胆爆裂，因为椅子倒在地上，前门也被推开了一道缝。厨房里有动静。他披着褶在一起的被单，向前弓着身子侧耳听着，弹簧的钢丝发出声响。他的恐惧，如同冷液，如同卤水，好像冲破他心中的障碍释放出来了。“天啊！”他冲着自己喊道。他口干舌燥，嘴唇的味道就像干血的味道。要是椅子滑倒了、门自行开了那怎么办呢？倘使厨房里空无一人又怎么样呢？又是神经紧张，想象混乱。但是为什么神经紧张——作为他胆怯的理由？为的是不到厨房里看个究竟？他锁门了吗？他立即肯定门是锁上的。如果门现在开着，那是由于阿尔比，因为他有钥匙，把门打开了。利文撒尔两腿鼓足了劲准备跳起来，可又缩了回来，觉得现在由于神经紧张而受骗，那就会把他压垮的。但是，突然他从床上冲了下来，手里拽着的被单把脚绊住了。他踢开床单，跑进厨房。他同蜷伏在那儿的一个人撞上了，那人叫喊了一声。空气有一股恶臭味，呼吸都有些困难。煤气正从炉灶里向外涌。“现在我非宰了他不可。”他们扭打的时候，他想。他用牙齿咬住他的衣领迅速换了手，去抓阿尔比的脸。他猛地一下闪开，可是利文撒尔还是用全身的重量把他挤到屋角上。阿尔比的拳头狠命地砸在他肩膀边的脖梗子上。“你想谋害我？谋害！”利文撒尔喘着气说。涌出来的煤气的咝咝声简直震耳欲聋。

“我，我自己！”阿尔比绝望地低语着，仿佛只剩下最后一口气，“我……”

接着，他扬起了头，撞到利文撒尔的嘴上。他疼得松开了手，阿尔比一把把他推开，冲出了厨房。他踉踉跄跄地追他，下了一段楼梯，尽力大声喊叫，楼梯踏板上的金属边擦伤了他的光脚丫子。他听见阿尔比跳下去的声音，看见他跑进了门厅。他抓住邻居窗台上的一个奶瓶，摔了过去，奶瓶砸在瓷砖上，摔得粉碎。

他赶紧跑回去关煤气。他害怕爆炸。借助猛烈晃动着的灯光，他看见一把椅子摆在打开了的炉子前面，显然他跑进来时阿尔比就从那把椅子上站了起来。

利文撒尔猛地用力推开客厅的窗户，探出头去，在寒冷的空气中，他泪流满面。一排排长长的街灯在青灰色的街道上垂下点点黄光。他看不到一个人，看不到一个活物。

他吸足了空气后，就一瘸一拐地走进浴室。他刚才把舌头咬伤了，便用过氧化物漱了漱口。尽管搏斗了一阵，尽管令人作呕的煤气味很像污水沟的酸臭味，尽管他的脖子麻木，而且现在又看见了血，可他好像并没有六神无主。在一头浓密的头发覆盖下，他的脸色显得无动于衷。他反复漱口，再把洗涤槽冲干净，把过氧化物瓶嘴上的血迹擦掉，然后过去拣起他扔到地板上的床单。到他重新铺床的时候，房间里基本上没有煤气味了。尽管他认为阿尔比不大可能回来，可他还是关上了门，并用梳妆台在后面抵住。他要安安稳稳地睡个觉，把一切都抛在脑后。他又昏昏沉沉地去检查了一下炉子，以保证再没有一点儿煤气泄漏出来。然后，他就倒在床上。十一点钟，当努涅斯太太过来打扫房子的时候，他还睡着。她持续不断的敲门声把他吵醒了。

第二十四章

那年秋天，哈卡维的《文物纵览》报有一位编辑去了一家全国性的杂志。通过哈卡维，利文撒尔谋得这份空缺。起初，比尔德照例不接受他的请辞，随后表示要给他加薪二百元，但利文撒尔还是离开了他的公司。

随后几年间他一帆风顺。虽然仍旧觉得每日的生活就像无休止的搏斗，但这种感觉已经淡漠，并且不那么恼人了。他的身体越加硬朗，相貌亦有所改变。那种桀骜不驯的犟劲似乎已不复存在。倒不是说他和蔼可亲，只是那种藏而不露的固执的表情变得柔和了。他的面色也越发苍白，尽管添了几许华发，但看起来却显得年轻了许多。

他以前总觉得自己在明哲保身，还感到有损人利己之嫌，于心不忍，他现在可以说："总算平安无事了。"随着时间的推移，这种感觉也消失了。对于《文物纵览》报的那份工作，他心存感激而没有等闲视之；在这一行当中，没有多少更好的工作了。当然，他的运气不错。一个人找不到工作感到痛苦是可以理解的，但话又说回来，找不到工作就嫉妒找到工作的人是可鄙的。在利文撒尔看来，这甚至不能算是地地道道的不公。因为你怎么能将如此偶然发生的事称之为不公呢？这就像是洗牌，一切都是偶然的、意外的，况且有些场合，总有一种错误的论调，好像人真的生来就是替伯克-比尔德公司工作似的；好像这才是真正的工作，而不是一座必须每日在痛苦中穿行的延误人的迷宫，而人们对这种痛苦已经习以为常，所以变得心不在焉了。这种观念是错误的，而这种错误的观念是来自某种神秘的东西，来自某种信念或者说是某种幻觉，认为在生命之初或者更早些时候，诺言就已许下。想到这诺言，利文撒尔将它比作一张票，一张戏院的门票。一位买了普通座位门票的观众也许会觉得太寒酸，不配在前排专座上入座，要么就会摆出一副自高自大、目中无人的样子，在普通座位上将就着坐下。另一位买了头等票却被领到三等楼座，也许就会怒气冲冲地对领座员大喊大叫，另外还有多少人垂头丧气地排着队站在雨雪之中，而等待他们的却只是被拒之门外呢？不，这是不对的，现实又是另外一回事。如果做了许诺，为什么许下的仅仅是些门票——进入合意或者不合意的地方的门票呢？还有许多更重要的东西需要许诺。既然许多人都有所感受，或许真有一种许诺。利文撒尔几乎都要肯定它的存在了。然而，它却只是人们的误解。

他偶然也会想到阿尔比，心里纳闷威利斯顿是否知道他的遭遇。但利文撒尔给威利斯顿写过信，寄还了他不知怎么回事没有交给阿尔比的十元钱。在信中他颇费笔墨地解释了一番他自己的境况，由于意识到威利斯顿相信他生性喜欢夸大其辞，所以在讲述所发生的一切时措辞非常小心平和。他说阿尔比“未经我的许可企图执行一种自杀合约”。他也许可以公正地再加一句“他本人并非有意想死”。因为产生这种怀疑是有足够的理由的，然而威利斯顿没有回信。利文撒尔的自尊心不允许他写第二封信，再写就好像在乞求他了。或许，威利斯顿以为他没有把钱交给阿尔比是出于恶意。利文撒尔在信中尽可能清楚地表明他没有机会把钱交给他。“他以为我就那么卑鄙吗？”他心中愤愤地问道。他又一次回忆了一遍那令人困惑的几个星期里他的所作所为。他不是曾想做得公正一些吗？他不是曾打算帮他一把吗？他认为无论怎样看他和阿尔比都是两不相欠。十块钱居然有这么大的作用！起初，他感到很生气，后来他想好一番话等他们见面时说给威利斯顿听，但这样的机会却一直没有来。

他时不时会听到一些有关阿尔比的谣传，然而这些谣传总是来自那些不认识阿尔比的人，所以他从来不能断定他们所说的那个人就是阿尔比。什么“某个记者本是新英格兰人，经常酗酒”，如此等等。三年间他听到的传言大约有十几个，个个都不一致。他也没打算对其中任何一个进行深究，尽管这些谣传总能引起他的兴趣。事实上他不想确切地知道阿尔比身在何方，以何为业。他相信阿尔比依旧穷困潦倒。现在他可能正在某个慈善机构或某家医院里，甚至已经可能躺在义冢里了。利文撒尔不喜欢对此想得太多太细。

但是一天晚上他又一次看见了阿尔比。

碰巧，一位给正在百老汇上演的一出戏提供一些古玩的商人送给利文撒尔两张免费戏票。他本不想去看，但玛丽一心想去。玛丽已怀有身孕，一个月后就要分娩了；她认为，以后好长一段时间她就要被拴在家里了。利文撒尔说戏院很热——虽是六月初，天气已过早地热起来了——但也没有坚持反对。去看戏的那天晚上他早早回家（他们已搬到中央公司西侧一带的住宅区的顶头，这里距波多黎各贫民区较近，而距六十和七十街区有精雕细刻的天篷的住宅较远）。吃晚饭时，他已经上下眼皮直打架，还没用完甜点，玛丽就开始收拾桌子了。他又洗脸又刮胡子——这是当天的第二次，再从八个月前洗衣工人装好的棕色纸包里取出那套棕榈滩西服穿在身上；裤子穿起来已略嫌窄短，因为在刚刚过去的这个冬天里他有些发福了。

地铁就已经够热的了，戏院更加叫人热得喘不过气来。利文撒尔如坐针毡，耐着性子看戏。他对戏剧本无兴趣，这出戏的情节既多愁善感又极不真实——讲的是文艺复兴时期发生在宫廷里的一起扑朔迷离的桃色事件。他拉着玛丽的手。在舞台灿烂的灯光辉映下，他看见玛丽的额头上、鼻子上、浓密的发髻下到处都是汗珠。玛丽在专心看戏，她的肤色显得非常白净。利文撒尔看着她，心狂跳不止。他很快收回目光接着看戏。他自己黝黑的脸庞已是汗水淋漓，紧巴巴的西服也皱了，领子也被汗水浸湿。

第一次幕间休息时，他赶紧站起身，领着玛丽穿过人群到休息大厅去。领座员打开通向人行道的门，他们走了出来。戏院旁的小酒馆挤满了人，利文撒尔和玛丽各点上一支香烟，注视着街景和那融入暮霭之中的黄色玻璃的反光。这天下午，天气出奇地热，又下了一阵大雨，空气显得又湿又难闻；天色很暗，好像柔软厚重的东西压在了身上。这一带有餐馆，有夜总会，街上车水马龙。突然，一辆出租车从街道那一侧来了个急转弯，“嘎”的一声猛地停在了戏院门前。车后传来一阵刺耳的汽车喇叭声。车门忽地打开了，一个女人被扶了出来。当利文撒尔越过她的肩膀，在微弱灯光中看到护花使者的那张脸时，一种总是若即若离挥之不去的古怪感觉又一次浮上他的心头。出租车顶部的玻璃滑板被拉到一边，一顶草帽在开口处转着圈并熠熠发光。那女人一手抓着丝绸围巾护住喉头，一手提起裙子，轻轻一跳，从踏脚板上跳了下来。她体态轻盈，双腿修长，信步走来，显得非常优雅，又略微有些局促。她的围巾下和手指上都戴着珠宝首饰，染过的指甲在戏院遮篷的五彩光线下变成了紫色。她背朝街面站着，手里拎着一个闪闪发光的沉重的小坤包，气呼呼的。那个男人，不知为什么，在车里磨磨蹭蹭不肯出来。

玛丽碰了碰利文撒尔的胳膊。

“你认出她是谁了吗?”她悄声问道。

而利文撒尔却在专注地看着她的同伴。

“那不是沃娜·克莱恩吗?”

“谁?”

“那位女演员。”

“我不知道，”他毫无表情地说，“是吗?”

“她还是那么漂亮绝伦，”玛丽羡慕地说，“她怎么一直看起来这么年轻呢?”

那女人等了一会儿，然后转过身去，低声而又严厉地说道：“下车。你赶紧下车好吗?”

车子里的男人吵架似的高声说："他开着车兜了个大圈子。他以为我不熟悉这个城市？在这儿，我可不是初来乍到。"

他们没有听到那女人的下一句话，但他们听到了那位出租车司机的说话声，他的话语简洁又充满自信。那位护花使者听了以后大笑着喊道："别给我来这一套……那是对付那些愚蠢的外地人的。"

那女人打开钱包，把一张票子扔给了出租车司机。

听到那男子的声音，利文撒尔便确定他是阿尔比无疑了。他板着面孔等着阿尔比露面，眼中却有一种近乎恐惧的神色。

阿尔比走到路边上说："你不该那么干的。"出租车发动了，车门还敞开着；那司机并没有放慢车速，而是将手从后面伸过去把车门"砰"的一声关上。

当那对男女走进戏院时，利文撒尔仔细地打量了阿尔比一番。他身着白色无尾礼服，翻领上胡乱别着一朵花，晃来晃去。他把帽子掖在胳膊下，大步流星地朝前走着，他那宽阔的肩膀挺得笔直，一边大吹大擂，一边为那女人保驾护航。他红光满面，冲着他的同伴那漂亮却很严厉的脸大笑着，他好像在闹着玩似的推推她，但从她胳膊的姿势来看，她显然不想让他推推搡搡。

"那男子我不认识，"玛丽说，"但我敢肯定她是沃娜·克莱恩。她的照片我都看了百十遍了，你不记得她吗？"

第二场戏的自始至终，利文撒尔的眼睛都在包厢周围瞄来扫去，但他看见的要么只是从舞台反射回来的光线之中显露出来的一张脸的色彩，要么就是偶然看见红色球状的出口指示灯附近的一个人头的黑色轮廓，或者是某个头影在栏杆幽暗的闪光中间来回移动。他想他们肯定在包厢里。尽管玛丽可能没有认错人，但那女人可能是也可能不是沃娜·克莱恩。不管是不是，她总是个富婆；阿尔比上穿无尾短礼服，下着丝绸缝制的礼裤，看起来可不是一般的发达了。更别说那朵花，它就像是一种奇特、野蛮、富裕甚至颓废的东西的标志，无以名状地刺痛着利文撒尔。“是啊，他已经发迹了，”他沉思道，“那女人无论是谁，都已在他的股掌之中。”以前有关他的传言没有一种将他描绘得如此阔绰。“我还当他死了，还想象着他已埋在义冢里了，真是异想天开！”他从胸前上衣口袋里抽出一条手绢擦了擦下巴和脖子。拱形门里的灯亮了，刺得他眯起了眼睛，皱起了眉头。大幕骤然落下，掌声四起。原来这一场戏又结束了。乐队奏起了进行曲，利文撒尔比第一次场间休息时更迫不及待地扶着玛丽站起身来。

他替玛丽点上一支香烟，四处张望，在寻找阿尔比。从玛丽头上望过去，他看见阿尔比站在楼梯上。他独自一人在那儿，眼睛睁得老大，对利文撒尔微微一笑，并举起一只手，五指伸开，做了个利文撒尔不甚明白的手势。玛丽在对他说话，他全然未听，稀里糊涂应了一声。玛丽又说了一遍。原来她在要她装在他口袋里的小化妆盒。她要去女宾休息室。他急忙取出来递给她。他脸上的神色似乎叫她迷惑不解，在转身走开之前她狠狠地瞪了他一眼。

在楼梯上，她和阿尔比擦肩而过。阿尔比用鉴赏的目光看了看她那怀有身孕的身子。利文撒尔走出大厅。他意识到阿尔比在向他走来，但一直到听见他的说话声，他才抬起眼睛看他。

“你好啊，利文撒尔。”

那低沉、浑厚、语气复杂的声音，还有那穿着白色礼服的高大显眼的身躯，都令他心烦意乱。

“你好。”他神经质地答道。

“我们进来时我就看见你了。”

“不会吧。”

“我知道我要是装作根本不认识你对你是件好事，所以就由我来决定跟不跟你打招呼。但如果我不和你说话，我会觉得自己是个大傻瓜……你也看见我了，不对吗？”

“看见了。”

“我和谁在一起？”

“那位女演员，我妻子认出了她。”

“哈，你妻子，”他颇有礼貌地说，“非常漂亮，非常迷人，即使是她现在这个样子。”他咧开大嘴笑了起来，露出两排牙齿。他两手按在臀部，身子微微前倾。“恭喜恭喜，看来你是唯命是听了。‘增添人丁，传宗接代’啊。”

利文撒尔呆呆地点了点头。他似乎觉得阿尔比并无恶意，只是习惯使然罢了。可能他一直在嘲笑自己，也一直在祈求某种理解。阿尔比的身体状况近看起来并不怎么好，他的气色并不健康。利文撒尔觉得，某种秘而不宣的衰败没落的迹象已融入他那看似健康的外表之中。眼角深深的皱纹看不出任何机敏，就好像是一块织物，皱巴巴，木楞楞的。从他身上散发出一股威士忌的气味。

“你没怎么变。”阿尔比说。

“我不是那种多变的人。”

“是啊，那你看我是不是也没变？”

“你还在喝酒。”

“我一看见你，就一直在纳闷你会不会旧事重提。你还是老样子。”他露齿一笑，显然自尊心有些受挫，“但我现在喝酒只是为了应酬，因为别人都喝。”

“看起来你很发达了。”

“噢，”他满不在乎地说，“过奖，过奖，发达这个词用在我身上可不怎么恰当。”

“你现在干什么工作？”

“这会儿是侍奉在克莱恩小姐的鞍前马后。报界不厌其烦地提起她时总说我们是朋友。你可能知道，她以前是个大牌明星，现在可不是了。她不想再成为公众关注的对象，也不想让人看见她和更有头有脸的人在一起。不过她不在乎。她很高兴她终于摆脱了所有职业应酬，可以过较为平静的生活了。实际上，她是个非常聪明的人。在西海岸，我们俩都有点儿失落。”

利文撒尔又点了点头。

“噢，对了，她真是个气质高贵的女人，为人非常好，有女王的风度，你要是明白我的意思的话。有些成名女人在她们名声扫地之后就会变得很讨厌。她们像罪犯那样生活。我想她们是想弥补在众目睽睽中逝去的年华吧。”

“那么……我也恭喜你了。”利文撒尔喃喃地说。

“当然，她不是弗萝拉……我太太。”他又微微一笑，给他眼中那可怕、痛楚又有些夸张的神色增添了一些愤世嫉俗的意味。利文撒尔看着他无可奈何的样子，动了恻隐之心。“她具有某些品质……”

他的后半句话淹没在出租车发出的隆隆声中。利文撒尔无言以对。

“我想让你知道一件事，”阿尔比说，“那天夜里……我想了结自己的生命时并没有想到要伤害你。我想你可能会受到伤害……可是我当时没有想到，甚至连你都没有想起。”

一听这话，利文撒尔哈哈大笑。

“你可以去跳河呀！真是荒唐的假话。为什么要说谎？你非要在我的厨房里自杀吗？”

阿尔比惴惴不安地四处环顾了一下。升入到他松散的金发上的枣红色变成了深红色。“不！”他痛苦地说，“不管怎么说，我不记得是怎么回事了，我当时肯定是发疯了。当一个人跟自己过不去的时候，别人对他也无足轻重了。”阿尔比满脸羞愧和自嘲的神色，他抓住利文撒尔的手，用力捏着。“我对不住你。我刚才说我想自杀其实是在逃避。”他费力地说，“我不想夸大其辞，也不想轻描淡写。我知道我对不住你。那天夜里我站在你家淋浴室里时就知道这一点了……”

利文撒尔把手抽了出来。

“你现在做什么工作，当演员吗？”

“演员？没有，我在电台找到一份差事，做广告的，不好也不坏，这下你明白了吧？我已随遇而安，已从马上下来——你记得吗？有一次我给你说过的。我现在是上了火车。”

“当列车员？”

“列车员？见鬼！我只是个乘客。”他勉强一笑，“还不算是上等乘客。我不是那种左右局面的人。从来都不是，我很早就意识到这一点了。我只是为左右局面的人效犬马之劳的那种人。我在乎什么呢？世界不完全是为我而创造的，对此我又能怎样？”

“什么？”利文撒尔冲着他微微一笑。

“这世界大体上是为我创造的就够好的啦。昔日的倔强早已灰飞烟灭，烟消云散了。”

人群开始涌回剧院，场中铃声大作。

“不管怎么说，我现在在享受人生。”他突然四下看了看，说道，“我得赶紧走了，沃娜会让人来找我的。”

“等等，你说的谁在左右局面是什么意思？”利文撒尔问，可是他听到身后传来玛丽的声音。阿尔比跑进去跨上楼梯。铃声还在继续。灯灭时，利文撒尔和玛丽还站在走廊上，领座员把他们领到他们的座位上。

索尔·贝娄年表

1915年　7月10日出生于加拿大魁北克省蒙特利尔市市郊拉辛镇，他是贝娄家的第四个孩子，父亲亚伯拉罕和母亲丽莎是1913年来自俄国圣彼得堡的犹太移民。

1919年　开始希伯来文《圣经·旧约》的选读，背诵其中的重要章节。

1923年　因患肺结核在蒙特利尔市维多利亚医院儿童病房住院治疗近半年。

1924年　随全家迁居美国芝加哥，居住在洪堡公园附近的贫民区；贝娄相继就读于拉斐特小学、哥伦布小学以及萨宾中学和图莱中学。

1932年　母亲丽莎·贝娄去世。

1933年　自芝加哥西北区的图莱中学毕业，考入芝加哥大学。

1935年　转入位于伊利诺伊州埃文斯顿的西北大学。

1937年　毕业于西北大学，获社会学和人类学学士学位；进威斯康星大学攻读硕士学位；年底离校。

1938年　和安妮塔·戈希金结婚；返回芝加哥，在公共事业振兴署从事执行联邦作家计划的工作。

1939年　到裴斯泰洛齐–福禄培尔教育学院任教，兼做“经典名著丛书”的注释工作。

1940年　加入位于长岛羊头湾的国家商船船员训练营受训。

1941年　在《党派评论》上发表短篇小说《两个早晨的独白》。

1942年　在《党派评论》上发表短篇小说《墨西哥人》。

1943 年　在《党派评论》上以《一个晃来晃去的人的札记》为题，发表《晃来晃去的人》的部分章节。

1944 年　第一部长篇小说《晃来晃去的人》出版；在国家商船队服役；长子格雷戈里出世。

1945 年　“二战”后，住纽约布鲁克林区，审读新出版的“企鹅丛书”，并为其撰写书评；创作《受害者》。

1946 年　去明尼阿波利斯，受聘在明尼苏达大学任教。

1947 年　长篇小说《受害者》出版。

1948 年　获古根海姆研究基金资助，去欧洲游历，定居巴黎从事写作；开始创作《奥吉·马奇历险记》。

1949 年　在《党派评论》上以《奥吉·马奇的生活》为题发表了《奥吉·马奇历险记》的部分章节，以后还相继在《纽约客》等数家杂志上发表了该书的部分章节。

1950 年　从欧洲返回美国，此后十年大部分时间都住在纽约；受聘在纽约大学的夜大学任教；继续创作小说及撰写评论。

1951 年　发表短篇小说《寻找格林先生》。

1952 年　获国家文学艺术院奖；受聘任普林斯顿大学创作中心研究员。

1953 年　长篇小说《奥吉·马奇历险记》出版；受聘任巴德学院英国文学教授；将艾萨克·辛格的小说《傻瓜吉姆佩尔》从意第绪语译成英文发表。

1954 年　长篇小说《奥吉·马奇历险记》获美国国家图书奖。

1955 年　在《纽约客》杂志发表短篇小说《来日的父亲》。

1956 年　出版中篇小说《抓住时机》，发表短篇小说《贡萨加的手稿》；和安妮塔·戈希金离婚，和亚历山德拉·查恰克巴索夫结婚。

1957 年　次子亚当出世。

1958 年　发表短篇小说《离别黄屋》；获得福特基金资助；创作长篇小说《雨王亨德森》，并在《赫德森评论》杂志上发表了部分章节。

1959年　长篇小说《雨王亨德森》出版；和第二任妻子离婚；离开明尼苏达大学，赴波兰和西德讲学。

1960年　参与编辑纽约出版的《高尚的原始人》杂志；获文学之友奖。

1961年　应聘任波多黎各大学客座教授；和第三任妻子苏珊·格拉斯曼结婚；开始创作长篇小说《赫索格》，此后数年曾在《评论》等多家杂志上发表该书有关章节。

1962年　应聘任芝加哥大学教授、社会思想委员会委员；获西北大学名誉博士学位；第三个儿子丹尼尔出世。

1963年　编选出版《犹太杰出短篇小说选》；获巴德学院名誉文学博士学位；当选为美国文学艺术院院士。

1964年　长篇小说《赫索格》出版；获詹姆斯·L.道奖；剧本《最后的分析》在百老汇上演。

1965年　长篇小说《赫索格》获美国国家图书奖及福门托尔国际文学奖；任芝加哥大学社会思想委员会主席；剧本《最后的分析》出版。

1967年　为《新闻日报》去中东采访报道“六日战争”。

1968年　发表短篇小说《莫斯比的回忆》《如烟往事》；短篇小说集《莫斯比的回忆》出版；获犹太传统奖及法国颁发的“文学艺术骑士勋章”；开始创作长篇小说《赛姆勒先生的行星》。

1969年　在《大西洋月刊》上发表长篇小说《赛姆勒先生的行星》。

1970年　长篇小说《赛姆勒先生的行星》出版。

1971年　长篇小说《赛姆勒先生的行星》获美国国家图书奖；开始创作长篇小说《洪堡的礼物》。

1974年　在《花花公子》杂志上发表长篇小说《洪堡的礼物》部分章节；发表短篇小说《泽特兰：人格见证》。

1975年　长篇小说《洪堡的礼物》出版；去以色列旅行；和苏珊·格拉斯曼离婚，和第四任妻子亚历山德拉·尤内斯库·图尔恰结婚。

1976 年　获诺贝尔文学奖；长篇小说《洪堡的礼物》获普利策奖；散文游记集《耶路撒冷去来》出版；赴斯德哥尔摩接受诺贝尔文学奖并发表受奖演说。

1977 年　获美国文学艺术院金质奖章。

1978 年　发表短篇小说《银碟》。

1982 年　长篇小说《院长的十二月》出版；发表短篇小说《嘴没遮拦的人》。

1984 年　发表短篇小说《堂表亲戚们》《今天过得怎么样？》；短篇小说集《嘴没遮拦的人》出版。

1986 年　和第四任妻子亚历山德拉离婚。

1987 年　长篇小说《更多的人死于心碎》出版。

1989 年　中篇小说《偷窃》《贝拉罗莎暗道》出版；和第五任妻子珍妮斯·弗里德曼结婚。

1990 年　发表短篇小说《记住我这件事》；全国图书基金会向贝娄颁发了终身成就奖章。

1991 年　中短篇小说集《记住我这件事》出版。

1993 年　秋季由芝加哥大学转波士顿大学任教。

1994 年　散文随笔集《集腋成裘集》出版。

1995 年　发表短篇小说《在圣劳伦斯河畔》。

1997 年　中篇小说《真情》出版，获犹太图书奖。

1999 年　12 月 23 日，小女儿内奥米·罗丝出生。

2000 年　长篇小说《拉维尔斯坦》出版。

2002 年　出版《小说集》。

2005 年　4 月 5 日在马萨诸塞州布鲁克莱恩的家中去世，享年 89 岁。

宋兆霖　编